# Óscar y las mujeres

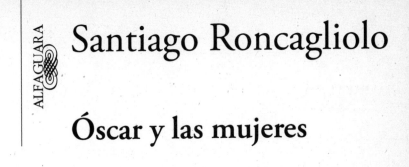

# Santiago Roncagliolo

# Óscar y las mujeres

ALFAGUARA

© 2013, Santiago Roncagliolo
Autor representado por Silvia Bastos, S. L. Agencia Literaria
© De esta edición:
2013, Santillana USA Publishing Company, Inc.
2023 N.W. 84th Ave.
Doral, FL, 33122
Teléfono: (305) 591-9522
Fax:      (305) 591-7473
www.prisaediciones.com

Óscar y las mujeres
ISBN: 978-0-88272-326-6

© Diseño:
Proyecto de Enric Satué

© Imagen de cubierta:
Getty Images

PRISA EDICIONES

*A Alicia, la mujer de mi vida*

«El arte imita a la vida.»
ARISTÓTELES

«La vida imita al arte.»
ÓSCAR WILDE

«La vida imita a la televisión barata.»
WOODY ALLEN

# Regla 1

## La buena es virgen y el galán es viril

María de la Piedad, una joven campesina de aspecto bondadoso, pasea alegremente por el bosque. Es la viva imagen de la pureza y la dulzura, una amiga de los geranios y las margaritas, y se detiene a saludar a cada golondrina, a cada conejo que encuentra a su paso. Ante un arroyo cristalino, se inclina a beber agua y dejarse bendecir por los rayos del sol. Pero animada por la luz de ese día primaveral, decide darse un baño.

Nadie pasa nunca por ese solitario rincón del bosque, así que ella no teme las miradas indiscretas. Se quita la ropa con picardía y la esconde entre unos arbustos. Se arroja desnuda a los brazos del lago. Se zambulle invitándonos a refrescarnos. No vemos sus pechos, que se nos sugieren turgentes. Ni su sexo, que el agua cubre en todo momento. Pero sí su sonrisa mientras disfruta del chapuzón, del cielo, de la vida.

Súbitamente, siente que alguien la observa.

Peor aún, alguien se está riendo de buena gana en la orilla.

Al volverse, descubre a un militar, Gustavo Adolfo Mejía Salvatierra, de pie junto al lago, carcajeándose. Gustavo Adolfo lleva el uniforme de oficial de la guerra de independencia, y sobre su cabeza se yergue el vistoso penacho de su sombrero. Al fondo, en el camino, distinguimos su lujosa carroza decorada con pan de oro. Junto a ella, un criado de librea alimenta a los caballos. Con ironía, Gustavo Adolfo Mejía Salvatierra le dice a María de la Piedad: «¿Está buena el agua? Yo también estaba pensando en darme un baño».

María de la Piedad se asusta. Busca algo con que esconder su desnudez, pero es en vano: sólo el agua oculta su cuerpo con un manto diáfano. Se tapa el pecho con los brazos, frunce el ceño, se ofusca. Y sin embargo, el recién llegado no resulta amenazador ni grosero. A pesar de su severo uniforme de gala, su gesto es cordial. A pesar de su apostura guerrera, su sonrisa tiene más de travesura que de lujuria. Y sus ojos traslucen un alma buena cuando le dice: «¿Estás buscando tu ropa? Si quieres te la alcanzo».

María de la Piedad se siente ofendida por este desconocido impertinente, que no hace el más mínimo gesto de arrepentimiento o pudor. Le resulta inconcebible semejante atentado contra su inocencia. La cólera se agolpa en su corazón, y con el rostro encendido por el enfado, le dice...

—¡Hijo de puta!

No, no puede decir eso. María de la Piedad es la viva imagen de la pureza y la dulzura. No conoce esas palabras. Podría decir «tonto» o «bobo», pero no eso.

Óscar dejó de escribir, se pasó la mano por la calva y se acomodó los lentes. Rascó distraídamente la punta de su barriga, que asomaba entre los pliegues de su bata. Dio un sorbo de su enorme taza de café, que lucía la leyenda GENIO TRABAJANDO. Volvió a leer lo que había escrito en la pantalla, en pulcra letra Courier New 10 a doble espacio y con márgenes equivalentes. Trató de concentrarse y encontrar una continuación:

La cólera se agolpa en su corazón, y con el rostro encendido por el enfado, le dice...

—¿Me estás escuchando, montón de mierda mentirosa?

Óscar apartó la vista de la computadora. No, definitivamente ese rugido resonante e imperioso no provenía de su imaginación, ni de la sublime inspiración de las musas, sino del baño. El grito nacía en los alrededores del lavamanos, sobrevolaba el váter, planeaba por el pasillo y, tras arrojarse en picado contra la puerta del estudio, saltaba sobre los oídos de Óscar:

—¡Eres un traidor, Óscar, y un canalla!

Canalla. Óscar saboreó la palabra unos segundos. Sí. Ésa era una expresión adecuada para María de la Piedad. Olvidando por un momento el estruendo del pasillo, Óscar regresó al encantador bosque de las golondrinas y los conejos:

La cólera se agolpa en su corazón, y con el rostro encendido por el enfado, le dice: «¿Quién es usted y por qué me está mirando? Váyase de aquí, *canalla*».

Eso estaría bien para María de la Piedad: firme pero no maleducada, resuelta pero jamás procaz. Óscar se entusiasmó y continuó escribiendo la escena:

María de la Piedad se hunde en el agua para ocultar su cuerpo de la mirada de ese oficial de desconocidas intenciones. Pero Gustavo Adolfo Mejía Salvatierra, sin dejar de sonreír, desenfunda su sable de libertador. El miedo paraliza a María de la Piedad mientras ese hombre avanza con temple guerrero hacia la orilla. Al fin, Gustavo Adolfo extiende la punta de su espada y la hunde entre los arbustos, para recoger la ropa que María de la Piedad había ocultado. Con una sonrisa traviesa, levanta en el aire la falda y la blusa, como si fueran una bandera. Y dice...

—¡Grandísimo cabrón!

Ahora sí, era definitivo.

No avanzaría un renglón más.

El mundo perfecto de su imaginación se derrumbaba ante el mazazo de la realidad. Y la realidad se llamaba Natalia.

Natalia irrumpió en el estudio con el ímpetu de una división de operativos especiales. Llevaba una toalla anudada en la cabeza y otra alrededor del cuerpo. Y blandía un pegote flácido y pegajoso, un gran globo de agua desinflado que le mostró a Óscar con el gesto de un fiscal ante el tribunal.

—¿Me puedes explicar qué carajo es esto?

Óscar se caló los lentes y examinó cuidadosamente el objeto. A continuación, declaró:

—Es un condón, Natalia. A tu edad, ya deberías conocerlos. Ahora, si me permites, tengo que terminar el primer capítulo...

Óscar se volvió hacia su computadora y hacia su café. Natalia, furiosa, embutió el condón en la taza de GENIO TRABAJANDO:

—¡En nuestra propia cama, Óscar! ¡Por lo menos podías haberte largado a un hotel!

El aro de hule se sumergió en el líquido marrón y salió a flote, como un salvavidas minúsculo, demasiado pequeño para salvar a Óscar del naufragio de su vida de pareja. Óscar trató de recordar de dónde había salido, pero no encontró la respuesta. Definitivamente, ese pedazo de plástico le resultaba familiar, pero su recuerdo se perdía entre muchos otros, en el desordenado desván de su memoria. Recordaba un par de piernas, rematadas por un torso de mujer. Risas. Caricias. Exclamaciones como «oh, sí» y «qué rico, papi». Una botella de whisky. O dos. O tres. Óscar hizo un esfuerzo más: ¿qué había hecho exactamente el sábado por la noche? Y ¿con quién? ¿Quizá con la chica de la limpieza? No, la chica no iba a casa los fines de semana, y además, era una búlgara de sesenta años y noventa kilos. ¿Con alguna vecina entonces? A lo mejor había usado el preservativo con la misma Natalia, aunque en ese momento no parecía una pregunta apropiada.

Después de un tiempo demasiado largo tratando de establecer los hechos, Óscar optó por la defensa más débil: la verdad.

—No me explico cómo llegó eso ahí.

—¡Oh, por favor! —chilló Natalia, poniendo los ojos en blanco.

Defensa abortada. Nueva estrategia de campaña: quitarle importancia.

—Natalia, por favor, no te lo tomes tan en serio...

—¡Eres tú el que no me toma en serio!

Óscar trató de encontrar algún atenuante para la situación. Su memoria avanzaba a ciegas a lo largo del fin de semana, con algunos túneles especialmente oscuros en los límites del sábado. Pero de una cosa estaba seguro:

—Fue un momento de soledad, Natalia. Tú no estabas, y yo me sentía tan triste...

—Viajé a un congreso de trabajo por dos días, idiota. Volví el domingo por la mañana. Casi habría podido entrar y sorprenderte.

—Oh, no te habría gustado, supongo...

De repente, la mirada de la mujer se vació de rabia y dejó ver un fondo de estupor y sorpresa. Su voz se quebró, derrotada ante la evidencia: hablarle a Óscar de sentimientos era como hacerlo con una máquina tragamonedas.

—¿Cómo puedes ser tan egoísta? —fue lo único que respondió. Volcó el café de un manotazo y salió disparada hacia el pasillo.

Óscar comprendió que debía seguirla, pero primero secó un poco la mesa. Y luego, ya que estaba ahí, escribió, en un arrebato de inspiración: Al fin, Gustavo Adolfo extiende la punta de su espada y la hunde entre los arbustos, para recoger la ropa que María de la Piedad había ocultado. Con una sonrisa traviesa, levanta en el aire la falda y la blusa, como si fueran una bandera. Y dice: «Creo que he encontrado algo que te pertenece, pero tendrás que venir a buscarlo».

Sí, eso estaría bien. Un anuncio de tensión sexual desde la primera escena con un punto de humor. ¿Pero qué podía responder María de la Piedad? Asustada ante la aparición de este hombre, pero a la vez impactada por su indudable aplomo. Temerosa de su virtud, pero coqueta. Era necesaria una respuesta que cortase de raíz cualquier impulso lascivo de Gustavo Adolfo, pero tampoco cerrase la puerta.

«Deje la ropa ahí y... y... A Óscar no se le ocurrió la réplica. Era el problema de siempre: las interrupciones, la desconcentración. «Deje la ropa ahí y... Imposible. La mañana de trabajo estaba perdida.

Se levantó de mal humor y fue en busca de Natalia, que ya estaba vestida y empacaba rabiosamente. Arrancaba los vestidos del armario y los arrojaba en una maleta abierta sobre la cama. Traía del baño útiles de aseo. Esculcaba la cómoda en busca de restos de ropa interior. Poco a poco, las huellas de su presencia iban desapareciendo de las paredes, los muebles y las estanterías en medio de un estruendo de cajones y ganchos de colgar.

El corazón de Óscar era un sótano cochambroso con toda la maquinaria oxidada, pero aun así, saltaron en él las alarmas del abandono. Ésta era a todas luces una situación nueva. Cuando Natalia se enfurruñaba durante días asegurando que «no me pasa nada, estoy per-fec-ta-men-te bien», Óscar le aplicaba una dosis extra de caricias y palabras tan usadas que ya probablemente no significaban nada. Pero funcionaban. Y de vez en cuando, si ella se encerraba a llorar en el baño, Óscar pegaba la cara a la

puerta y recitaba una larga oración de perdón. Funcionaba. Pero hacer las maletas ya no es lamentarse. Es irse. Es
como la diferencia entre decir «te quiero» y querer de verdad. Un abismo. Y para saltar ese abismo, Óscar necesitaría recursos nuevos y completamente desconocidos para él.

—¿Es necesario esto? —preguntó.

—¿Era necesario acostarte con otra justo ahora?
—replicó Natalia.

—¿Por qué? ¿En otro momento te habría parecido
bien?

Natalia se puso rígida. Fulminó a Óscar con los rayos de sus ojos, y luego, mientras acomodaba una toalla en
la maleta, dejó escapar el trueno de su queja principal:

—Sabes muy bien de qué estoy hablando, Óscar.
A mí no me has tocado en seis meses.

Así que es eso, pensó Óscar: el pequeño inconveniente.

Ya imaginaba que ese tema acabaría por salir. Una
conversación que comienza con un condón usado no puede terminar bien.

—Eso es un golpe bajo, Natalia... —protestó ahora, en un tímido intento de defensa. Pero Natalia tenía
todo el arsenal verbal listo para atacar:

—¿*Eso* es un golpe bajo? ¿Y lo tuyo cómo se llama?
Lo tuyo es un balazo en la nuca. Pero es el último, Óscar.

Natalia se agachó a acomodar sus pertenencias en
la maleta. Se había puesto una camisa holgada, y sus senos
se balanceaban libremente bajo la tela. Óscar lo notó, pero
no con un retortijón de apetito, sino con un bostezo de pe-
reza. No podía evitarlo.

—Natalia, estás sacando las cosas de perspectiva
—trató de explicar Óscar—. Eso es sólo... un problema de
motivación...

—¡Por Dios, Óscar, he comprado ropa interior en
un sex shop, he acudido a un médico, y hasta te he puesto
afrodisíacos en la sopa! ¡Y nada!

Afrodisíacos en la sopa. Óscar recordó vagamente una cena con velas y vino preparada por Natalia. Después del postre había sentido una comezón en el área púbica seguida de una leve indigestión. Y eso había sido todo.

Derrotado, mientras Natalia acomodaba su equipaje, quiso pensar que al fin y al cabo no perdía nada que no hubiese perdido ya. Y sin embargo, Óscar sentía que le amputaban un pedazo de vida. Necesitaba a Natalia, aunque sólo fuera para tener a alguien con quien *no* hacer el amor, como se necesita una manta eléctrica o una bolsa de agua caliente.

—No puedes irte —tartamudeó.

—¿Y qué me lo impide?

—Que... bueno... que yo...

Óscar hizo un gran esfuerzo, pero no consiguió articular las palabras. Natalia dejó de meter la ropa en la maleta y lo encaró con los brazos en jarras, desafiante, aplastando su pecho contra la camisa hasta marcar los pezones, como si Óscar estuviese en capacidad de apreciarlo.

—¿Que tú me quieres? —completó ella—. ¿Eso ibas a decir?

Había un vestido rojo en la maleta. Óscar imaginó a Natalia con el vestido puesto, luciendo el escote de la espalda. Una corriente de entusiasmo fluyó entre su memoria y su ingle, sin bombear con suficiente fuerza.

—Sí, eso exactamente.

—Has tenido seis años para decirlo.

—Pero al fin lo he hecho, ¿no?

—No. Has dejado que yo lo diga. Además, nunca lo has demostrado.

—OK, lo haré. Lo demostraré.

Ella arrojó a la maleta esos zapatos de tacón que endurecían sus pantorrillas, sus muslos y su ingle. Óscar tuvo gratos recuerdos, pero sólo eran recuerdos. Ella preguntó:

—¿Cómo? ¿Cómo lo vas a demostrar?

—¿Que cómo lo voy a demostrar? —repitió él riéndose, como si fuese obvio—. ¿Quieres saber cómo lo voy a demostrar?

Óscar trató de exprimir una buena idea de su cerebro. Se sintió agotado. Su mente sólo servía para problemas de ficción. Durante un instante, volvió a su texto, al bosque y a María de la Piedad. «Deje la ropa ahí y... Pero se obligó a sí mismo a concentrarse. Finalmente, enfurruñado, cedió. Decidió proponer una gran concesión, al menos su idea de una gran concesión, y ofreció:

—No tiraré los condones en el basurero del baño.

Ella recibió sus palabras con una mirada casi dulce, la que se dedica a un mono paralítico en un zoológico, o a un extraterrestre con forma de muñeco de peluche. La mirada de quien se enfrenta a un desecho del reino natural. Luego continuó guardando sus cosas:

—Te parece gracioso, ¿verdad? Lo peor es que te parece gracioso.

Agotadas todas las defensas, Óscar intentó pasar a la ofensiva:

—Natalia, tú tampoco eres perfecta. Permíteme recordarte que me estabas espiando. Estabas esculcando en mi basura. ¿Cómo crees que me siento si...?

—¡Se me cayó un arete en el basurero y encontré un preservativo usado! No quiero ni pensar lo que encontraría si te espiase de verdad.

—¿Lo ves? No estás cooperando para salvar nuestra relación.

—Métetelo en la cabeza: tú y yo ya no tenemos una relación.

Para cerrar la maleta, se sentó sobre ella de espaldas a Óscar. Sus nalgas se inflaron bajo el pantalón apuntando hacia él, pero la anatomía pélvica de Óscar respondió con un amodorramiento general. Él trató de apelar al argumento sentimental. Suspiró hondamente y preguntó:

—¿En serio tirarás por la borda todos nuestros momentos inolvidables?

Ella soltó una carcajada:

—Sí, especialmente los momentos en que te hablaba sin que me escuchases, o esos en que me abandonabas para encerrarte a escribir durante días. Ah, y tiraré por la borda con especial placer tus insoportables manías y paranoias.

Ella bajó la maleta y extrajo el asa con un último agachón, que Óscar tomó como una despedida cariñosa. Luego se dirigió a la puerta, seguida por el equipaje de rueditas y, a corta distancia, por Óscar. A él se le había abierto la bata, y sus calzoncillos asomaban arrugados, con el elástico medio oculto por la caída de la barriga.

—¿Manías? —protestó mientras salían del apartamento y Natalia llamaba al ascensor—. ¿Qué manías?

—¿Qué manías? Caminas por la cocina sin pisar las rayas entre las losetas. Ordenas los libros por colores. Montas en furia si alguien pone el jabón a cinco centímetros de la jabonera. Estás enfermo de muchas cosas. Pero la peor de todas es negar la realidad, como ahora.

—¿Sabes lo que es una manía? ¿Sabes lo que es una maldita manía tuya? Apretar el tubo de pasta de dientes por el medio, no por el final. *Eso* es una manía. ¿Y acaso te he dejado por eso?

Ella se limitó a suspirar. Abrió la puerta del ascensor, pateó su maleta hacia el interior y se volvió para escupirle a Óscar una despedida, como la última palada del sepulturero:

—¿Sabes qué es lo más increíble, Óscar? Que escribas telenovelas. Porque son historias de amor, y ése es un tema del que tú no tienes ni la más remota idea.

La puerta del ascensor se cerró como una lápida sobre sus palabras. Óscar se quedó en el pasillo rumiando su abandono. Algo horrible acababa de ocurrir, pero le resultaba difícil precisar qué. Demasiados frentes habían quedado abiertos para dar prioridad a cualquiera de ellos.

Mientras meditaba en el rellano, una puerta se abrió frente a él. La vecina del 4-B abandonaba su piso con un carrito para hacer las compras. Nada más salir de su apartamento, miró a Óscar como si éste fuera una aparición. Palideció y se quedó rígida. Óscar tomó consciencia recién entonces de que estaba en mitad del edificio en calzoncillos, que llevaba dos días sin bañarse y que la vecina era una mujer razonablemente atractiva.

—¡Lárguese a su casa, degenerado! —gritó ella volviendo a cerrar de un portazo.

Lárguese a su casa, degenerado.

Las palabras de la vecina quedaron flotando en el aire del vestíbulo. Óscar meditó sobre ellas. Había algo fascinante en esas palabras, algo que parecía esconder un mensaje oculto para Óscar, una lección sobre su vida personal. Solía ocurrirle que las grandes verdades se le presentaban agazapadas en lugares insospechados. En la sección de lácteos del supermercado. En un rollo de papel higiénico a medio usar. En el envoltorio de un chocolate tirado por la calle. Y esta vez no sería la excepción. En efecto, una ráfaga de luz lo iluminó, y Óscar comprendió súbitamente lo que tenía que hacer. Estaba tan claro que le parecía increíble no haberlo descubierto antes. Las grandes dudas de su vida tenían una solución, una solución tan sencilla que le parecía mentira no haberla visto antes.

Sintiéndose repentinamente iluminado, en estado de gracia, volvió a su casa, cerró la puerta, corrió al estudio, se sentó frente a la computadora y escribió en la réplica de María de la Piedad a Gustavo Adolfo Mejía Salvatierra:

«Deje la ropa ahí y... ¡lárguese a su casa, degenerado!»

Sí. Estaba perfecta. Definitivamente, ésa era una frase que María de la Piedad podía decir.

El despertador sonó a las ocho y treinta y siete, hora en que el sol ya ilumina pero aún no asfixia. Las pantuflas en el lado izquierdo de la cama para no pisar el suelo frío con los pies descalzos. La bata de baño doblada sobre el velador para evitar exponerse a las corrientes de aire en el camino hacia la ducha. ¿Manías? No eran manías. Todo tenía una razón de ser. A menudo, una razón de vida o muerte.

El jabón en gel para evitar la posibilidad de pisarlo y morir desnucado contra el borde de la ducha. El escobillado dental escrupuloso, deteniéndose en cada pieza y prestando especial atención a la lengua y el paladar, donde se forma la placa bacteriana. Los lentes oscuros para proteger la retina. La ropa negra de pies a cabeza para conservar el calor.

No eran extravagancias. Al contrario, eran la forma civilizada de protegerse ante la extravagancia del mundo.

La vida, según Óscar, se reducía a una larga serie de trampas mortales. Podías morir en cualquier momento y de cualquier cosa, de un mal movimiento del médico que te traía al mundo o por resbalar en la bañera. Bastaba ver los noticieros o las salas de emergencias de los hospitales para confirmarlo. Era necesario estar alerta. Por eso, Óscar tiraba la comida una semana antes de la fecha de caducidad. Se hacía chequeos médicos cada tres meses. Tomaba antiinflamatorios dos días por semana. Y por supuesto usaba preservativos. Siempre. De ser posible, usaba dos cada vez.

Además, después de usarlos, seguía un riguroso proceso de limpieza: los doblaba y forraba con una servilleta, preferiblemente de tela, y tiraba el paquete fuera de casa, en algún basurero público del otro lado del río. Cada condón formaba parte de su vida personal. No podía olvidarlo, y menos dejarlo correr por toda la casa empapado con su intimidad.

Pero entonces, ¿de dónde había salido este preservativo, esa sanguijuela en la yugular de su relación? ¿Quién había colocado esa bomba en su vida marital envuelta, como si fuera poco, en lamentables condiciones de higiene? ¿Cómo se había inoculado ese veneno hormonal en su lecho conyugal?

Algo terrible debía haber ocurrido el sábado. Algo que había hecho que Óscar abandonase todos sus principios. Sin duda, algo vinculado a las botellas de whisky vacías que se amontonaban en la cocina, un cementerio de matrimonios con epitafios Johnnie Walker.

Antes de salir a la calle, Óscar escudriñó por última vez el pedazo de hule teñido de fluidos y café de Starbucks que yacía sobre el bidé. El condón le devolvió un saludo húmedo, pero no le explicó qué hacía ahí ni cómo había llegado. Por enésima vez, Óscar intentó reconstruir mentalmente la noche fatal, ese agujero negro en la galaxia de su vida. Y por enésima vez, fracasó. Con cada esfuerzo, su memoria había hecho un nuevo cortocircuito.

Era lo de siempre: la realidad.

Óscar apreciaba las telenovelas porque tenían un orden y un sentido. Todo en ellas ocurría por alguna razón y producía alguna consecuencia en las vidas de los personajes. En cambio, la realidad estaba llena de lagunas, errores de continuidad, líneas mal dichas en momentos incorrectos. Y condones.

Abrió los tres candados de su puerta de arriba abajo —nunca en otro orden— y se asomó al pasillo. Verificó que no había nadie en su camino. Bajó los cuatro pisos por las escaleras, pegado a las paredes, para tener la certeza de no cruzarse con ningún vecino. Casi lo sorprende la niña del 3-A, que entraba a su casa, pero él logró esconderse a tiempo en el rellano. Cuando la niña desapareció, Óscar continuó su camino con los ojos cerrados, por alguna razón que sólo él y sólo en ese momento era capaz de comprender, y al alcanzar la puerta buscó a tientas la perilla. Supo que había llegado a la calle cuando lo invadió la oleada húmeda y viscosa que en esa ciudad recibía el inapropiado nombre de «aire».

Óscar odiaba Miami. La había odiado durante cada segundo de su vida, y lo había hecho minuciosamente, centímetro a centímetro. Encontraba ofensiva la calcinante luz del sol, que lo aplastaba como a un vampiro, y los edificios que brotaban como velas en un gigantesco pastel de bodas. Se amargaba con las sonrisas indestructibles de las camareras americanas. Y también sufría con el acento inclasificable de los hispanos, que según él, habían construido una lengua franca con lo peor de cada dialecto. La odiaba tanto que no podía irse, porque ya no sabría vivir en un lugar sin repudiarlo.

Y de todo lo que detestaba de esa ciudad, lo peor eran los desplazamientos. Óscar no sabía conducir, lo que en Miami lo convertía en un subhumano. Por eso, cuando tenía que salir, la paleta de sus fobias brillaba en todo su esplendor.

Abandonó el edificio a pie y bordeó el río. En la otra orilla se elevaba el tercer barrio financiero más potente de los Estados Unidos, como si la ciudad tuviese una erección en el punto donde está el dinero. En el instante en que Óscar llegaba, el puente levadizo se alzó para dejar pasar un lujoso yate de vela. La mole de hormigón se levantó lenta pero vigorosamente, con su rígida estructura segura de sí misma, enhiesta, indestructible. La imagen remitió a Óscar a otro de sus problemas. *El* otro problema.

El pequeño inconveniente.

Durante más de cinco años de relación, Natalia había apreciado el sexo con Óscar, o por lo menos, había considerado que su rendimiento compensaba su mezquindad, su megalomanía y algunos otros defectillos rutinarios. Sin duda, en esos tiempos, viejos tiempos, Óscar deseaba a Natalia. Quizá nunca había sido un amante soberbio, y admitámoslo, ni siquiera frecuente, pero sus caricias habían sido tan sinceras como se lo permitía el absorbente oficio de escribir un capítulo al día.

Hasta la noche fatídica.

Porque la debacle de la relación de Óscar y Natalia tenía fecha fija, incluso hora: las veintidós horas de un lunes, después del pulido dental de Óscar, justo en la tanda comercial central de la reposición de *Cuna de lobos,* en el canal de telenovelas.

Esa noche —cientosetentaiséis días, once horas y cuarentaidós minutos antes de su partida— Natalia leía una novela policial en la cama, y él aprovechó la publicidad para emprender una escaramuza amorosa en dirección a ella. Al principio, la operación se prometía exitosa, una escaramuza eficaz que podía resolverse a tiempo de continuar viendo la telenovela. La infantería de Óscar recorría las colinas de su pareja con agilidad y presteza, apostándose en las atalayas mejor situadas, mientras la artillería cargaba en espera del ataque final. Natalia respondía rindiendo todas las defensas, y conforme Óscar ganaba terreno, nada hacía presagiar que la plaza se resistiese al asalto.

Pero el campo de batalla, engañosamente calmo, en realidad estaba minado. Cuando Óscar se aprestaba para lanzar la descarga definitiva, Natalia detuvo sus manos y le preguntó:

—Óscar, ¿tú me quieres?

Durante los años de su relación, Óscar había empleado todo su talento verbal para esquivar esa pregunta, que consideraba cargada de segundas y potencialmente letales intenciones. Y aunque en ese momento el ataque lo pillaba desprevenido, el instinto le había enseñado a mantenerse siempre listo para eludirla sin arruinar la atmósfera:

—¿Y tú qué crees? —susurró, tratando de meter su lengua en la boca de su mujer, sobre todo para callarla.

Ese tipo de frases no eran demasiado brillantes, pero bastaban para continuar las caricias posponiendo cualquier compromiso en firme hasta nueva orden. Sin embargo, en ese momento, el cuerpo de Natalia produjo una ola de frío tan disuasiva que Óscar no pudo ignorarla, a pesar de sus esfuerzos. Y por mucho que trató de bloquear sus oídos a cualquier tipo de protesta o reclamación, tampoco consiguió evitar que las siguientes palabras de Natalia se colasen en el interior de su cráneo, como taladros atravesando un muro de yeso:

—Óscar, nunca te he pedido nada hasta ahora, pero creo que nuestra relación se está estancando. Necesitamos metas, un proyecto de vida, un compromiso más sólido por tu parte.

—Créeme —respondió Óscar, y lo hizo con total sinceridad—: En este momento estoy tan sólido como puedo llegar a estar. Como el concreto armado. Como un maldito garrote policial.

Comprendiendo que la lengua de Natalia escaparía a su control, Óscar trató de mantener las manos en activo y evitar la parálisis intrínseca de este tipo de conversaciones. Vana ilusión. Su propio cuerpo acusaba el proceso a gran velocidad: desaceleración, enfriamiento, hipotermia afectiva. Como si quisiera forzar la suspensión total de las operaciones, Natalia añadió al diálogo la frase más gélida que podía concebir en ese momento:

—Óscar, no te pongas el preservativo hoy.

Óscar dejó escapar algo similar a una risa (aunque un cazador experto lo habría comparado más bien con el aullido de un jabalí):

—¿Estás loca? —respondió—. ¿Sabes lo que sale por esa vía? ¡Niños! Miles de ellos, en busca de un nido dentro de ti donde incubarse y crecer. A veces lo consigue incluso más de uno. Se han dado casos en que se han alojado ahí dentro hasta seis. ¿Puedes creerlo?

Lo dijo con una mueca de terror en parte genuina, y esperó la simpatía y la solidaridad de su pareja. Pero lo que encontró frente a él fue una mirada llena de decepción. Después, durante unos instantes, Natalia se transformó en un ama de casa, o quizá algo peor, y así metamorfoseada pronunció las palabras que Óscar más temía en el mundo:

—Quiero que tengamos un hijo.

Presumiblemente, lo dijo con ternura, pero en los oídos de Óscar su propuesta sonó como un gemido de ultratumba.

Óscar inició una maniobra de retirada en todos los flancos: los soldados abandonaron sus puestos de observación. La artillería se replegó. La infantería corrió de vuelta a casa llorando humillada. Y su cuerpo se vació de deseo con la efectividad de un tanque de inodoro.

A partir de esa noche, la virilidad de Óscar sufrió una hemiplejia. Cerró la tienda. Murió. De manera eventual, su cuerpo le recordaba que ahí abajo —en el trastero de sus emociones— había zonas necesitadas de atención, pero en esos casos, el temor a una nueva conversación como aquélla actuaba como un balde de agua fría sobre el fuego de sus apetitos. Y si era Natalia quien comenzaba la danza, él podía sentir el efecto del pánico en su bajo vientre, que se repantigaba, se encogía y se enroscaba sobre sí mismo, temeroso de que todo combate, por victorioso que fuese, entrañaría una derrota en el largo plazo. Aunque Natalia no volvió a tocar el tema, y muy por el contrario, trató de recuperar una sexualidad sanamente estéril, no hicieron el amor una sola vez más.

Así que era verdad: sin duda, lo que había arrasado la vida marital de Óscar y Natalia era un condón, pero no necesariamente el que Natalia creía. Uno muy anterior:

para ser precisos, anterior en cientosetentaiséis días, once horas y cuarentaidós minutos.

Ahora, a orillas del río, mientras acudían a la mente de Óscar todos estos tristes recuerdos, el yate de vela pasó frente a él. De inmediato, el puente levadizo volvió a descender, saciado después de cumplir su faena. Su contundente estructura se recostó sobre el río y se adormiló en espera de una nueva ocasión para lucirse. Sin saber bien por qué, Óscar sintió que esa masa de cemento sin vida se estaba burlando de él.

Óscar caminaba por el arcén de una autopista. A su lado, los automóviles zumbaban a ciento veinte kilómetros hora y tocaban bocinazos de alerta, mientras él se repetía a sí mismo el siguiente mantra:

—Hoy no voy a morir, hoy no voy a morir...

El productor Marco Aurelio Pesantes vivía en Star Island, una isla a unos cinco kilómetros del Downtown y a años luz de la clase media, de modo que ninguna vereda, acera o camino peatonal accedían a ella. En realidad, era inconcebible que alguien sin automóvil —o en un automóvil de menos de cien mil dólares— tuviese alguna razón para entrar en Star Island. Algunas empresas de turismo ofrecían recorridos para admirar la riqueza de los demás, pero tenían que mostrarla de lejos, sin tocar tierra. Sus tours eran como safaris en una reserva de animales protegidos y millonarios. Pero Óscar se mareaba en las embarcaciones pequeñas. De modo que, cada vez que necesitaba ver a Marco Aurelio, tenía que apearse del bus en la parada más cercana y caminar por los arcenes.

El camino hacia Star Island solía producirle una gran sensación de fragilidad y un razonable temor a la muerte. Afortunadamente, esa mañana tenía cosas más importantes por que deprimirse.

La residencia de Marco Aurelio Pesantes estaba rodeada por un bosque de cuarenta palmeras especialmente importadas desde Sudáfrica para darle intimidad. Una vez atravesada esa floresta, el visitante topaba con una casa de estilo neoclásico y color claro con patio de columnas, un clon de la Casa Blanca producto de alguna fantasía erótico-

presidencial de su propietario, cuyo efecto se veía potencia-
do por el sonido del timbre: el himno nacional americano.

La puerta se abrió más o menos a la altura de la
cuarta o quinta línea del himno —la que habla de cohetes
y bombas—, y Óscar se dejó llevar por una mucama hacia
el segundo piso. Tenía la sospecha de que cada vez que iba
a esa casa, lo recibía una mucama diferente. Y sin embargo, no podía asegurarlo, ya que lo único que era capaz de
recordar de ellas era el movimiento acompasado de sus
nalgas en dirección a la puerta del despacho. Esas mujeres
carecían de rostro, barriga o rodillas. Estaban hechas de
glúteos suspendidos a media altura que orientaban a los
huéspedes de la casa a través de los jarrones chinos, huevos
Fabergé, esculturas griegas y demás objetos ornamentales
elegidos principalmente por sus posibilidades especulati-
vas en el mercado financiero.

Al fin, la mucama señaló una puerta —Óscar supuso más adelante que debía tener manos, porque había
*señalado* algo, pero siguió sin recordar de ella nada más
que sus caderas— y desapareció entre el mobiliario. Y Óscar franqueó la entrada del sanctasanctórum de Marco
Aurelio Pesantes, el lugar desde donde el productor dirigía
su mundo.

—¡Óscar, mi hermano! —se levantó Pesantes al
verlo—. ¡Maestro! ¿Cómo está el Shakespeare de la televisión? ¿El Cervantes del amor hispano? ¿El poeta de los corazones latinoamericanos?

El escritorio de Marco Aurelio Pesantes asemejaba
la cabina de mando de una nave espacial dirigida median-
te computadoras, tabletas, smartphones y una variada jungla de luces y pantallas. A sus espaldas se elevaba una gigantesca estantería rebosante de fotos con actores famosos
y trofeos con formas abstractas. El lugar de honor, justo
por encima de su cabeza, lo ocupaba un Emmy Latino
«por la contribución de Marco Aurelio Pesantes a la televisión hispana en Estados Unidos». Pero la más genuina

señal de éxito en ese despacho era la adiposa humanidad del productor. Conforme se acercaba a Óscar, su extensa anatomía iba ocultando toda la decoración a sus espaldas, y revelando el verdadero currículum de un hombre de éxito. Porque esa papada se había formado en los mejores restaurantes de Miami y Nueva York. Esos cachetes habían sido inflados con los vinos y licores más selectos. Y su vientre, aquella curva de cetáceo bípedo, era la encarnación del triunfo de un hombre que ni siquiera necesita hacer abdominales para conseguir sexo.

—Estás más gordo desde la última vez que te vi, ¿verdad? —saludó Óscar.

El guionista dejó escapar un bufido y se adelantó para sentarse en una de las butacas frente al escritorio y hacer lo que siempre hacía: tamborilear nerviosamente en el brazo del asiento. Pesantes se quedó a sus espaldas, con una mano extendida en el aire, abandonada en espera de un apretón. Sin duda, no era manera de saludar al hombre de quien dependía la totalidad de los ingresos de Óscar. Afortunadamente, la más ostentosa señal de riqueza de Marco Aurelio Pesantes no eran sus redondeces, sino su deslumbrante sonrisa, un trabajo de odontología más caro que su jardín sudafricano, y a diferencia de él, resistente a huracanes:

—¿Sabes lo que me gusta de ti, Óscar? —respondió dándole unos golpecitos en el hombro—: Tu sentido del humor. Me gusta la gente con espíritu positivo, con ganas de ser feliz.

—Sí. Ganas de ser feliz.

Desde su asiento, Óscar contempló melancólicamente el paisaje enmarcado en la ventana. El sol radiante sobre la bahía, la piscina celeste junto al embarcadero, el mar tornasolado y reluciente, como recién encerado. Le pareció que todo eso estaba ahí con el único fin de hacer escarnio de su persona. Casi era preferible el puente levadizo sobre el río del Downtown, el cual, aunque le recordase su pequeño inconveniente eréctil, al menos tenía la cortesía de ser feo.

Mientras Pesantes se acomodaba trabajosamente en su asiento, un sillón de tamaño esperanzadamente estándar, detectó la mirada de Óscar perdida en el horizonte, y su aire nostálgico, y creyó comprender lo que sentía. Pesantes era capaz de conmoverse con la desdicha ajena siempre que eso no le implicase ningún gasto extra. Y según su experiencia emocional, la mirada de un hombre triste sólo podía deberse a una razón: la envidia por las posesiones de los demás.

—Madonna —anunció pomposamente.

—¿Cómo? —preguntó Óscar, volviendo en sí.

—La casa de al lado. Sé que la estás mirando. Todo el mundo lo hace. Es de Madonna.

—No es de Madonna —refunfuñó Óscar. En realidad, no tenía idea, pero sí una certeza—: Madonna no viviría a tu lado. A lo mejor eructa en público y quema cruces, pero no viviría a tu lado.

—Bueno, le vendió la casa a Xuxa hace unos años. Pero el lugar mantiene su aura. Puedo sentirla desde aquí. Como si algo en ella siguiese cantando *Like a Virgin*.

—A lo mejor, Xuxa tiene montado un karaoke.

—Chico, ven acá. ¿Te estás burlando de mis vecinos? ¿Qué pasa? ¿Xuxa te parece una artista de segundo nivel en comparación con Madonna? Pues no te confundas: Xuxa era novia de Pelé. Y Pelé es un símbolo mundial de Viagra. Honor al mérito.

Óscar no respondió, sobre todo porque los famosos, cuando se presentaban en las conversaciones en grupos mayores de dos, se le volvían difíciles de distinguir unos de otros. Levantó la mirada a través de la jungla tecnológica del escritorio. Le sorprendió que Pesantes pareciera más alto que él, pero comprendió que era un efecto del mobiliario. Ésa era la habitación donde el productor negociaba los contratos, así que las butacas estaban diseñadas para que todo visitante estuviese sentado veinte centímetros por debajo del anfitrión. De hecho, desde el lugar de Óscar, la visión de Pesantes rodeado de trofeos parecía la de un ángel descendiendo del cielo de la televisión por cable.

—En algo tienes razón —admitió el productor—: Ando un poco subido de peso. Ya sabes. La vida social y eso —y entonces hizo un gesto de hastío, como si «la vida social y eso» no fuese lo que más le gustaba de su existencia, sino una penitencia agotadora que tuviese que sufrir para rascar unos mendrugos de pan para sus hijos.

—Ya —comentó Óscar con visible desinterés por el tema, buscando una manera de abordar el asunto que le interesaba.

—La semana pasada, Julio organizó uno de sus cócteles —volvió a resoplar Pesantes, frotándose la barriga—. Y ya sabes, estaba todo el mundo y nos divertimos tanto, pero esas cosas pasan factura a la condición física...

Cuando Pesantes pronunciaba algún nombre de su agenda así, a secas, sus oyentes debían añadirle el apellido más famoso que se le pudiese asociar: «Julio» era «Iglesias», «Alejandro» era «Sanz», «David» era «Beckham», y así sucesivamente. Jamás mencionaba a Shakira, Lucerito o Luis Miguel, mezquinos sin apellido que no le daban la oportunidad de sacar a relucir su relación especial con ellos, ficticia o no. Óscar sabía que lo cortés en esos casos era hacer alguna pregunta interesada y mostrar cierta curiosidad por las incidencias de esas fiestas. Lamentablemente, su total desdén por los demás incluía a ricos, famosos y magnates. Su desprecio por la especie humana era rigurosamente igualitario.

—Quiero un anticipo, Marco Aurelio.

Y por cierto, tampoco era bueno para las formalidades de la conversación.

—¿Un qué?

—Un anticipo. Dinero.

Algo vibró en el aire entre los dos. Un movimiento sísmico proveniente de alguna masa tectónica en el planeta Pesantes.

—Sé lo que significa, Óscar. Pero ya te di uno. Hace un mes.

—Pero eso fue hace un mes. Y tengo gastos.

—A lo mejor porque no tienes una organización racional de tus ingresos. ¿Sigues pagando tres seguros médicos?

Óscar asintió:

—Los seguros no son seguros.

A menudo, el problema de Pesantes en sus discusiones con Óscar no era el desacuerdo, sino la falta de un lenguaje común. El guionista vivía en una dimensión paralela, donde los problemas humanos no penetraban, y hablaba un lenguaje cifrado, inmune a la normalidad. Por su parte, Pesantes padecía bipolaridad financiera: pasaba en instantes de la euforia por su riqueza al lamento por no poder cubrir los gastos más mínimos: el síndrome del príncipe y el mendigo.

—Óscar —suplicó—, me pones en una situación muy difícil...

—No te preocupes. Sé exactamente cuánto quiero.

—... las cuentas de la productora no están en su mejor momento... y yo cargo con cuatro divorcios...

—De hecho, tengo una lista de gastos.

Por deformación profesional, Óscar actuaba como si los diálogos reales fuesen como los que él escribía, como si él redactase las líneas de ambos interlocutores. Dejó de tamborilear sobre el brazo del asiento y se sacó del bolsillo un papel que había doblado unas veinte veces. Después de desplegarlo con cuidado lo depositó en la mesa de Marco Aurelio. Una lista en seis columnas, escrita con letra infinitesimalmente pequeña, ocupaba cada milímetro del papel. Pesantes llegó a leer cosas como «pañuelos desechables: $0.80» e «hilo dental de seda: $1.99».

—Dos mil dólares bastarán —concluyó Óscar.

El productor sudaba copiosamente, como si le hubiese subido la temperatura o le hubiesen diagnosticado un cáncer de páncreas. La mayor parte de los temas humanos, desde la psicología adolescente hasta el calentamiento global, generaban en él una combinación de sopor, indiferencia e incomprensión. Pero los asuntos de dinero le llegaban al alma y tocaban lo más hondo de su sensibilidad. Podían producirle ataques de felicidad repentina, y por lo mismo, profundos estados de angustia existencial. Echó un vistazo a la lista y protestó:

—¿Realmente necesitas veinte cajas de hisopos para bebés?

—Unos oídos limpios son unos oídos sanos —se defendió Óscar—. Y un hombre sano es un hombre concentrado.

—¿Sabes qué es lo mejor para concentrarte? No ir a ninguna parte, no gastar dinero, no comer.

—Tú no entiendes el arte, Marco Aurelio.

—Y tú sí. Por eso tú eres guionista y yo soy rico. Ésa es la diferencia.

Como solía hacer cuando la realidad contrariaba sus deseos, Óscar empezó a murmurar frases inaudibles con la vista fija en algún punto situado más allá de su hombro derecho. Pesantes reparó en que su huésped ya no tamborileaba sobre el brazo del asiento. Ahora lo rascaba frenéticamente. Bajo el tapiz comenzó a asomar un material esponjoso color crema. Posiblemente, esos muebles eran más caros que el anticipo que pedía Óscar, de modo que Pesantes trató de zanjar la discusión cuanto antes:

—Verás, Óscar —comenzó, midiendo cada palabra—. Las cosas se han complicado un poco. Tu guión...

—Será estupendo, Marco Aurelio, un guión estupendo —se animó Óscar, o al menos eso pareció, porque siguió murmurando frases inaudibles pero ahora mirando un poco más arriba, hacia la pared, hasta que añadió—:

Será lo mejor que he escrito hasta ahora. Mejor que *La malquerida*. Vamos a tener un éxito fulgurante, arrasador, inédito.

Previendo lo que debía decir, y siguiendo los consejos de sus libros de autoayuda para empresarios, Pesantes consideró que ése era un buen momento para motivar a su interlocutor:

—¿Quieres saber qué? —dijo Pesantes, haciendo relucir sus empastes—: No me cabe duda. Creo que vamos a arrasar. ¿Y sabes por qué? Porque tú eres un genio, Óscar. Sí, señor. Eres un as. El puto amo. ¡Eres Dios!

—¿Me vas a dar dinero?

—Bueno, de eso te tengo que hablar. Yo...

—Necesito pañuelos desechables. Los necesito de verdad.

—Tendrás pañuelos. Pañuelos asegurados. El caso es que...

—La telenovela tiene de todo. Dos amantes separados por un tiempo convulso. Un amor que se enfrenta a las barreras de una guerra... Tengo en mente escenas de batallas, exteriores naturales sobrecogedores, miles de extras...

Aunque las palabras de Óscar tenían el objetivo de entusiasmar a Pesantes —o por lo menos, a la chequera de Pesantes—, el productor se hizo un ovillo en su asiento, o más ovillo que de costumbre, y sacó de su escritorio un pastillero. Seleccionó dos pastillas amarillas y las arrojó dentro de su boca. Las hizo crujir al morderlas y las tragó sin beber agua. Óscar notó que su piel había tomado un tono más pálido, a juego con las pastillas, pero inasequible como era a los sentimientos ajenos, continuó con su discurso:

—Habrá escenarios imponentes: lujosas carretas y palacios coloniales...

—Eeeh... Óscar... —trató de intervenir Pesantes.

—Y vestuarios esplendorosos...

—Ya. Verás...

—Y caballos, muchos caballos...

—¡Óscar!

—¿Qué?

Pesantes tardó unos segundos en responder. Y entonces Óscar se preocupó de verdad. Porque el productor no tenía término medio. O disparaba su andanada de elogios al estilo de «maestro», «Dios» y «puto amo», o desencadenaba grandes calamidades y plagas. Y esta vez, su rostro presagiaba lo segundo.

—Tenemos... —dijo delicadamente el productor— un pequeño problema de presupuesto.

—Claro, ¡y tendremos sables de verdad!

—Lo que no tenemos es auspicios. Así que he... tenido que cambiar ligeramente el... concepto de nuestra telenovela.

—El concepto.

Pesantes utilizando la palabra *concepto*.

En la mente de Óscar, todas las alarmas se dispararon.

Pesantes continuó:

—Vamos a hacer... algunas modificaciones en la historia, chico.

—Modificaciones.

Los dedos de Óscar ya no tamborileaban sobre el brazo del asiento. Ahora martillaban. Lentamente, quizá por efecto de las pastillas, quizá por miedo a la reacción de Óscar, el productor continuó:

—Estuvimos haciendo números, ya sabes, contabilidad, ingresos y egresos...

—¿Sí?

—Y vamos a tener que reformular un poco el tema de época.

—Reformular. ¿Quieres que ocurra en el Imperio Romano? ¿En el Lejano Oeste? Lo haremos más espectacular, será grandioso...

—Más bien, quiero que ocurra en... bueno, en el presente. Grabaremos en calles que ya están hechas. Usaremos ropa que se compra en cualquier tienda... Ya sabes.

—¿Ahora?

—El amor no necesita de grandes escenarios —poetizó el productor, y Óscar supo que tenía la frase preparada desde que escuchó su continuación—. El amor es intemporal.

—¿Quieres decir... que ambientamos la historia en el siglo XXI, en este tiempo mediocre y sin épica donde el gran drama de la gente es en qué gimnasio inscribirse?

Marco Aurelio asintió. Su boca, habitualmente ostentosa y excesiva, se había reducido a su mínima expresión, y casi había desaparecido en algún punto entre los mofletes. Óscar reflexionó unos segundos antes de argumentar:

—Marco Aurelio: la telenovela se llama *La carroza de mi amada*.

—Eso no es un problema —se iluminó la mirada del productor—. Quizá hasta podemos conseguir un auspicio: *El Toyota de mi amada* o *El Chrysler de mi amada*... Estoy trabajando en un par de ideas.

—Pero, Marco Aurelio, el siglo XIX...

—¿Sabes lo que quiere la gente? Historias cercanas, historias que le podrían ocurrir a cualquier persona, amores que se sientan reales.

—Yo tenía un palacio y...

—Mejor pon una casa. Puede ser grande. Pero no pongas dos. Trata de que todos los personajes vivan en la misma.

—Y había una guerra de independencia...

—¿Qué tanta guerra? ¿Qué independencia? Por favor, la guerra de Irak fue hace un par de años y la gente ya se ha olvidado. ¿Para qué vamos a darles una guerra mucho más vieja?

—Y tenía caballos...

Pesantes se puso de pie y tomó a Óscar por los hombros. Lo hizo levantarse. Lo estrechó en un abrazo de camaradería. Al principio parecía un gesto de ánimo. Pero Óscar comprendió que lo estaba acompañando, o más bien, empujando suavemente hacia la puerta mientras le decía:

—Lo arreglarás. Lo harás perfectamente. ¿Y sabes por qué? Porque eres el mejor, Óscar. Eres el dios Eros del culebrón latino. Eres... ¿Sabes lo que eres? Eres un monstruo.

Óscar trató de responder, pero a su alrededor, el mundo se movía cada vez más rápido. Las ventanas quedaban a sus espaldas, la habitación entera iba desapareciendo, y finalmente, la puerta se cerró tras él. Tan rápido como pudo, pero dos segundos tarde, Óscar llegó a preguntarle a esa puerta muda y pétrea la única pregunta que se le podía ocurrir:

—¿Pero entonces qué voy a escribir?

María de la Piedad, una joven empleada doméstica de aspecto bondadoso, pasea
alegremente por el jardín de sus patrones.
Es la viva imagen de la pureza y la dulzura,
una amiga de los geranios y las margaritas,
y se detiene a saludar a cada golondrina, a
cada ruiseñor que encuentra a su paso. Ante
la piscina cristalina, se inclina a retirar
las hojas muertas de la superficie y dejarse bendecir por los rayos del sol. Pero animada por la luz de ese día primaveral, decide darse un baño.

Esto es humillante, pensó Óscar. Es el momento
más bajo de mi carrera.

Empleada doméstica en vez de campesina. Piscina
en vez de río. Casa en vez de bosque. Su gran telenovela de
época estaba arruinada, sin duda. Era un siervo de los caprichos del productor, el eslabón más bajo de la cadena
evolutiva de la televisión. Pero de momento, necesitaba el
dinero.

No hay nadie en casa, así que ella no
teme las miradas indiscretas. Se quita la
ropa con picardía y la deja sobre una hama-
ca. Se arroja desnuda a los brazos de la piscina. Se zambulle invitándonos a refrescarnos. No vemos sus pechos, que se nos sugieren
turgentes. Ni su sexo, que el agua cubre en
todo momento. Pero sí su sonrisa mientras
disfruta del chapuzón, del cielo, de la vida.

Sin duda, podía resolverlo. Óscar podía resolver casi cualquier cosa. Una vez lo habían contratado en un remake de *Pobre Clara*, para el capítulo cuarenta, con el fin de eliminar personajes para ahorrar presupuesto. Óscar mató a cuatro en el mismo accidente, hizo que dos se fugasen por amor y mandó a otro más a un interminable viaje de negocios. Y durante el resto de la producción, se las ingenió para poner los diálogos de los desaparecidos en boca de los supervivientes. Quedó perfecto.

Pero esta vez, aunque podía reformular lo que había escrito, subsistía un problema. Un *gran* problema: la cara de María de la Piedad. Hasta el momento, Óscar la había imaginado con rizos rubios y rostro finamente cincelado, una belleza clásica, decimonónica. Ahora, no tenía idea de qué rostro ponerle. Por su imaginación se sucedían uno tras otro identikits ficticios de mujeres potenciales: la inocencia corporal de Audrey Hepburn con la fría elegancia de Grace Kelly. La mirada traviesa de Liz Taylor con la rabiosa pasión de Verónica Castro. Pero ninguna de sus mujeres de rompecabezas terminaba de encajar con la nueva María de la Piedad del siglo XXI.

Súbitamente, siente que alguien la observa.

Peor todavía, alguien se está riendo de buena gana en el jardín.

Al volverse, María de la Piedad descubre a un hombre, Gustavo Adolfo Mejía Salvatierra, de pie junto a la piscina, carcajeándose. Gustavo Adolfo lleva un traje de ejecutivo de buen corte, y el pelo repeinado hacia atrás. Al fondo, en la entrada, se distingue su lujoso Mercedes, de color gris plata. Del maletero del coche, un chofer saca el equipaje, que lleva hacia la casa. Con ironía, Gustavo Adolfo Mejía Salvatierra le dice a María de la Piedad: «¿Está buena el agua? Yo también estaba pensando en darme un baño».

Gustavo Adolfo era fácil. Al fin y al cabo, las caras de los galanes eran siempre iguales: macho tradicional hasta bordear lo anticuado, amable en el límite de lo papanatas. Casi cualquiera habría servido. Pero las protagonistas femeninas necesitaban rostros particulares, miradas de dolor inimaginable o de firmeza ante la vida. Sonrisas de amable ternura o de sólida fortaleza interior. Y María de la Piedad... ¿Cuál era el rostro ideal para María de la Piedad?

María de la Piedad se asusta. Busca algo con que esconder su desnudez, pero es en vano: sólo el agua oculta su cuerpo con un manto diáfano. Se tapa el pecho con los brazos, frunce el ceño, se ofusca. Y sin embargo, el recién llegado no resulta amenazador ni grosero. A pesar de su severo traje oscuro, su gesto es cordial. A pesar de su porte elegante, su sonrisa tiene más de travesura que de lujuria. Y sus ojos traslucen un alma buena cuando le dice: «¿Estás buscando tu ropa? Si quieres te la alcanzo».

Óscar se interrumpió.

Desde algún lugar llegaba un ruido:

—Cloc... cloc... cloc...

Provenía del baño. El último ruido originado en ese lugar, los gritos de Natalia, había desencadenado todo tipo de tragedias. Pero trató de no sugestionarse. Nada. No sería nada. Volvió a concentrarse:

Ella se siente ofendida por este desconocido impertinente, que no hace el más mínimo gesto de arrepentimiento o pudor. Le resulta inconcebible semejante atentado contra su inocencia. La cólera se agolpa en su corazón, y con el rostro encendido por el enfado, le dice...

—Cloc... cloc... cloc...

Óscar dedicó grandes esfuerzos a ignorar el puntilloso golpeteo que llegaba desde el baño, gota tras gota estrellándose contra el fondo del lavabo. Sin duda, se trataba de una artera maniobra del sistema de tuberías para apartar a Óscar de sus responsabilidades creativas. Pero él sabía cómo lidiar con eso: debía tener paciencia, recluirse en el interior de su cerebro y arrojar la llave al fondo de un pozo.

En un esfuerzo por recuperar la concentración, se repitió a sí mismo:

—Eso no es real. El mundo no existe. Salvo María de la Piedad en la piscina, todo es ilusión.

Pero las gotas continuaron cayendo, insidiosas y letales, como martillazos en el lóbulo parietal:

—Cloc... cloc... cloc...

Con la resignación de un mártir, Óscar se levantó, se arrastró hacia el baño y se abalanzó sobre el lavabo. Ajustó el grifo del agua con todas sus fuerzas, en actitud de llave de lucha grecorromana, y susurró amenazas por el agujero de salida del agua. Luego se detuvo ahí un instante, para verificar que no sería necesario ningún tipo de explosivo plástico. El goteo se detuvo.

Óscar había quedado arrodillado peligrosamente cerca del bidé, el condón de su desgracia continuaba su proceso de fosilización natural. En las últimas doce horas, sus partes húmedas habían empezado a cubrirse de una fina película, como la nata de la leche. La curiosidad por su origen le impedía a Óscar tirarlo a la basura, pero antes de irse, le espetó altivamente:

—Puedo vivir a pesar de ti. Incluso puedo vivir contigo.

Con todo el orgullo que le quedaba, regresó a su lugar en el estudio, se caló los lentes, bebió un sorbo de café de su taza GENIO TRABAJANDO y posó las manos sobre el teclado de la computadora. Respiró hondo, como un pianista presto para pulsar las notas más profundas del alma humana, y escribió:

La cólera se agolpa en su corazón, y con el rostro encendido por el enfado, le dice: «¿Quién es usted y por qué me está mirando? Váyase de aquí, canalla».

Sí, podía sentirlo. Podía escuchar la voz sin rostro de María de la Piedad, confusa ante la sorpresiva aparición de este hombre con mayúsculas, atemorizante a la vez que atrayente. Y el impacto de esa mujer sobre la vida carente de ilusiones de Gustavo Adolfo. La chispa había saltado por los aires, y la magia que debería unirlos durante los futuros ciento veinte capítulos estaba ahí, tiñéndolo todo de un reconfortante color rosa. Óscar se entusiasmó y continuó escribiendo la escena:

María de la Piedad se hunde en el agua para ocultar su cuerpo de la mirada de ese caballero de desconocidas intenciones. Pero Gustavo Adolfo Mejía Salvatierra, sin dejar de sonreír, empuña su largo paraguas negro. El miedo paraliza a María de la Piedad mientras ese hombre avanza con elegancia hacia la piscina. Al fin, Gustavo Adolfo extiende la punta del paraguas y la hunde en una de las hamacas, para recoger la ropa que María de la Piedad había dejado. Con una sonrisa traviesa, levanta en el aire el uniforme del servicio doméstico, como si fuera una bandera. Y dice: «Ésta es mi casa, amiga mía. Y creo que tú trabajas para mí».

María de la Piedad se sonroja. Comprende que acaba de cometer un error que puede costarle el puesto.

—Grrrrrr... uueeeeooo... shhh...

Otro sonido. Esta vez, peor que el goteo. El sonido estomacal de un sistema viejo de transmisión de agua, pugnando por escupir unas gotas hacia algún grifo cercano, vomitando aire hacia el baño de un vecino.

—Grrrrrr... uueeeeooo... shhhuasssss...

Óscar había hablado del tema con Natalia: los sonidos de las tuberías. En particular, de las tuberías del 4-B. En esa era geológica del pasado en que vivían juntos, había tratado de convencerla de hablar con la vecina, llamar a un fontanero o directamente demoler las instalaciones hidrológicas del barrio. Pero Natalia no lo había hecho, y esa tarea se sumaba a los desperfectos de la lavadora, un desconchado en la pared de la cocina y tres facturas sin pagar que él nunca le perdonaría. Con esos sabotajes, Natalia había afirmado su decisión no sólo de abandonar a Óscar, sino de dejar su vida hecha una ruina, de ahogarlo en la negra ciénaga de los trabajos domésticos.

Dejó el estudio y regresó al baño. Con la oreja pegada a un vaso, persiguió los sonidos por toda la pared. Sin duda alguna, provenían del 4-B, esa madriguera del demonio.

OK. Nada de violencia. Control. Paciencia. Sin duda, podría enfrentar este reto tan bien como lo habría hecho Natalia. Mejor si cabe. Había llegado el momento de demostrar que podía valerse por sí mismo, en situaciones de alta diplomacia.

Para empezar, trató de adquirir un aspecto medianamente decente. La última vez que había visto a la vecina estaba semidesnudo frente a un ascensor, lo cual podía haber dañado su credibilidad. En esta ocasión, necesitaría presentar una imagen más pulcra.

Frente al espejo, se peinó una y otra vez. Parecía mentira que pudiese estar tan despeinado teniendo tan poco pelo. Logró domar la mata hirsuta que rodeaba sus orejas y su nuca, se caló los lentes, y después, sintiéndose arreglado, incluso guapo, salió de su casa y se plantó frente a la puerta del 4-B.

Pasó un rato en el pasillo decidiendo qué hacer con sus manos. Presentarse de brazos cruzados era quizá un poco agresivo. Pero llevar las manos en los bolsillos sugería un relax que no sentía. Tras mucho pensar, estiró los brazos rígidamente hacia abajo y cerró los puños. Eso le parecía una posición casual y amable. Tocó fuertemente la puerta, porque como todo el mundo sabe, todo timbre ofrece cierto riesgo de electrocución. Y esperó.

La puerta se abrió de par en par, y lo primero que Óscar pudo ver fueron un par de pechos rebosando una camiseta que decía LAS CHICAS BUENAS VAN AL CIELO. LAS CHICAS MALAS VAN A MANHATTAN. La C de *chicas* y la N de *Manhattan* estaban realzadas por dos pezones que delataban la total ausencia de ropa interior en ese sector. Y más arriba, rematando un apetecible cuello de piel rosada, había un rostro. Óscar procuró fijar su atención en él:

—Hola, vecino —sonrió la vecina—. Me alegra verlo con pantalones. ¿Puedo ayudarlo?

Óscar tardó unos segundos en disociar la pregunta del rostro y los pezones, en ese orden.

—Eeeh... —respondió mientras tanto—... Sí... Yo...

Los ojos de la mujer cambiaron de posición, de la fría desconfianza a cierto apoyo moral. Después de tres o cuatro balbuceos de Óscar, los ojos reflejaban ya algo similar a la simpatía. Ella lo interrumpió, aunque en sentido estricto no había nada que interrumpir, para decir:

—Ya sé lo que quiere.

—¿De verdad?

Óscar sospechó que era la mujer perfecta. Sabe lo que quieres antes de que lo formules. Una mujer a la que no hace falta hablarle.

—Sí —aclaró ella—. Es por la escena de ayer, ¿verdad? No se tiene que disculpar. Evidentemente, era un momento difícil para usted. Sé repeler las malas vibraciones. Le aconsejo que haga usted lo mismo.

Cualquier ser humano se habría sentido conmovido ante la sinceridad de esa mujer, y ante su esfuerzo por hacer las cosas más fáciles entre los vecinos. Pero Óscar tenía una misión, y no estaba dispuesto a olvidarla. Conocía sus prioridades. Por otra parte, tampoco se podía decir que él fuese cualquier ser humano.

—Ya —la cortó—. Yo vengo por sus tuberías.

La mirada de comprensión del otro lado de la puerta se recogió en una mueca de sorpresa:

—¿Perdone?

—Le suenan las tuberías. ¿Podría por favor cerrar la llave general del agua? Ahí en casa estoy... estoy tratando de trabajar, no sé si comprende.

No debían ser las palabras adecuadas, porque la mirada de comprensión, ya transformada en mueca de sorpresa, ahora comenzó a retorcerse en un rictus de auténtico miedo:

—¡Pero yo no escucho nada!

—¿Por qué no lo intenta con la cabeza metida en el puto inodoro?

Ella realmente pareció estudiar la posibilidad detenidamente, pero luego se echó a reír:

—¡Usted es un bromista! Me encanta la gente con sentido del humor.

—Puedo asegurarle que no tengo ningún sentido del humor. Ni el más mínimo. Así que limítese a cortar el agua de su casa y olvidaremos todo este asunto. ¿Le parece bien?

Óscar, que sentía una fuerte inclinación por pensar que el mundo entero veía la vida con los mismos ojos —o las mismas anteojeras— que él, pensó que esas palabras garantizaban una gestión exitosa, y con el corazón rebosante de optimismo, se dio vuelta ahí mismo y regresó a su apartamento.

Mientras trataba de concentrarse de nuevo en su historia, sintió que las fuerzas lo abandonaban. Había tenido una ración de mundo exterior más prolongada de lo habitual. Hasta el día anterior, Natalia había actuado como una barrera entre el planeta y su persona. Filtraba a las personas indeseables, que eran casi todas, y componía los desperfectos de infraestructura. Llamaba a los técnicos en reparaciones y lidiaba con la señora de la limpieza. Pero tras su desaparición, en un lapso de sólo veinticuatro horas, las pequeñas filtraciones habían comenzado a horadar los muros de la paciencia de Óscar. Esos múltiples enfrentamientos con las obligaciones cotidianas le absorbían la energía, le secaban la creatividad, le chupaban la sangre.

Casi a rastras, regresó a su asiento, en busca del consuelo de sus personajes inventados. Ahora veía claro por qué, en la telenovela clásica, la protagonista era siempre una empleada doméstica: alguien tenía que lidiar con todas las distracciones caseras, todos los desagües atascados, todas las alfombras picadas. Si las protagonistas tuviesen que trabajar en otras cosas, los escenarios se vendrían abajo.

Tras esta breve reflexión, se sentó y trató de recuperar la concentración. En su computadora, el protector de pantalla pasaba intermitentemente una leyenda:

—TODO ESTÁ MUY BIEN... TODO ESTÁ MUY BIEN...

Como agitadas por el mantra de su protector de pantalla, las cosas comenzaron a mejorar. Lentamente, a su alrededor fueron cobrando vida Gustavo Adolfo y María de la Piedad. El rostro de su chica era aún una masa informe, indeterminada, pero al menos ganaba forma el nacimiento de la pasión. Y un vaho sentimental se fue apoderando de la atmósfera alrededor de Óscar:

Al fin, Gustavo Adolfo extiende la punta del paraguas y la hunde en una de las hamacas, para recoger la ropa que María de la Piedad había dejado. Con una sonrisa traviesa, levanta en el aire el uniforme del servicio doméstico, como si fuera una bandera. Y dice: «Ésta es mi casa, amiga mía. Y creo que tú trabajas para mí». Ella, en el colmo de la vergüenza, responde:

—¡Guau! ¡Arf! ¡Arf! ¡Auuuu! ¡Rrrrr!

Sacudido por el estrépito, Óscar estuvo a punto de caer de su asiento. Esta vez, la molestia no provenía de ningún objeto inerte. El tipo de sonido que acababa de atravesar el muro era de la peor clase: el perro de la vecina. En la escala biológica particular de Óscar, los perros de los vecinos ocupaban el tercer lugar entre las especies más peligrosas, después de los microorganismos y los seres humanos.

Volvió al 4-B y aporreó la puerta, casi hasta tumbarla. Tras unos segundos, la vecina apareció de nuevo:

—¡Hola, vecino! —rió—. ¿Ahora necesita que apague las luces?

Treinta centímetros por debajo de su boca, aún era visible el promontorio que emergía del pecho a la altura de la N. Óscar volvió a reparar en ese detalle, pero una vez más, intentó mantener la barbilla en alto.

—Eeehh... Ahora vengo por su perro.

De sólo mencionar al chucho, la mirada de ella se iluminó, su expresión floreció, y sus mejillas se encendieron de alegría:

—¿Fufi? ¡Oh, sí, es un encanto! ¿Le gustan los perros?

Óscar trató de contener un estallido de ira. Le indignaba en grado sumo que la gente fingiese indiferencia ante los dramas cruciales que atravesaban su vida.

—Está ladrando —especificó.

La vecina guardó silencio unos segundos, sin duda esperando a que Óscar desarrollase su argumento un poco más. Al ver que su visitante no continuaba, certificó:

—Sí. Eso hacen los perros. Ladran. Ahora está jugando con su hueso de plástico. A veces creo que quiere hacer... —bajó la voz para continuar, como si nombrase una enfermedad—, *cositas* con su hueso. Ya sabe usted. Creo que tengo que buscarle una novia.

Y se rió pícaramente, en la creencia de que toda referencia al sexo era graciosa.

Óscar trató de reunir toda la cordura de que era capaz. Era consciente de que un estallido de cólera podría empeorar las cosas. Realmente intentaría ser civilizado, buen vecino, incluso, de ser posible, agradable.

—Quiero decir que el perro me está... incomodando —explicó.

La vecina le dedicó una mirada que, más que resentimiento, reflejaba curiosidad, asombro incluso:

—¿Sabe que tiene usted un aura muy negativa? ¿Ha intentado hacer yoga?

Como Óscar estaba tratando de asumir una actitud positiva y mostrar el mejor ánimo posible, eludió la pregunta. Pero tomó nota de la voluntad de cooperar de su vecina, y casi hablaba con seriedad cuando propuso, animado por la idea de colaborar en un proyecto común:

—Si quiere, yo me ocupo de su Fufi.

—Conozco a un maestro tibetano que le enseñará a limpiar su karma. No se puede imaginar lo que es. A mí me quitó la obsesión por el chocolate.

—Piénselo —continuó Óscar, fiel a su propia línea de pensamiento—. ¿Para qué quiere un perro? Se cagan por todas partes, y babean. Y créame. No son *realmente* leales. Si alguien le da de comer mejor que usted, se largará.

—Entiendo. Usted está preocupado por su alimentación. No se preocupe. Fufi come los mejores alimentos naturales. De hecho, es el único en esta casa que come carne de verdad.

Un vahído sacudió a Óscar. El sudor le empapaba las manos, la taquicardia amenazaba su pecho y un incómodo escalofrío recorría su espalda, de modo que trató de mantenerse concentrado en el tema y cerrar la visita tan rápido como fuese posible. Buscó mentalmente alguna salida inmediata, y como solía ocurrirle, sólo encontró una, con toda probabilidad la peor posible:

—Puedo matarlo yo, si usted quiere ahorrar tiempo. Quiero decir, hay miles de modos posibles de acabar con un bicho de ese tamaño. Se le puede ahogar en la bañera o envenenarle el agua o...

Los ojos de la vecina se abrieron como las marcas de su camiseta. Óscar supuso que ella comenzaba a comprender, y aunque no fuera así, las palabras manaban de su boca torrencial, implacablemente, como una ametralladora. El proyecto de una solución final contra Fufi lo llenaba de locas fantasías. De hecho, aún pensaba exponer otras cuatro formas de acabar con el animal cuando ella lo interrumpió:

—Comprendo lo que quiere decir. La vida de un perro está expuesta a múltiples accidentes. Pero no debe alarmarse: Fufi es feliz.

Lo dijo con seriedad, como constatando una verdad eterna. Óscar reflexionó unos instantes sobre lo que había escuchado. Tenía las manos como dos trapos de fregar el piso, blandengues y mojadas. En un último esfuerzo por explicar su punto de vista, replicó:

—También podemos recurrir a la inyección letal. Lo hacen con los presos. Dicen que no sufren. Así que supongo que, con la dosis adecuada, Fufi sentirá que todo es como un sueño, y...

—Me encantan sus bromas, vecino. Pero ahora tengo que dejarlo. Estoy en mi hora de meditación. Si quiere, pásese después. Tengo todo un álbum con fotos de perritos que podemos revisar juntos. Si quiere le ayudo a escoger uno para usted. ¡Hasta luego!

Siguió a su despedida el sonido de la puerta, como el redoble final.

Óscar se mantuvo firme en su sitio varios minutos, en silencio. Él era un verdadero profesional en lo tocante a sacar de quicio a los vecinos. Nadie había conseguido sobrevivir en los pisos adyacentes al suyo un año entero. En el pasado, había conseguido echar del 4-B a dos familias y una pareja sin hijos, que lo culpaba a él por su falta de descendencia. Para Óscar, los vecinos funcionaban como laboratorio de pruebas de todos sus métodos de tortura, y volverlos locos siempre había sido la manera más eficiente de sentir que había alguien en el mundo con una vida peor que la suya. Podía sobrevivir a sus fracasos amorosos y profesionales, pero perder *ese* talento le hacía sentir que servía cada vez para menos cosas. Se estaba quedando sin el toque mágico.

Se preguntó qué estaba ocurriendo con él. Y la respuesta le llegó de inmediato.

Sí que sabía lo que estaba mal, no sólo en esa conversación, sino en su vida, su creatividad y su bidé, que eran los tres ámbitos que más le preocupaban de momento.

Lo que estaba mal era Natalia.

Lo que estaba mal era que todo había dejado de estar bien.

Todos esos goteos, timbrazos, ladridos, todos esos inconvenientes, distracciones, molestias, todos los problemas, la falta de calidad en la televisión, la carrera nuclear en Asia, el hambre en el mundo, todo se debía a la alteración del equilibrio cósmico que había producido la partida de Natalia. Y las cosas eran mucho peores de lo que parecían, porque cuando el problema es una persona, puedes insultarla, pelear, atacarla, denunciarla, pero cuando el problema es su ausencia, no queda nada con que luchar. Sólo puedes batir los brazos en el aire y pelear contra el viento, sólo puedes gritarle a tu imagen en un espejo, o a una almohada vacía. Lo peor de la partida de un ser amado es que te deja sin nadie a quien reprocharle su marcha.

Pero sí, había algo que se podía hacer.

Una victoria simbólica.

Frenéticamente, Óscar regresó a su casa, entró en su habitación y registró los cajones en busca de alguna señal de Natalia, algún rescoldo, alguna ceniza del incendio de su abandono. Tras revolver entre los armarios y darles la vuelta a las prendas, sólo encontró dos viejos pares de medias y un pantalón que por error habían terminado guardados entre sus pertenencias. Pero era suficiente. De alguna manera metafórica, le servirían para cobrar venganza.

Llevó la ropa a la cocina, donde aún seguían las botellas de whisky del sábado, algunas de ellas no enteramente vacías. Echó las prendas en el fregadero, escanció sobre ellas el alcohol que quedaba, y sólo para asegurarse, vació también un par de productos de limpieza con apariencia inflamable. Cuando todo junto formaba ya una masa informe de color indefinido, encendió un fósforo y lo arrojó sobre ella.

La combustión tardó unos segundos, y Óscar estuvo a punto de asomarse al fregadero pensando que algo había salido mal. Hizo bien en contenerse, porque en el momento menos pensado, el fuego prendió y una larga llama naranja se elevó hasta lamer el techo, amenazando con incendiar el mobiliario de madera de la habitación.

Todo esto, sin lugar a dudas, constituía un peligro para él y para sus vecinos, probablemente para todos *menos* para el perro del 4-B, único habitante del edificio que tenía el tamaño y la flexibilidad para escapar de un siniestro total. Y sin embargo, Óscar contempló la llama en un estado de felicidad hipnótica, embargado por la emoción de que esa improvisada fogata era lo único que le había salido bien en las últimas veinticuatro horas.

Rompió en una carcajada malévola, de brujo de dibujos animados. Por más que lo intentó, no consiguió parar de reírse. La alarma contra incendios se activó produciendo un cortocircuito con los electrodomésticos de la cocina, anegando las alfombras de la sala y empapando al propio Óscar, pero él recibió esa lluvia como agua de mayo. Veinte minutos después, cuando los bomberos llegaron a atender la emergencia, Óscar se seguía riendo.

# Regla 2

## La mala es muy mala

—¿Estás bien, Óscar?

Marco Aurelio Pesantes hizo la pregunta después de diez minutos de incómodo silencio apenas interrumpidos por el raspado de la uña de Óscar en el brazo del asiento. Óscar quiso decir que no, que desde que Natalia no vivía con él todo le quedaba grande: la casa, el baño, la cama. Pero respondió:

—Perfectamente. ¿Qué podría estar mal? Mi vida es un paraíso.

En sus años en la industria de la televisión, Óscar había aprendido una lección fundamental: jamás le digas que estás mal a alguien que puede darte dinero. El dinero quiere que sonrías, que muevas la cola. Quien paga tu sueldo quiere que reconozcas el esfuerzo que hace por ti.

—Me alegra —respondió Pesantes—. Pero no se nota. A veces creo que deberías salir más. Si te interesa, esta noche tengo una fiesta en casa de Emilio... —y dejó la frase ahí, para que Óscar pudiese reconstruir por sí mismo el apellido del famoso productor musical al que se refería.

—¿Quién?

Pesantes tiró la toalla. Pasó al único tema que, en su opinión, podía llevar verdadera alegría a la vida de la gente: los negocios.

—Nadie, olvídalo. Pero al menos te daré una buena noticia. Una gran noticia.

—¿Me vas a dar mi anticipo?

—Mejor aún —sonrió un Pesantes satisfecho, con la cara de quien ha emprendido una larga lucha y, si no ha vencido, al menos ha conseguido huir a tiempo—: Tene-

mos luz verde del canal. Empezamos a rodar en dos semanas. Todo está listo. Nuestro próximo éxito está en marcha. *Tu* próximo éxito está en marcha. Confiamos en ti,
maestro. Estamos en tus manos. Ahora sólo nos falta... ¡el
guión!

Óscar volvió a rascar el brazo del asiento, y a mas-
cullar para sí mismo frases inaudibles.

—Y es precisamente el tema que no me preocupa
—insistió el productor, con su dentadura compitiendo con
la luz del sol en la habitación, pletórico de fe en el futuro—, porque para eso estás tú, mi Óscar, mi arma secreta. Así que tú dirás: ¿cuándo puedes entregarnos el primer
capítulo? ¿Hoy? ¿Mañana?

—No me presiones, Marco Aurelio —dijo un Óscar a la defensiva.

—No pasa nada, mi hermano. ¿El viernes quizá?
¿El sábado?

—Si fuese la gran telenovela de época que yo tenía
pensada, podría dártela ahora mismo. Si fuese esa joya de
historia que despreciaste y arrastraste por el suelo, tendrías
el guión en tus manos. Pero no. Tú tenías que cambiarla
toda...

—Óscar...

—Y ahora yo tengo que volver a crear un mundo.
Porque esto no es cualquier cosa. Estamos hablando de la
creación de un universo, un gran esfuerzo, por si no lo
notas...

—Óscar...

—¿Pero qué vas a notar? Tú no tienes respeto por
nada. Ni por el arte ni por el público...

—No tienes el capítulo, ¿verdad?

—Para ti es igual que vean una superproducción o
un cachivache...

—No lo tienes.

Por un momento, como si hubiese recibido una
descarga eléctrica, Óscar abandonó su laboriosa destruc-

ción del asiento y se sacudió, se retorció, hundió la cara entre las manos y le ofreció a Pesantes una panorámica de su calva. En el centro de esa cabeza, algunos pelillos dispersos creaban el efecto de un blanco de tiro. Pero no dijo nada.

—¿Medio capítulo, Óscar? —preguntó un esperanzado Pesantes—. ¿Un bloque? ¿Algo para empezar a trabajar?

Óscar no estaba mirando hacia el escritorio, pero escuchó el cajón de las pastillas abrirse y cerrarse, y el pastillero abrirse y cerrarse, y la boca de Pesantes, como una trituradora de basura, abrirse y cerrarse. Deslizó una mano en el interior de su bolsillo, extrajo de él un papel doblado en miles de partes y, siempre sin mirar a su jefe, lo depositó sobre la mesa. Pesantes recogió la hoja, la desdobló y le dedicó un largo estudio.

—Una página —concluyó.

—La chica sale desnuda —se defendió Óscar.

—Una página.

—¿Crees que puedas darme un anticipo?

—Empezamos a rodar en dos semanas.

—Lo necesitaré antes que eso.

Una vena como un cable de alta tensión comenzó a latir en la frente de Marco Aurelio Pesantes. Entre sus dedos, el papel crujió. Muy lentamente, quizá por el efecto amortiguador que le producían las píldoras, inquirió:

—Óscar, chico, ¿te estás planteando arruinarme?

—No es mi culpa, Pesantes. Intento trabajar pero hay unas tuberías con problemas gástricos. ¡Y es horrible! Y hay un perro. Y quemé la cocina.

Tras ocho telenovelas trabajando con Óscar, Pesantes había aprendido algo de él: no tenía sentido intentar devolverlo al redil de lo razonable. La experiencia —y las pastillas— le sugerían más bien tratar de profundizar en esa mente enferma, en la esperanza de arrancar de ella un guión.

—Óscar, dime la verdad —se inclinó Pesantes hacia adelante—: ¿Qué te ocurre?

Óscar se mordió las uñas. Su primera idea fue levantarse de la silla y echar a correr. Pero entonces, sólo entonces, cobró consciencia de que no había hablado con nadie de la partida de Natalia. De hecho, no se le había ocurrido comentarlo con nadie, principalmente porque no tenía a nadie con quien hablar. Pesantes era el único ser humano en el planeta que había tenido la delicadeza de preguntarle cómo estaba. Y en última instancia, era tan bueno como cualquiera de sus otras opciones, entre las que figuraba el vendedor del Dunkin' Donuts del Downtown.

—Es Natalia —masticó al fin, con la vista fija en la alfombra comprada en Harrods.

—¿Qué pasa? ¿Está enferma? ¿Es algo contagioso? ¿O cáncer?

Pesantes hizo esas preguntas con el mismo tono con el que habría pedido el precio de unos zapatos. Y Óscar se arrepintió de no haber optado por el vendedor del Dunkin' Donuts. Pero ya era demasiado tarde, y tuvo que continuar:

—Se ha ido, Marco Aurelio. Natalia me ha dejado.

—¡Oh, Dios! —palideció el productor. Y ahora sí parecía realmente alarmado—. ¡Eso es... horrible!

De repente, Pesantes se hallaba sumido en un estado de ánimo calamitoso. Lonchas de carne temblaban por toda la superficie de su cuerpo. Y su rostro se contrajo en una expresión de disgusto tan triste que Óscar pensó en consolarlo a él.

—Bueno, supongo que un cáncer habría sido peor —comentó.

—¡No! ¡No lo habría sido! —chilló Pesantes fuera de sí—. Estamos arruinados. Esto acabará con nosotros.

—Bueno, Marco Aurelio. No hace falta que te pongas así...

—¡Claro que hace falta! —Marco Aurelio golpeó el escritorio haciendo saltar los artilugios electrónicos y produciendo un leve movimiento sísmico—. Tengo mucho dinero invertido en este proyecto y ahora todo se va a ir al traste.

¿Dinero?

¿Proyecto?

Óscar estaba acostumbrado a que nadie entendiese lo que él decía. No sabía qué hacer en el caso contrario.

—Marco Aurelio, te estoy hablando de Natalia. ¿Recuerdas? Mi pareja.

—¡Precisamente, sí! —se levantó Pesantes de la mesa, armado con uno de sus teléfonos, apretando botones sin orden aparente—. Tenemos que encontrar otro guionista. ¡A dos semanas de empezar! ¿Cómo has podido hacerme esto, Óscar? ¿Por qué a mí, por qué tienes que ser tan comemierda, chico?

Óscar trató de entender qué le había hecho él a Pesantes, pero lo distrajeron los violentos movimientos con que el productor cruzaba la habitación, blandiendo el teléfono en posición de granada de mano. El productor hablaba —más bien gritaba— con alguien del otro lado de la línea y le proponía reemplazar a Óscar «con efecto inmediato». Pero la parte que más le dolió al guionista fue que le ofrecía el doble de dinero que a él, y además, un anticipo. Óscar llegó a dudar si Pesantes era consciente de que él permanecía en la habitación, si no lo había dado por despedido, y por lo tanto, lo había borrado físicamente de su entorno. Pero le alivió comprobar que no era así: Pesantes recordaba que Óscar estaba ahí parado, al menos lo suficiente para volverse hacia él entre llamada y llamada y decirle:

—Miserable. Bastardo. Debería demandarte por esto.

Cuando Óscar quería responder, el productor volvía a sumirse en sus conversaciones con diversas personas en diversos lugares, personas que, por lo visto, sólo le dijeron que no. Para cuando terminó con la cuarta o quinta, parecía que iba a triturar el teléfono con sus manos, y su mirada había adquirido un tono plomizo francamente inadecuado en la jurisdicción de Star Island, donde a todas luces estaba prohibido ser infeliz.

—Te lo he dado todo, Óscar. ¡Todo! Y me pagas de este modo.

—Gracias por preocuparte por mí, Pesantes. Aprecio tus gestos de amistad.

—Estoy hablando en serio, Óscar —tronó Pesantes. Ahora estaba de pie cerca del marco de la ventana, y su cuerpo producía el efecto de un eclipse solar—. Todo el mundo sabe que tú sólo puedes escribir cuando estás enamorado.

Óscar se retorció aún un poco más.

—¿De dónde... de dónde has sacado eso?

—Todo el mundo lo sabe.

Pesantes volvió a su asiento. La ansiedad le hizo olvidar las proporciones de su silla, y cuando cayó sobre ella, sus caderas estuvieron a punto de quedarse atrapadas en los brazos. Óscar sintió que debía contraatacar:

—¿Quién es todo el mundo? Te recuerdo que estás frente al autor de *La malquerida* y *La cárcel de tu amor,* que tuvieron máximos históricos de sintonía durante doscientos capítulos y se vendieron a toda América y muchos otros países. ¿Sabías que en un pueblo de China hay una calle que se llama «Malquerida»?

La mirada de Pesantes estaba clavada en su huésped. Tenía el rostro pegado al cuello, y la multiplicación de su papada le daba a Óscar la impresión de estar viendo a tres Marco Aurelios al mismo tiempo.

—*La malquerida* es de hace trece años, de cuando estabas enamorado de la loca esa. Y tuvo mucho éxito, pero luego pasó... bueno, lo que pasó. Y *La cárcel de tu amor* es de hace seis años, cuando te enamoraste de Natalia. Y deberías agradecerme que te haya contratado de nuevo para escribir esa historia a pesar de... bueno, lo que pasó.

Lo-que-pasó.

En el entorno de Óscar, en los últimos doce años, esas palabras habían cancelado cualquier conversación posterior. «Lo-que-pasó» era algo que todo el mundo sabía, o creía saber, pero no pronunciaba en su presencia. Cuando esas palabras aparecían en el diálogo, el tema se derivaba de inmediato hacia el clima o, incluso, en situaciones extremas, la política. «Lo-que-pasó» refería a un hecho que, además de resultar profundamente bochornoso, había representado el fin del talento de Óscar, la anulación de sus capacidades inventivas, la muerte del narrador que habitaba en él. *La malquerida,* con un cuarenta y cinco por ciento del *share* y cuarenta puntos de *rating* en los días malos, lo había convertido en el joven guionista de moda, pero no sólo por la cantidad de gente que la veía, sino también porque triunfó intelectualmente. Críticos, académicos y ensayistas dedicaban sesudos estudios al fenómeno cultural masivo de esa telenovela, y Óscar asistía a conversatorios culturales tanto como a galas del espectáculo. Durante una temporada, los pocos caballeros con pretensiones intelectuales de Miami se vistieron como él, todos de negro y con zapatos para la nieve, aunque la meteorología de la ciudad evitó que esa moda se prolongase demasiado tiempo.

Y luego pasó «lo-que-pasó».

Óscar nunca volvió a ser el mismo. Sus siguientes tres telenovelas fueron abortadas, la más duradera en el capítulo veinte, y su nombre, que antes había sido un sinónimo de éxito, empezó a desprender el rancio tufillo de la derrota. Pronto se convirtió oficialmente en la promesa peor cumplida del mundo del espectáculo. Hasta que llegó Natalia.

—Si no fuera por mí, Óscar —bramó Pesantes ahora—, estarías escribiendo la misa de los domingos. ¿Y sabes por qué te rescaté? Porque estabas enamorado de nuevo. No falla. Lo llevas dentro. No puedo poner a Natalia en tus contratos, pero créeme, ella se merece por lo menos el cincuenta por ciento.

A Óscar le quedaban algunos restos de dignidad, como motitas de polvo que revoloteaban a su alrededor, tan pequeños que resultaban invisibles, pero en número suficiente para resultar molestos. Trabajosamente reunió varios de ellos y trató de objetar algo, pero se disolvieron en el aire. A lo mejor eran realmente motitas de polvo.

—Sin embargo —continuó el productor—, será imposible encontrar a otro guionista a tiempo, así que...

Hizo una larga pausa, que podría haber sido una siesta, ya que Óscar sólo miraba al suelo, recluido como estaba en su miseria personal. Finalmente, Pesantes decretó:

—¿Sabes qué? Vamos a tener que arreglar tu problema.

—Creo que no entiendo.

—Eres un artista, Óscar —le respondió un Pesantes súbitamente filosófico, magnánimo, que había vuelto a parecer en su asiento mucho más alto de lo que era en realidad—. Y trabajas con tu sensibilidad. Yo soy un empresario y resuelvo problemas. ¿El problema es el amor? Pues tenemos que hacer que te enamores. ¿Y sabes qué? Yo sé perfectamente cómo lograrlo.

El local era un como un cuadrilátero de box, pero sobre la lona había una chica con sombrero vaquero y botas. Llevaba dos botellas de tequila en el cinturón, como dos pistolas, y daba de beber a los clientes mientras se palmeaba las nalgas.

—Esto te va a encantar —anunció Pesantes.

Óscar echó un vistazo alrededor con la intención de detectar las salidas de emergencia, para cualquier posible eventualidad. Pero a su alrededor sólo descubrió hombres con aspecto de no haber tenido sexo desde que eran estudiantes, y mujeres que reían sus chistes, les acariciaban las rodillas o los abrazaban entre carcajadas hundiendo sus cabezas entre sus pechos. «¿Es aquí donde me voy a enamorar?», quiso saber Óscar, pero al ver sobre la barra los precios de las bebidas, prefirió preguntar:

—¿Quién va a pagar esta noche?

Pesantes estaba embarcado en una repartición de saluditos, miradas de complicidad y gestos de reconocimiento con casi todo el personal del local, pero interrumpió su fiesta de autorrecepción para responder:

—Maestro, ésta es tu noche: toma lo que quieras, coge lo que veas, vuélvete loco. Papá Pesantes está a cargo.

Y rodeó con el brazo a Óscar.

—Quiero irme, Marco Aurelio —anunció el guionista.

—¡Hey, hey, paciencia, tigre! —dijo, pasándole una copa de líquido azul con una sombrillita de papel en el borde—. Ya sé que quieres acción desde el principio, pero éste es un local respetable. Antes de llevártelas, tienes que conversar un poco con las chicas. Son las reglas.

—No quiero hablar con nadie aquí. Normalmente no quiero hablar con nadie, y menos aquí.

Pesantes le dio un trago a su gin tonic y saludó a una rubia moviendo los deditos, como si hiciese cosquillas en el aire.

—Bueno, si tienes prisa, del otro lado hay una de esas paredes con agujeros donde te hacen el trabajo sin que veas quién. Es rápido y barato, pero nunca dejo de preguntarme: ¿quién está del otro lado? Quiero decir, ¿y si es una abuela de sesenta años? ¿O un abuelo de sesenta años? ¿Me comprendes?

—Oh, mierda —comentó Óscar, y Pesantes lo interpretó como una señal de que todo marchaba sobre ruedas.

En ese momento, comenzó el espectáculo: dos chicas con guantes de boxeo casi tan grandes como sus senos saltaron al cuadrilátero, acompañadas por un árbitro de traje a rayas que hizo todo tipo de comentarios picantes al respecto. Y luego empezaron a darse de tortazos.

—¡Destrózala, nena! —gritó Pesantes.

Una de las chicas puso contra las cuerdas a la otra. La arrinconada llevaba una especie de traje de baño rosado que desaparecía en algún lugar entre sus glúteos, de modo que nadie prestó mucha atención a su técnica defensiva. Cuando parecía que iba a caer, la campana anunció el final del asalto, y los caballeros se precipitaron hacia la barra a pedir bebidas.

Óscar quiso aprovechar el momento para abandonar el local, pero en ese instante, un chillido interrumpió sus pensamientos. El ataque a sus oídos comenzó como un ultrasonido, del tipo que sólo los perros pueden oír, pero fue aterrizando hasta convertirse en una frecuencia audible, al mismo tiempo que articulaba el nombre del productor. En un instante, Óscar supo que esa voz era un augurio de problemas.

—¡Marco Aurelio, *big boy*!

Detrás de la voz se acercaba a ellos una mujer aún más chillona que sus cuerdas vocales, armada con artillería pesada en caderas y busto, y tocada por una cascada de pelo amarillo patito con la textura del cepillo de las escobas de plástico.

—¡Grace, cariño! —se alegró Pesantes, y acompañó su beso de saludo con palmaditas milimétricamente calculadas aquí y allá. Luego miró hacia Óscar—: Grace, quiero que conozcas a un hombre que va a ser muy importante para ti. Óscar Colifatto es el guionista de nuestra telenovela.

—¡Oh, guau, *that's lovely*! —celebró ella, aplastando sus labios pantanosos contra las mejillas del guionista—. Marco Aurelio me había dicho que eras rarito, pero pareces muy normal. *Really*. Jajajajaja.

Su risa era mecánica e hiriente a la vez, como una máquina de escribir antigua con cornetas en vez de teclas.

—¿*Nuestra* telenovela? —se preocupó Óscar—. ¿Qué significa *nuestra*?

Pesantes asumió un aire solemne, que interrumpió con miraditas de complicidad hacia la chica. Finalmente, proclamó:

—Óscar, te presento a Grace Lamorna: nuestra nueva protagonista.

—*Yeah!* —amplió la información ella—. De verdad, va a ser *cool*. Marco Aurelio dice que podré ponerme *dreadlocks* en el pelo y todo. Me encantan los *dreadlocks*. ¡Son tan *reggae*!

—¿Te refieres a María de la Piedad? —titubeó Óscar—. ¿Ella es María de la Piedad?

—La misma que viste y calza —confirmó Pesantes. Una de sus manos había desaparecido en algún lugar de la espalda de la chica.

—Eso —confirmó ella—. Y calzo una talla *very big*. Jajajajaja.

Atrincherado tras la entereza que le daba el color negro, Óscar consiguió articular:

—Marco Aurelio, ¿podemos hablar un segundo, por favor?

A espaldas del productor, en el cuadrilátero, una campana anunció el inicio del segundo asalto de la lucha entre mujeres. La peleadora del traje de baño rosado salió resuelta y decidida, y nada más llegar al centro del ring lanzó un recto a la cara que arrojó a la otra contra una esquina. El árbitro subió al ring para dar por terminada la pelea y elevar en el aire el minúsculo trajecito de la derrotada. La clientela saludó la acción como si hubiesen ganado la serie mundial. Pero Óscar se sintió profundamente identificado con lo que esa pobre chica debía estar sintiendo.

—*OK, big boy* —dijo Grace—. Tengo que volver al *job*. A ti ya te veré en mis ratos de ocio, ¿verdad? Jajajajaja.

Se besó los dedos y los posó sobre los labios de un dulcificado Marco Aurelio Pesantes. Óscar no pudo evitar preguntarse, por razones de higiene, dónde habrían estado esos dedos antes. Pero Pesantes estaba en éxtasis:

—¿Qué te parece?

—¿Qué me parece? Una versión de la Barbie para sex shops. Eso me parece.

—Sí, es perfecta —rió bobamente Pesantes—. ¿Otra copa?

—Marco Aurelio, no entiendes: María de la Piedad debe tener una belleza inocente. Quizá algo curtida por los sinsabores de la vida, pero básicamente pura. Y esta mujer... esta mujer es...

Se volvieron hacia ella, que en ese momento se ponía los guantes de boxeo y trataba de subir al cuadrilátero sin tropezar con sus tacones. Óscar no pudo o no quiso completar la definición que buscaba, pero Pesantes completó su frase:

—Barata. Es barata, Óscar. Justo lo que necesitamos en este momento.

—¡Pero tú dijiste que teníamos luz verde del canal!

—Luz verde pero no presupuesto. Así que será mejor que convirtamos a esta chica en Marilyn Monroe. Al fin y al cabo, Marilyn también era un poco puta, ¿o no?

—¡Al menos tenía una profesora de actuación!

Pesantes bebió un largo sorbo de su gin tonic. Sobre el cuadrilátero, Grace y su contrincante recibieron aplausos y se hicieron caras agresivas la una a la otra. Luego hicieron chocar sus guantes. En un inesperado momento de sinceridad, producto quizá del gin tonic, Pesantes admitió:

—Tenemos un pequeño... problema de crédito. Así que mi departamento contable me ha sugerido hacer algunos... ajustes presupuestales.

—¿Por eso has contratado a Grace?

—Por eso te he contratado a ti, idiota. Nadie da un céntimo por ti a estas alturas.

—Gracias, Marco Aurelio.

—Deberías confiar en mí, Óscar. Sé reconocer el talento cuando lo veo.

La pelea comenzó. Grace le dio un golpe bastante teatral a su rival, y mientras ésta se reponía, se azotó a sí misma las caderas como si cabalgara un potro, un efecto que, sin duda, le granjeó numerosos aplausos entre el público asistente.

—Tengo miedo, Marco Aurelio —susurró Óscar.

Pesantes respondió, con tono filosófico:

—Pues yo tengo que empezar a grabar una telenovela en dos semanas con esa chica en el papel principal, tú como guionista y ni una hoja del libreto en mi escritorio. ¿Estás tratando de darme pena?

—Supongo que no.

Sobre el cuadrilátero, la lucha apenas duró. Grace le dio dos porrazos claramente impostados a su rival, que cayó rendida en el suelo. Luego, a una señal de la campana, una decena de luchadoras subieron al cuadrilátero y regalaron al respetable una coreografía. La coreografía tenía un propósito educativo. Trataba sobre la importancia de luchar y vencer. O algo así.

—No están mal, ¿eh? —rió Pesantes—. Lo que pasa es que tú no sabes divertirte. Lo que me recuerda que esta noche invito yo. ¿Por qué no escoges a una chica?

—Marco Aurelio, incluso si tus ideas sobre mi creatividad tuviesen algún sentido, lo cual no estoy admitiendo, incluso si estuvieses en lo cierto, se supone que se trata de enamorarme. No de sexo por dinero.

—En eso tienes razón —respondió Pesantes pidiendo dos copas más al barman—. Enamorarse tiene sus ventajas: sale gratis. El problema es que es muy lento. Te necesito operativo... déjame ver el reloj... hace un mes.

—Tú no tienes ni idea de qué es el amor —respondió Óscar con un aire digno, pero sin rechazar la copa.

Alzando su nuevo vaso en el aire, Pesantes respondió:

—Óscar, me he casado cinco veces. En temas de amor, soy un puto doctorado honoris causa.

Arriba, en el cuadrilátero, el espectáculo había terminado, y Grace Lamorna le hacía adiós con la mano a su *big boy*.

Gustavo Adolfo desayuna en el salón. Como corresponde a su posición, tiene enfrente una bandeja de plata rebosante de tostadas, jugos de frutas y café. Lleva puesta una bata de seda, igual que el pañuelo que le rodea el cuello. Y lee atentamente la página financiera del periódico. María de la Piedad llega con un plumero en la mano:

«¿Le molesta si sacudo un poco el polvo?», pregunta.

«Por supuesto que no», responde él, «adelante».

María de la Piedad se pone a limpiar y canturrea una melodía. Gustavo Adolfo se distrae de su lectura. Está a punto de pedirle que se detenga, pero se queda mirándola. Sus ojos se posan en los gráciles movimientos de las manos de María de la Piedad, en la sencillez de sus gestos, en la dulzura de su boca al cantar. Algo de ella lo atrae, como un imán, y no puede resistirse.

«María de la Piedad, yo quisiera pedirle disculpas si la abochorné ayer en la piscina. No era mi intención avergonzarla.»

Ella baja la mirada, sonrojándose de sólo recordar la escena. Le responde:

«No se preocupe. Soy yo quien debe disculparse. Me tomé unas confianzas que no me correspondían.»

Gustavo Adolfo insiste:

«María de la Piedad, yo quisiera que se sintiese en confianza en esta casa, y que trabajase a gusto. Por favor, si cualquier cosa le molesta, no dude en hacérmelo saber.»

María de la Piedad no es indiferente a los sentimientos que alberga el corazón de Gustavo Adolfo, pero trata de disimular. Aunque también se siente poderosamente atraída por él —por sus modales delicados y su porte fuerte, por su aplomo viril y su atenta sencillez—, sabe cuál es su lugar en esa casa. Sin embargo, las palabras de él la halagan hasta ponerla nerviosa, y en un movimiento brusco, tumba casualmente el jugo de naranja de la bandeja y moja el periódico.

«Lo siento mucho, soy tan torpe.»

«No se preocupe, María de la Piedad. Ha sido culpa mía.»

Ella trata de secarle la bata, y en la confusión, sus manos coinciden. El contacto entre sus pieles les pone la carne de gallina, y sus miradas se encuentran en un manantial de naciente pasión. Como repelida por una corriente eléctrica, ella zafa las manos rápidamente, y le dice, reprimiendo sus emociones, presa de la más pudorosa timidez:

«*Ok*, *big boy*. Yo tengo que volver al *job*, jajajajaja.»

—¡Noooooooo!

El grito le salió a Óscar desde lo más profundo del alma, o de lo que él tuviera en su lugar, el equivalente espiritual a la trastienda maloliente de un restaurante chino. Como quien emerge de un mal sueño, reconoció a su alrededor su apartamento: los libros perfectamente organizados —por orden de color y tamaño— en las estanterías del estudio. El goteo y el malestar estomacal de las tuberías. Y el olor a humedad que emanaba de las alfombras desde el incendio de la cocina. El desorden se iba tragando la casa paso a paso, cuarto por cuarto.

A pesar de ello, y por primera vez, el mundo de su imaginación parecía peor que la realidad.

La culpa la tenía Pesantes. Pesantes y su nueva protagonista. Escribir a María de la Piedad con la cara de Grace Lamorna era como escribir el Nuevo Testamento con Danny DeVito en el papel principal. ¿Cómo representar el sano cabello natural de María de la Piedad con las extensiones baratas de Grace? ¿Cómo iba esa bataclana a transmitir la mirada candorosa de su personaje? ¿Cómo podía Pesantes pedirle a Óscar semejante crimen?

Trató de calmarse.

Midió sus pulsaciones.

Se tomó la presión.

Se puso el termómetro.

Sus constantes vitales se mantenían en su lugar. Volvió a sentarse a escribir. Bebió un trago de su taza. Cerró los ojos y posó sus manos sobre el teclado con su gesto de pianista de siempre. Estaba a punto de cruzar la barrera de lo real cuando un nuevo estruendo lo devolvió al planeta Tierra:

—Gggggggerrrrrf... Guau... Rrrrrrr...

No contento con emitir sus habituales sonidos guturales, el infame chucho del apartamento de al lado añadía una nueva tortura auditiva: estaba raspando la puerta. Y no cualquier puerta, sino la de Óscar en particular.

Desde *La cárcel de tu amor,* su segundo y hasta el momento último gran éxito televisivo, Óscar guardaba como recuerdo una pistola de balines de plástico, la misma que había usado el galán para evadirse de un centro penitenciario e ir a interrumpir la boda de su amada. La pistola había sido escogida por el departamento de producción por ser una réplica exacta de un arma de fuego real. Incluso disparaba.

Gracias a su cultura televisiva, cargar y rastrillar el arma le resultó a Óscar muy fácil. Lo hizo con seriedad, como un samurái prepara su katana, imbuido por la certeza de estar cumpliendo una misión trascendental. Con la misma seriedad, y un poco más de cautela, se acercó a la puerta.

Al abrir, encontró a la bestezuela a sus pies: un Yorkshire Terrier. La típica rata con pretensiones de perro, antipática y peluda, con los rizos de la frente anudados en dos lacitos de colores. Movía la cola y sacaba la lengua con evidente sarcasmo, provocando más a Óscar con su alegría que con sus ladridos.

Óscar sacó el arma y apuntó hacia abajo, entre los ojos:

—Lo que voy a hacer —declaró— lo hago en nombre del arte en el mundo.

El perro se quedó mirando arriba, quizá pensando que la pistola era un juguete o un hueso negro, como correspondía a su ignorancia en temas bélicos. Ofrecía un blanco perfecto, pero cuando Óscar ya iba a tirar del gatillo, una voz cantarina llegó desde la puerta entreabierta del 4-B.

—Fufi, ¿estás afuera?

Óscar apenas tuvo tiempo de esconder el arma a sus espaldas antes de que la vecina se asomase a su umbral armada a su vez, como de costumbre, con una sonrisa calibre nueve milímetros.

—¡Oh, está jugando con usted! Ya sabía que se llevarían bien.

—Eeeeh... —saludó Óscar.

—Creo que Fufi tiene dolor de estómago. Se ha pasado toda la noche llorando.

Ella se adelantó y recogió al perro. Mientras se agachaba, Óscar pudo sentir el olor a pachulí que despedía.

—A lo mejor hay que sacrificarlo, como a los caballos —sugirió, sin poder contenerse.

—Veo que sabe usted de granjas. Debe ser de ahí que ha surgido su conciencia ecológica. Nada como el verdadero contacto con la naturaleza, ¿no es así?

Óscar sólo había visitado una granja en su vida, a instancias de Natalia, y durante los tres días siguientes había padecido dolorosas urticarias, que atribuía a una alergia contra todo bicho viviente que defecase fuera de un inodoro.

—Yo... eeehh... pssss... —afirmó tratando de demostrar seguridad.

—Bueno, le agradezco que haya cuidado de mi Fufi. Le gusta escaparse cuando vuelvo de hacer las compras, y me da miedo. Hay todo tipo de gente extraña allá afuera. Y no todos comparten su amor por los animales.

Antes de cerrar la puerta, la vecina le envió a Óscar un beso volado, que planeó por el aire tratando de eludir su destino, y finalmente se estrelló de mala gana en la frente del guionista.

Óscar volvió a su escritorio, pero todo estaba perdido. El beso de la vecina lo había distraído. El rostro de Grace seguía pegándosele en la cara a María de la Piedad. Y para colmo, el perro del 4-B continuó lamentándose amargamente del dolor de estómago. Eso era una crisis creativa en toda regla.

Se arrojó sobre la cama y lloró. Se dijo que ya nunca lograría escribir nada. Se planteó buscar otro trabajo, y se deprimió por adelantado al recordar que ni siquiera había ido a la universidad. Sopesó el suicidio, y lo animó pensar en toda esa gente que asistiría a su entierro arrepentida de no haberlo valorado. Luego comprendió que no tenía coraje para el suicidio, y se deprimió más.

Hasta que comprendió que sólo había una manera de resolver sus problemas. Era hora de asumirlo y actuar en consecuencia.

Pesadamente, con el mismo ánimo del que se amarra piedras al cuerpo para tirarse de un puente, se calzó los zapatos para la nieve. Se levantó y echó a andar hacia la salida de su casa. Abrió los tres candados de su puerta de arriba abajo —nunca en otro orden— y se asomó al pasillo. Verificó que no había nadie en su camino. Bajó los cuatro pisos por las escaleras, pegado a las paredes, para tener la certeza de no cruzarse con ningún vecino. Casi lo sorprende uno de los gays del 2-B, que entraba a su casa, pero él logró esconderse a tiempo en el rellano. Cuando el gay desapareció, Óscar continuó su camino con los ojos cerrados, por alguna razón que sólo él y sólo en ese momento era capaz de comprender, y al llegar a la puerta buscó a tientas la perilla. Supo que había llegado a la calle cuando lo invadió la oleada húmeda y viscosa que en esa ciudad recibía el inapropiado nombre de «aire».

Pero respiró hondo y dio un paso adelante, y luego otro, en dirección al horizonte.

Tenía una misión que cumplir.

Debía salvar a María de la Piedad. Y a sí mismo.

## NATALIA ARANCIBIA
### ODONTÓLOGA

La placa en el primer piso del edificio bastó para sumir a Óscar en la melancolía. Había conocido a Natalia veinte metros más cerca del cielo, en su consulta del piso 6, y ahora, estar ahí de pie con un ramo de rosas le traía todo tipo de reminiscencias sobre el amor... y sobre el estado de sus encías.

De todas las partes de su cuerpo que habían decidido rebelarse contra él, como la calva o los pelos en las orejas, su boca lideraba la partida. Sus encías llevaban años batiéndose en retirada y abandonando a su suerte a los dientes, que cada vez parecían más colmillos.

La primera vez que visitó a Natalia, seis años antes, Óscar no era más que una masa blanda alrededor de unas encías rojas. Pero ella lo salvó. Sus maniobras eran tibias caricias que lo hacían sentir arropado. Sus prodigiosas manos transformaban el garfio interdental en un paño húmedo y caliente. Y el hiriente sonido del metal atravesando su dentadura sonaba como la suave melodía de una nana.

Amor gingival. Amor con flúor. Amor con blanqueador. Óscar supo desde el primer momento que Natalia tenía todo lo que él necesitaba de una mujer. Y de un proveedor de artículos de higiene bucal.

Natalia tenía que recordar eso. Natalia sin duda ya estaba echándolo de menos y lo esperaba ahí dentro, rebosante de felicidad. Por eso, en la sala de espera, Óscar ni siquiera se dirigió a la secretaria. Siguió adelante, en pos de

Natalia, guiado por el olor de la muestra gratis de dentífrico. A sus espaldas, la secretaria trató de contenerlo, aunque no se levantó de su escritorio, y ni siquiera soltó del todo la revista del corazón que leía. Se limitó a advertir:

—¡Óscar, no puedes pasar! ¡Natalia tiene un paciente!

Pero Óscar, parapetado tras su ramo de rosas, le espetó con aplomo:

—Créeme: Natalia me está esperando.

La secretaria, una profesional seleccionada por su aspecto de salud dental y no por su educación, replicó con desgana mientras mascaba un chicle de menta:

—Créeme: la vas a cagar.

Inasequible al desaliento, sordo ante la verdad, Óscar irrumpió en el consultorio de Natalia.

Tal y como él preveía, Natalia estaba sentada del otro lado de su paciente, manipulando el interior de su boca. Llevaba el pelo recogido en un moño, y su rostro ovalado brillaba en todo su esplendor. Sus ojos almendrados se elevaron desde las profundidades del sistema digestivo de su paciente y se posaron en Óscar, que ahí, de pie con su ramo de rosas en la mano, sintió que un tsunami de amor inundaba la habitación.

—¿Qué coño estás haciendo aquí? —le preguntó amorosamente.

Óscar había ensayado una y otra vez lo que respondería a esa pregunta. Pero lo olvidó. Su respuesta fue más bien:

—Eeeh... oooh... bueee...

Quizá pensando que hablaban el mismo idioma, el paciente, que aún tenía la boca abierta, le respondió:

—Jjjjjj... ggrgrgrgrgr... ooohooo...

—Fuera —le escupió Natalia.

—Yo... ehh...

—¿Es que no ves que estoy trabajando?

—Aeaeaeaea... hggg... jjjjj... —confirmó el paciente.

Otro hombre, viéndose atravesado por los cuchillos de las pupilas de Natalia, se habría dado por vencido ahí mismo. Pero Óscar había concebido y puesto en escena a decenas, quizá un centenar, de hombres dispuestos a arrastrarse tras una mujer durante ciento veinte capítulos haciendo caso omiso de imposiciones sociales, esposas posesivas y madres intrigantes. Y no iba a darse por vencido.

En la esquina del consultorio reposaba una silla que Natalia usaba para practicantes o, eventualmente, para acompañantes de pacientes. Óscar trató de levantarla virilmente con la mano que le quedaba libre de las flores, aunque sólo consiguió arrastrarla. La colocó del otro lado del paciente y dejó sus flores sobre la barriga de ese hombre, a la altura de la corbata:

—He venido a arreglarlo todo —proclamó.

Natalia resopló:

—Vete, Óscar.

Y volvió a meter su cabeza en esa boca ajena, como un domador en la de un león.

Afortunadamente, no sonó furiosa. Su tono de voz había sido más bien aburrido o cansado, y Óscar interpretó eso como un signo de que empezaba a ceder.

—Quiero que sepas que he pensado... mucho en ti... en estos días.

Parecía mentira lo fácil que le resultaba poner esas palabras en boca de otros y lo difícil que se le hacía pronunciarlas él mismo. Pero lo logró. Y añadió:

—Y he venido aquí porque tengo algo importante que decirte...

Natalia estaba haciendo un raspado. Sobre su cabeza, un espejo ampliador reflejaba la boca del paciente, convirtiéndola en una sombría caverna.

—Dilo rápido y vete —se limitó a responder ella.

—Bien... sí...

Óscar se aclaró la garganta y buscó con la mirada algo amable y familiar para infundirse confianza. En un rincón, junto a la pared, descansaban varios moldes de dentaduras de cerámica. Todas parecieron reírse de Óscar al mismo tiempo. Trató de sobreponerse y dijo:

—... Bien... Natalia... He venido a decirte... que te perdono.

El paciente dejó escapar un gemido de dolor. Natalia había cortado algo ahí dentro.

—Perdón —dijo ella, antes de volver hacia Óscar una mirada incrédula—. ¿Que *tú* me perdonas? ¿A *mí*?

—Todo queda olvidado. Puedes volver a casa cuando quieras. De verdad.

Y al decir eso, Óscar levantó las rosas de la barriga del paciente y, con gesto solemne, se las extendió a Natalia. Ella las rechazó con un empujón.

—Eres un imbécil, Óscar. A veces pienso que eres un monstruo de egoísmo. Pero sólo eres un imbécil —dijo antes de volver a su trabajo.

—¿Volverás hoy o mañana?

—¿Qué pasa? ¿Necesitas alguien que limpie la cocina?

Óscar pensó en la cocina, o en lo que quedaba de ella después del incendio.

—No. Eso ya no es un problema. Por cierto, te dejaste unas medias y un pantalón que... Bueno... No los necesitas, ¿verdad?

—No necesito nada de ti, Óscar. Ya no.

Natalia tomó el tubo de absorber saliva y lo introdujo en la boca del paciente. Un líquido transparente empezó a desplazarse por el tubo, lo que le recordó algo a Óscar.

—Esto es por el condón, ¿verdad? —preguntó por si acaso.

—¿Y tú qué crees?

—¡Te juro que no sé de dónde salió!

—¡Peor aún, Óscar!

—¡Quizá no lo usé yo! Quizá fue... mmhh... algún amigo... O...

El paciente puso ojos de incredulidad, como si dijese «uno siempre sabe cuándo ha usado un condón». Óscar lo fulminó con la mirada, y él optó sanamente por mirar hacia otro lado. Natalia respiró hondo y declaró, con más tristeza que rabia:

—Si quieres saber la verdad, no. *Esto* no es por el condón. Es porque me has hecho perder seis años de mi vida. Lo del condón podría perdonarlo. Pero mis seis años, no.

Óscar recordó cómo habían empezado los problemas, o al menos, el pequeño inconveniente.

—Ya lo sé —reconoció—. Tú querías... un hijo.

—Eso ya da igual.

—Compraremos un gato —se animó Óscar de repente.

—¡Óscar!

—Un perro.

Natalia había vuelto a trabajar en la boca del paciente, que miraba alternativamente a uno y otro en un rápido ping pong ocular y comentó:

—Grjrjrjrjkkk...

—Métase en sus asuntos —le respondió Natalia, pero como animada por la conversación, se dirigió a Óscar—: Tú no me quieres a mí, Óscar. Tú lo que tienes es pánico a estar solo. No sabes valerte por ti mismo. ¡Por Dios, ni siquiera sabes freírte un huevo tú solo!

—¿Y no podrías volver aunque no sea para tener una relación? Puedo dormir en el sofá. Puedo no hablarte. Puedes verte con otros tipos, si quieres. Pero por favor, no desordenen mi habitación. Ni mis libros. Ni mi espacio del baño. El espacio del baño es sagrado.

Por primera vez, Natalia sonrió, pero con más sarcasmo que ternura:

—¿Ahora quieres una relación libre? ¿Qué bicho te ha picado?

—Bueno, ya que lo dices...

—¿Qué?

Fuera lo que fuera que Natalia estaba haciendo en la boca del paciente, sonaba como un aserradero. O quizá lo que sonaba era la autoestima de Óscar al ser talada y arrancada de raíz.

—Tengo un bloqueo creativo —confesó, y se sintió mejor. El solo hecho de poder quejarse frente a Natalia era ya una de las grandes ventajas de su relación.

—Siempre los tienes —respondió ella—. Lloras, chillas, y luego escribes y no pasa nada.

—Esta vez es peor.

—Vaya. Lo siento.

Óscar creyó percibir una sonrisa burlona en los ojos del paciente. Disimuladamente, le pellizcó la barriga.

—¡Aaau! —chilló el hombre desde su silla.

—¡Perdóoon! —se disculpó innecesariamente Natalia—. Ya vamos a acabar. Y Óscar ya ha acabado, ¿verdad?

El guionista se acomodó los lentes. Sólo quedaba una cosa que hacer: arrastrarse y suplicar.

—Si no lo vas a hacer por mí, hazlo por el arte, Natalia.

Natalia se limitó a pasar un cepillo eléctrico por los dientes del paciente. Sonaba como una perforadora de calles en miniatura, agujereando las expectativas de Óscar.

—Verás, Marco Aurelio Pesantes... —empezó a explicar él.

—¡Sabia influencia! —se mofó Natalia.

—Pesantes dice que yo sólo puedo escribir cuando estoy enamorado, así que, si tú y yo volvemos, podré escribir el guión a tiempo para comenzar el rodaje.

A medida que esas palabras salían de su boca, Óscar iba tomando consciencia de lo que implicaban, así que fue pronunciándolas en volumen cada vez más bajo, hasta hacerlas casi inaudibles, pero no lo suficiente.

—¿Has venido a buscarme porque te lo ha ordenado tu productor?

—Bueno, yo no lo había visto así...

De repente, hasta las dentaduras dejaron de reírse. El paciente percibió que Natalia se iba alterando, y que tenía un instrumento potencialmente punzo-cortante dentro de su boca. Pero ella volvió a preguntar:

—¿Y qué? ¿Me vas a ofrecer una comisión por vivir contigo?

—No puede ser mucho —advirtió Óscar—. Tengo que reformar la cocina.

Es innecesario detallar la tormenta que se formó en el consultorio a continuación. Los gritos, los insultos, los reproches. El vuelo de dentaduras, jeringas, pequeños cuchillos de cirugía. El instrumental odontológico, descubrió Óscar, posee un gran potencial bélico.

Cuando Óscar salió del consultorio, el paciente se había hecho un ovillo y refugiado bajo el sillón de dentista. Y el ramo de rosas se había convertido en una lluvia de pétalos rojos que caía suavemente sobre el mobiliario. Lo último que Óscar escuchó antes de abandonar definitivamente el lugar fue la voz de la secretaria, que sin apenas apartar la mirada de su revista, lo despidió diciendo:

—¿Lo ves, Óscar? Te dije que la ibas a cagar.

No sabes valerte por ti mismo.

Ni siquiera sabes freírte un huevo tú solo.

Tú lo que tienes es pánico a estar solo.

En algo al menos, Natalia tenía razón... Bueno, a lo mejor en todo.

Desde su partida, la casa había ido derrumbándose alrededor de Óscar: la ropa sucia formaba pestilentes cerros, el enchufe del televisor se desencajaba de la pared, y en algunas esquinas se acumulaban truculentas telarañas. Óscar padecía de una extrema manía por el orden, pero sólo para exigirlo, no para mantenerlo. Lo suyo no era arreglar los desperfectos, sino quejarse de ellos.

Pero todo eso iba a cambiar. Si quería recuperar a Natalia, tendría que cambiar de vida, sorprenderla con un Óscar renovado, consciente de la igualdad de género y hacendoso en el ámbito doméstico. Y estaba decidido a convertirse en ese monstruo. Así que, nada más salir del consultorio, se fue al lugar donde se encuentra todo lo que necesita un hombre para mejorar: al Walmart.

Al llegar a la tienda, se armó con un carrito de compras. Los altavoces transmitían una versión muzak de *Yesterday,* y con esa marcha triunfal, Óscar desfiló por los pasillos señalizados y las series de productos de descuento, resuelto a remozar su existencia con productos de limpieza y herramientas.

Pero conforme se internaba en los intricados corredores de la tienda, fue constatando lo vana que era su ilusión. Había hecho compras algunas veces: una botella de vino para el almuerzo o una lata de conservas para un sándwich de atún. Pero ahora, mientras vagaba sin rumbo por la sección de precongelados, se preguntaba dónde habría un detergente, o si sería capaz de reconocer su envase: ¿sería un frasco? ¿Una caja? ¿Una bolsa? ¿Se usa el mismo detergente para la ropa que para los platos? ¿Y para los suelos? La organización del espacio le parecía una espesa jungla sembrada de trampas mortales.

Cada vez que se cruzaba con algún otro cliente, para aparentar que sabía lo que hacía, Óscar retiraba un producto de una estantería. Si el intruso permanecía en el pasillo demasiado tiempo, metía el producto en el carrito y hacía un comentario en voz alta del tipo «oh, sí, esto es muy necesario». Llenó el carrito de cosas con etiquetas que ni siquiera entendía, como «cerveza de raíz» o «peperoncino». Al fin, después de una hora de vagar a la deriva, cambió de rumbo y empezó a buscar alguna sección discreta donde echarse a llorar de impotencia.

Natalia tenía razón: él no servía para nada.

El mundo seguía siendo un lugar horrible, y ahora, además, lleno de estanterías. Pero aún podía ser peor.

—¿Estás haciendo compras, Óscar? —escuchó inesperadamente—. Esto es lo último que esperaba ver en la vida. Debe ser una señal del fin del mundo.

La voz salió de entre los alicates. Durante unos instantes, antes de reconocer a su dueña, Óscar dio gracias al cielo por haber encontrado a una amiga. Imaginó que esa mujer, fuese quien fuese, podría llevarlo de la mano a través de esa conjura de soluciones domésticas. Pero al girar la cabeza constató, presa del pánico, que era Fabiola Tuzard, o sea, lo más cercano que conocía al diablo en persona.

Según la leyenda, el día que nació la actriz Fabiola Tuzard, las mareas se habían desbordado en todo el Caribe, cuatro condados vecinos habían sufrido cortes de luz, dos huracanes habían arrasado parte de Centroamérica, se habían duplicado los nacimientos de hijos fuera del matrimonio, las guerrillas habían estado a punto de tomar el poder en seis países, la venta de bebidas alcohólicas se había disparado al norte del río Grande y el índice de muertes por infarto de miocardio había registrado un incremento del doce por ciento. Y Óscar creía en esas leyendas. Fabiola era una fuerza de la naturaleza. Era dos fuerzas de la naturaleza.

—Hey... Fabiola. ¿Cómo está Marco Aurelio?

Ah, sí. Y era la esposa de Marco Aurelio Pesantes.

Óscar había hecho la pregunta sin intención, sólo para ganar tiempo mientras disimulaba su nerviosismo, pero ella respondió con veneno:

—Tú sabrás. Lo ves más que yo.

Por razones relacionadas con su pasado, Fabiola era la última persona del mundo a la que Óscar habría contado sus problemas. De hecho, trató de escapar de ahí cuanto antes:

—Bueno, me voy. Estoy comprando... bueno, estoy comprando de todo. De todo para el hogar. Voy a comprar algunas... cosas... y luego voy a ir... al hogar, a ponerlas ahí.

Demasiado tarde. Fabiola ya se había acercado lo suficiente para asomar sus perversas pupilas en el interior de su bolsa, incluso para extender la mano y sacar uno de los productos que llevaba Óscar:

—¿Crema depiladora? —preguntó, examinándolo.

Óscar se preguntó en qué parte de la etiqueta ponía eso.

—Es... para Natalia —murmuró Óscar mientras estudiaba las vías de escape más cercanas.

Fabiola dejó caer de nuevo el frasco en la bolsa. También llevaba lentes oscuros, como siempre, y un pañuelo atado a la cabeza, todo en previsión de que algún admirador la reconociese por la calle —algo que no había ocurrido en cinco años— y llamase la atención de sus masas de fans, provocando largas colas y atascos de tráfico —algo que no había ocurrido jamás.

—Para Natalia, ¿no? Seguro que sí.

Sus miradas se cruzaron, cada una detrás de sus cristales ahumados, por lo cual, ninguno de los dos supo qué estaba pensando el otro. Pero Óscar sabía que debía contraatacar.

—Lo raro, Fabiola —dijo él—, es verte a ti acá. Pensé que tú sólo comprabas en Lincoln Road. ¿Sabes que en este lugar compran los indigentes?

Sonó como si hubiese dicho que había vampiros, pero sus palabras no alteraron a Fabiola, probablemente porque *indigente* era una palabra ajena a su vocabulario.

—No he venido a comprar —explicó secamente.

Óscar trató de aparentar tranquilidad. Fabiola olía el miedo y se excitaba con él.

—¿Entonces qué haces aquí? Esto no es una peluquería.

Fabiola se situó frente a él y lo escaneó con la mirada de arriba abajo. Óscar se sintió como si estuviese debajo de esas máquinas que te desnudan de los aeropuertos.

—Te estoy siguiendo, estúpido —respondió ella al fin.

—¿A mí? ¿En serio? Debes estar realmente desesperada. De todos modos, espero que ésta no sea tu idea de un lugar romántico.

Como para confirmar la opinión de Óscar, pasó a su lado un vagabundo con una enorme barba que le llegaba hasta el pecho y los pantalones caídos hasta la mitad del trasero. Arrastraba un carrito de compras, pero sólo llevaba en él una botella de vino barato y un muñeco de peluche. Fabiola esperó a que desapareciese antes de responder:

—Escucha, chorlito: si quisiese acostarme contigo, ahora mismo estarías en el suelo, con los pantalones en los tobillos y un paro cardíaco. Pero tengo asuntos más importantes que atender.

Fabiola Tuzard ya se había acostado una vez con Óscar, aunque ambos hacían grandes esfuerzos por olvidarlo. A decir verdad, en gran parte, precisamente ese episodio fue el desencadenante de lo-que-pasó, así que más o menos, por decirlo suavemente, Fabiola había destrozado la vida de Óscar con un solo coito.

—Suerte para mí —dijo él, y lo dijo con honestidad.

—He venido a conocer tu secreto mejor guardado.

—¿Mi loción para el cutis?

—Tu guión, idiota. Los rodajes ya están programados y nadie ha leído una línea. ¿Por qué lo estás escondiendo?

—¿Me has seguido hasta aquí para preguntarme por el guión?

—¿Y dónde quieres que te lo pregunte? ¿En casa? ¿Con Marco Aurelio ahí?

—Es tu esposo y el productor. ¿Por qué no?

Fabiola miró a todos lados antes de responder, vanamente convencida de que alguien podía tener algún interés en su conversación.

—Me evita. Ni siquiera entra en el ala de la casa en que yo esté. Paso días enteros sin verlo.

—Qué extraño. ¿Será por tu carácter dulce?

—Es porque no puede ni mirarme a la cara. Se está acostando con una zorra. La sacó de alguno de esos puticlubes a los que te lleva de paseo.

—¿También nos seguiste hasta ahí?

—¡Por supuesto que no! ¿Crees que puedo exponerme a que me vean ahí? Contraté un detective privado.

—Estás enferma, Fabiola —decretó Óscar, y se sintió bien de no ser él quien recibía ese diagnóstico.

A su lado, pasó una anciana con la nariz y las orejas llenas de aros metálicos. Por la parte posterior de su cuello asomaba el tatuaje de un dragón. Fabiola susurró:

—¿De dónde sale esta gente?

—Se llaman «pobres». Hay muchos por ahí. Si sales de Star Island, los ves.

—¿Podemos hablar en algún lugar más privado?

Se movilizaron por los pasillos hasta encontrar una sección de perfumes. Óscar metió algunos en la bolsa, contento de saber para qué servía algo de esa tienda. Y Fabiola, aunque eran perfumes baratos, se sintió más cómoda, más natural, en un entorno amigable. Recuperando su aire conspirativo, le dijo a Óscar:

—Sé por qué me están ocultando el guión.

—¿Entonces por qué me lo vienes a preguntar?

—Porque si me lo dices tú, podré montarle un escándalo a Marco Aurelio.

—¿Y si no te lo digo?

—Te arrancaré los testículos con dos cucharitas de postre.

—Ya.

El guionista no puso en duda los propósitos de Fabiola. Ella no era dada a las metáforas.

—Óscar, te lo voy a preguntar una sola vez —continuó ella—, y quiero que me respondas sin rodeos: ¿tengo el papel protagónico en la nueva telenovela?

Fríamente, Óscar sopesó sus opciones: podía ocultarle la verdad a Fabiola para no lastimarla y ahorrarse problemas, o podía ser franco y causarle un disgusto a ella y luego otro a Pesantes. No hacía falta pensar demasiado:

—No. No eres la protagonista. Marco Aurelio dijo que ni se me ocurriera.

Esto último no era cierto, pero hacía las cosas más divertidas. Fabiola puso tal cara de furia que sus lentes oscuros parecieron iluminarse por dentro.

—¡Lo sabía! Voy a matar a ese hijo de puta. Yo soy una primera actriz. Yo he hecho llorar a toda la pandilla de impresentables que conforman el público hispano. Varias veces.

—Yo se lo dije —siguió mintiendo Óscar—: ¿Por qué no ponemos a Fabiola de prota? Pero él dijo que no y que no y que de ninguna manera.

—Lo estrangularé con mis propias manos.

—De hecho, él quería que fueses la madre del protagonista.

Fabiola palideció. De todos los insultos posibles, de todas las ofensas que podía sufrir, la más grave era considerar que ya tenía edad suficiente para encarnar a la madre de un adulto.

—No es verdad... —titubeó.

—Pero conseguí convencerlo de que fueses la esposa del protagonista.

Histriónicamente, Fabiola se apoyó en las estanterías, como si fuese a sufrir un desmayo. Se puso la mano en la frente, respiró una honda bocanada de aire, y finalmente hizo la pregunta que habría preferido no tener que hacer:

—¿Soy la mala?

—Básicamente.

—Oh, Dios —se lamentó ella, volviéndose a apoyar en las estanterías y tumbando algunos perfumes de cinco dólares—. Ha llegado ese momento. Es... es peor que la muerte.

Años antes —en la época en que pasó lo-que-pasó—, Fabiola Tuzard había sido una mujer que quitaba el aliento, la protagonista indiscutible de todas las telenovelas, entre ellas el primer gran éxito de Óscar, *La malquerida*. Aparte de su extraordinaria belleza, era dueña de un carisma especial para la pantalla y de un talento fuera de serie. Los productores peleaban por tenerla en sus repartos, los hombres la amaban, las mujeres la envidiaban... Y luego había llegado la masacre de la mediana edad.

Hasta el momento de su encuentro en el Walmart, no podía quejarse: se había mantenido como protagónica de todas sus producciones, en parte gracias a que estaba casada con el productor, y en parte debido al colágeno de sus labios, la silicona de sus pechos y el trabajo de restauración, planchado y pintura en todo su cuerpo. Pero la juventud es un producto perecible. Su paso al papel de villana confirmaba que los bisturíes pueden derrotar a la gravedad pero no al tiempo. Óscar pensó en consolarla, reconfortarla, hacerla sentir orgullosa de ser la gran actriz que era. Pero estaba disfrutando demasiado:

—Oh, no debes preocuparte —le dijo, saboreando cada sílaba—: La muerte también te llegará.

María de la Piedad llora con nostalgia en la cocina mirando un retrato de su madre muerta. Gustavo Adolfo entra en ese momento y la descubre. Se acerca a consolarla:

«Pero María de la Piedad, ¿qué te ocurre?»

«Nada, señor. Es sólo que recordaba a mi madre. Lo siento.»

«No tienes que disculparte por ser sensible. Y si sientes nostalgia aquí en la ciudad, sólo tienes que tomar el teléfono y llamar a tu familia.»

«No tengo más familia. Nunca conocí a mi padre.»

Gustavo Adolfo se acerca a ella y le toma la mano.

«Entonces nosotros seremos tu familia.»

Al principio, el contacto de sus manos es sólo una casta expresión de apoyo. Sin embargo, ninguno de los dos se suelta. De repente, con gesto de tener que ir a cumplir alguna labor, ella se levanta. Pero no consigue partir. Se queda de pie frente a él. Sus bocas están muy cerca. Y empiezan a aproximarse más. Están a punto de besarse cuando ingresa en la cocina Cayetana, la esposa de Gustavo Adolfo, y dice:

«¿Estás en la cocina, Gustavo Adolfo? Esto es lo último que esperaba ver en la vida. Debe ser una señal del fin del mundo.»

Óscar se detuvo. Volvió a pensar en Fabiola Tuzard, que encarnaría a Cayetana. Recordó su encuentro en el Walmart, y meditó cómo podía hacer un papel a medida de sus sentimientos hacia ella. Luego posó sus dedos sobre el teclado y escribió:

Están a punto de besarse cuando ingresa en la cocina Cayetana, la fea esposa de Gustavo Adolfo, con su ojo bizco, su vientre prominente y su verruga verde en la nariz, y dice:

«¿Estás en la cocina, Gustavo Adolfo? Esto es lo último que esperaba ver en la vida. Debe ser una señal del fin del mundo.»

Releyó lo escrito, aún insatisfecho. Reflexionó. Sin duda, podía hacerlo aún mejor. Ese personaje tenía más jugo que sacar. En un rapto de inspiración, borró y reescribió:

Están a punto de besarse cuando ingresa en la cocina Cayetana, la esposa fea y paralítica de Gustavo Adolfo, haciendo sonar su silla de ruedas al avanzar, con su ojo bizco, su vientre prominente y su verruga verde en la nariz, y dice:

«¿Estás en la cocina, Gustavo Adolfo? Esto es lo último que esperaba ver en la vida. Debe ser una señal del fin del mundo.»

Oh, sí. Era tan hermoso. Había detestado con todas sus fuerzas a Fabiola Tuzard durante toda una década, desde lo-que-pasó, pero mientras ella era la prota, la buena, Óscar poco podía hacer en su contra. En cambio, como villana, podía cebarse con su personaje y atribuirle gozosamente todo tipo de defectos, iniquidades y perfidias. Podía convertirla en una cornuda, habitante de un universo que sólo existe para que la abandone su marido.

María de la Piedad y Gustavo Adolfo se sueltan las manos antes de ser descubiertos, pero no pueden ocultar su nerviosismo. Lo que acaba de surgir entre ellos es peligroso. Incluso si, en sentido estricto, no han hecho nada, los ojos de Gustavo Adolfo reflejan un hondo sentimiento de culpabilidad cuando le responde a su mujer:

«Ya lo ves, cariño. Tenía ganas de probar nuevas experiencias.»

—¡Bbbzzzz!

¿El timbre?

Óscar miró la hora: las dos de la mañana. Era imposible fingir que no estaba en casa. Pero sobre todo, era imposible que alguien estuviese tocando la puerta a esa hora. Nadie tocaba su puerta nunca. Ni siquiera a las dos de la tarde. Nadie se tomaba el trabajo de llamarlo por teléfono. Óscar había pasado años residiendo en los márgenes de cualquier relación social.

A menos, claro, que fuese Natalia, arrepentida de su desprecio, llorosa por haberlo rechazado, incapaz de dormir sin él.

Óscar corrió a la habitación. Recogió como pudo los montones de ropa sucia y los escondió en los armarios. Añadió la bata que llevaba puesta. Escogió un pantalón medianamente limpio —sólo lo había usado cuatro días— y se embutió dentro de él. Con la camisa fue más complicado, pero afortunadamente toda su ropa era negra, y el olor se podía disimular con un poco de colonia del baño.

—¡BBBbbbzzz!

Aprovechó su escala frente al espejo para lavarse la calva y calcular si le alcanzaba el tiempo para recortar diversas pilosidades. Al final, decidió invertir ese tiempo en rociar un poco de ambientador en los alrededores del inodoro. Finalmente, colocó una toalla, como una mortaja, sobre el condón que yacía en el bidé.

—¡BBBBZZZZZZZZZZZZ!

Antes de abrir la puerta, ensayó su sonrisa de acogida y repitió en voz baja lo que iba a decir:

—¡Gracias, gracias, gracias, gracias!

O quizá algo menos desesperado:

—Al fin has llegado.

O tal vez debía tomarlo con más calma, crear un ambiente más confortable:

—Llegas justo a tiempo para tomar una copa de vino.

En fin, improvisaría. Miró hacia delante, a donde calculaba que estaría la cabeza de Natalia. Apoyó la mano en el marco de la puerta. Y abrió.

Frente a él sólo se extendía el pasillo vacío. Donde debía estar la cabeza de su ex, no había nada.

Tardó unos instantes en detectar a la persona que había llamado a la puerta, porque esa persona vivía por debajo de su ángulo de visión normal. A pesar de sus tacones de plataforma, la mujer era una cabeza más baja que Natalia. Además, tenía la piel oscura, el pelo color rojo semáforo, y la poca ropa que llevaba encima tocada de brillosas lentejuelas. Pero si algo la diferenciaba de Natalia era su manera de hablar:

—Hola, papi. Cuéntame tus fantasías que las voy a hacer realidad.

En algo sí se parecía a Natalia. Había pronunciado el saludo con el mismo tono de aburrimiento con que su ex lo había atendido en su consultorio.

—¿Quién coño eres tú? —saludó Óscar.

—Mi amol, yo soy tu sueño erótico de esta noche.

Como si fuera lo más natural del mundo, la mujer lo apartó suavemente y se coló en su apartamento. Por detrás, los tacones les daban a sus piernas un aspecto firme y macizo, pero ni una hormigonera habría logrado contener el desparrame de sus caderas, que se balanceaban ostentosamente a un lado y otro, a punto de hacerla caer.

—Escucha... —trató de decir Óscar, aunque comprendió rápidamente que ella no había ido a su casa precisamente para escuchar.

—Llámame Nereida, papi —respondió ella—. O no me llames nada. Sólo tócame.

Dejó su bolso en un sofá y, en un movimiento con pretensiones de sensualidad, se quitó el top. Ante los ojos de Óscar, dos pechos fofos se descolgaron en el aire, como sacos de entrenamiento para boxeadores. Él se fijó especialmente en las aureolas de sus pezones, que recordaban vagamente a las llantas de los tractores.

—Creo que será mejor que te vistas —dijo.

—¿Quieres jugar al inocente? Entonces mami tendrá que forzarte.

Nereida hizo un pequeño intento por encararse con Óscar, pero al constatar que era demasiado bajita, se echó para atrás y buscó una silla.

—Cuidado con el mobiliario —protestó Óscar—. Me vas a rayar el suelo.

Ella volvió con la silla y se encaramó sobre ella. Tomó entre sus manos el rostro de Óscar y lo hundió entre sus senos. Óscar trató de protestar, pero un trozo de esa carne blanduzca se le metió en la boca y estuvo a punto de asfixiarlo.

—Así, mi rey, dame placel —dijo ella, con el mismo tono automático de antes.

Óscar consiguió librar su boca de esa mordaza y proferir una advertencia:

—¡Si no te vas por las buenas, llamaré a la policía!

Pero esa mujer era indestructible. Se bajó de la silla, de espaldas a él, y se agachó dejando en pompa todos esos glúteos, que así realzados amenazaban con reventar la minifalda y potencialmente el resto de la casa. Con el fin aparente de animar a Óscar, se palmeó la zona destacada, produciendo agudos temblores entre sus muslos y su espalda, como un flan.

—¡Oh, sí, pégame, azótame, dame más! —añadió.

—¿Puedes dejar de hacer eso?

—¡Sí, papi, dime lo que quieres hacel, soy tu esclava!

Mientras ella giraba acrobáticamente alrededor de la silla, Óscar se preguntó si realmente hacía con sus clientes esas cosas. La cuestión no le escandalizaba moralmente. Sólo le sorprendía que hubiese voluntarios con la condición física necesaria.

—¡Lo que quiero es que te sientes! —gritó—. Quiero que te sientes en la silla y guardes silencio por un momento. ¿Puede ser?

Ella se encogió de hombros. Sin duda, había recibido órdenes más difíciles de cumplir.

—Ya comprendo. Tú quieres seducirme. ¿Quieres que sea una colegiala inocente? ¿Quieres enseñarme las verdades de la vida?

Ella le guiñó el ojo. Las arrugas de sus párpados le descubrieron a Óscar que aquella mujer tenía edad suficiente para saber varios pares de verdades de la vida.

—Creo que necesito un trago —dijo Óscar, apartándose. Entró en la cocina calcinada y trató de buscar algún resto de alcohol, pero al parecer, había usado todas sus existencias para producir el incendio. Por si acaso, revisó las despensas inferiores en busca de algunos de los productos de limpieza inflamables.

—Pero bueno, mushiasho —oyó a sus espaldas—. Tú bebes demasiado, ¿no te parece? Por eso luego nunca quieres jugal.

Con las manos vacías, Óscar volvió al salón. La mujer, sus pechos y todo lo demás habían tomado posesión del sofá, relegándolo al sillón de al lado. Ella se estaba arreglando las uñas, y tenía el cuerpo cubierto de una escarchita brillante, como un árbol de Navidad.

—¿Y tú qué sabes si bebo o no? —renegó.

—¿Qué tú quieres que te diga? La vez anterior estabas como una esponja. Chico, yo cobro igual, pero no sé si a ti te conviene el negocio.

Algo en esas palabras resonó entre las paredes del cráneo de Óscar. Ahí había una clave esperando a ser descifrada. Alguien, como un prisionero violento y resentido, empezó a patear la puerta del sótano de su memoria.

—¿Cuál vez anterior? —preguntó Óscar—. ¿Tú me has visto antes?

—Ay, mi amol. ¿Ya no te acueldas? Sí que bebes demasiado, entonces.

Mientras Óscar trataba de superar su perplejidad, ella sacó un frasquito y comenzó a aplicarse puntitos sobre el púrpura de las uñas. Agregó:

—Ven acá. ¿Y por qué has repintado la cocina? Cariño, yo no soy decoradora, pero el color negro no es el mejor para las cocinas.

—Ya.

Al fin, fue cobrando forma en la cabeza de Óscar el sábado maldito, el Big Bang de su desdicha.

—Dime una cosa —preguntó—: ¿Recuerdas si usamos... un condón?

Ella se sopló las uñas. Las sacudió un poco al aire. Si se movían rápidamente, parecían un caleidoscopio.

—Ay, chico. ¿Qué pregunta es ésa? Yo soy como un colegio privado. Por esta puerta no entra ningún niño sin uniforme.

Y para explicar cuál era «esta puerta» señaló hacia el orificio en cuestión haciendo un alto en la ventilación de sus uñas.

—O sea que lo hicimos —se decepcionó Óscar. En un oscuro rincón de su estructura moral, aún quería creer que no le había sido infiel a Natalia—. Realmente tuvimos sexo.

—Bueno, chico, hiciste lo que pudiste. No te tortures.

—¿Cómo que «lo que pudiste»? ¿Qué pude?

—Tú lo intentaste, pero luego yo dije lo del preservativo, y tú no querías, y peleamos, y total que para cuando te lo pusiste ya aquello no estaba en su mejor momento, y seguimos intentando, pero te pusiste nervioso, y al final, chico, te adelantaste a los acontecimientos...

—O sea que no lo hicimos. Realmente no tuvimos sexo.

—Y eso se quedó ahí todo mojado y ya no servía. Y luego te echaste a lloral, y me hablaste de tu mujel, y de que si las cosas andaban mal entre ustedes, y que...

—No hacen falta todos estos detalles, gracias.

Nereida se dio por satisfecha con el arcoíris de sus uñas. Cerró el frasco y lo guardó en su bolso.

—La intención es lo que vale, papi. Y tú eres un tigre, de veldad.

En el rincón opuesto de su estructura moral, Óscar albergaba la esperanza de haber sido un toro esa noche, de haberse comportado como un campeón entre las sábanas batiendo todas sus marcas, que a fin de cuentas eran bastante modestas. Pero no. La vida no le concedería ni siquiera esa minúscula victoria. Había perdido a su mujer a causa de una penetración que ni siquiera había atravesado el punto de penalti.

—Oh, Dios —se lamentó—. Quiero morir.

—Ya te digo, mushiasho, que a ti la bebida no te hace ningún bien.

Ella se levantó y se volvió a poner el top. Le tomó un buen rato acomodar toda esa humanidad en el interior de su estrecha prenda. Óscar preguntó:

—Espera. ¿Quién te ha llamado? Yo no sé el teléfono de ninguna puta.

—«Trabajadora del amol», si no te importa.

—En realidad, no tengo el teléfono de casi nadie.

—Por lo menos tienes un amigo: Marco Aurelio. Es uno de mis mejores clientes. Las dos veces me ha dicho que estabas muy triste y que necesitabas animarte. Y debe quererte mucho, mi amol, porque te ha pagado dos horas cada vez.

Ella se levantó definitivamente. Al pasar a su lado le acarició la calva con cariño, pero no se agachó a besarlo, ni le dijo nada. Ya había empezado a abrir la puerta cuando Óscar la detuvo:

—¿Marco Aurelio ha pagado dos horas?

—Es que le hago descuento por cliente frecuente.

—¿Y cuánto tiempo queda?

Ella miró su reloj, incrustado con genuinas imitaciones de perlas de plástico.

—Una hora y cuarto, si no incluyo desplazamientos.

—Entonces quiero usarla.

—Lo que tú digas.

Ella se encogió de hombros, cerró la puerta y regresó al sofá. Se sentó al lado de Óscar, pero no intentó morderlo ni hizo ningún espectáculo. Durante cinco minutos permanecieron uno al lado del otro sin decir nada. Luego, progresivamente, Óscar se fue acercando a ella. Al principio, sus movimientos eran lentos. Pero pronto entró en confianza, se agachó sobre el sofá y posó su cabeza en el regazo de Nereida. Se recostó de lado, sin decir palabra, acurrucándose en posición fetal con las manos juntas, entre su rostro y las rodillas de ella.

Después de media hora, Nereida empezó a acariciarle las mejillas, y el pelo detrás de las orejas. Siguió haciéndolo hasta el final de su visita.

Nadie entiende a los hombres como José José. Sus canciones describen con precisión quirúrgica todos los bochornos, vergüenzas y desastres a los que puede aspirar el género masculino, desde el simple amor no correspondido hasta las posibilidades más complejas: varón de cuarenta enamorado de chica de veinte, hombre con pasado pretendiendo a mujer preocupada del qué dirán, caballero alcohólico que se arrastra tras las faldas de dama que lo desprecia...

Tras la partida de Nereida, Óscar se dedicó a su colección de vinilos de José José. Después de escuchar seis veces *Gavilán o paloma,* se concentró especialmente en *Amnesia.* Apenas podía contener las lágrimas escuchando esa canción. Era un himno al olvido, último bastión de la dignidad de un hombre.

Mientras se emborrachaba de música, Óscar pensó en todas las mujeres con que se había cruzado en los últimos días: Grace Lamorna, Fabiola Tuzard, Nereida y, por supuesto, Natalia. Era completamente incapaz de hacer feliz a ninguna de ellas. Sólo era capaz de satisfacer a mujeres de ficción. Y de momento, ni eso. Refundido en su sillón, con José José vociferando en el salón, Óscar decidió quedarse ahí hasta que la muerte llegase y lo salvase de sus insuficiencias.

A las cinco de la mañana, el sonido del timbre en la puerta se intercaló con la voz de tenor cascado de José José. Debía ser Nereida, que se había olvidado su frasco de pintura para uñas o algo así. Al abrir la puerta, Óscar dirigió su mirada a la altura donde debía estar la cabeza de su nueva amiga. Pero donde debían estar sus ojos oscuros, encontró un busto generoso y macizo que ya conocía de algún lugar. En esta ocasión, el busto no llevaba una camiseta sino un pijama de flores y corazones, pero Óscar no necesitó elevar la mirada para saber que más allá de esos montes se extendía la vecina del 4-B en toda su amplitud.

—Buenos días —dijo ella, y el brillo de su sonrisa cegó los ojos de Óscar, acostumbrados a la negra caverna de sus problemas personales. Aún no amanecía, pero no había rastros de legañas en los ojos de esa mujer, ni bolsas alrededor. Su pelo no tenía una sola horquilla. Había salido de la cama como una muñeca sale de su caja.

—¿Qué tienen de buenos? —saludó Óscar.

—Me alegra verlo contento, escuchando música a esta hora. Comenzar el día con música lo llenará de energía positiva.

—Gracias por la información.

Óscar trató de encerrarse de nuevo, pero no pudo. La puerta chocó contra el aura de limpieza y alegría que emanaba de esa mujer.

—Sólo quisiera pedirle, si no le importa, que baje un poco el volumen. Por mí no hay problema, pero creo que mi perro se está poniendo un poco nervioso.

—¿No lo ha matado usted todavía? Pensaba que teníamos un trato.

Ella se rió, pero no sonó como una risa. Más bien, como un manantial que derrama agua pura por un bosque de crisantemos.

—Pobre Fufi. Es muy sensible.

—Claro.

Óscar les dio a sus ojos la orden de ascender por el cuello, hasta el rostro de esa mujer, y mantenerse fijos en los de ella. Su objetivo era decir algo inequívocamente repugnante y asustarla lo suficiente para olvidarse de ella de modo definitivo. Pero al llegar a su destino, su mirada quedó anulada con la límpida ola de luz que brotaba de esos remansos celestes. Por primera vez en la vida de Óscar, por mucho que se esforzó en decir algo desagradable, ninguna frase acudió a su mente.

La vecina, por el contrario, incluso era capaz de decirle lo horrible que se veía con una dulzura desconcertante:

—Noto que tiene bolsas bajo los ojos. Si no está durmiendo bien, puedo ofrecerle una infusión de manzanilla. Ayuda a relajarse.

Había algo en esas palabras totalmente nuevo para Óscar. Un sentimiento incomprensible, como el amor por los animales o el fanatismo por el fútbol. Algo que excedía sus capacidades emocionales: la amabilidad.

—¿Haría usted eso? ¿A las cinco de la mañana?

—Ya lo hice. Como ya no iba a dormirme, pensé que me ayudaría a hacer mis ejercicios. Espere aquí.

La vecina regresó a su casa. Óscar se quedó en el umbral de su puerta, sin saber bien cómo reaccionar ante esa mujer.

A través de la puerta abierta del 4-B, trató de asomarse a los retazos de vida que quedasen a la vista. Lo primero que descubrió lo llenó de horror. Ahí adentro, hasta donde alcanzaba a ver, *todo* era color de rosa: los muebles, la alfombra, incluso los marcos de los agradables retratos familiares que colgaban de la pared. Una pesadilla color pastel.

Quiso cerrar su puerta, ante la posibilidad de que algo de todo ese rosa se colase en su casa, pero antes de tomar una decisión, su vecina ya estaba de vuelta ante él, llevando una repugnante taza de colores amarillos y naranjas en la actitud de un hada con una varita mágica.

—¡Ya verá qué bien lo hace sentir! —dijo ella.

Por carácter, o quizá sólo por tradición, Óscar trató de responderle con algún sarcasmo, algo realmente hiriente que le hiciese ver a quién se enfrentaba. Pero toda la mala baba se le atragantaba antes de salir. Como única señal de rebeldía, agradeció con un gruñido. Tomó dócilmente la taza de las manos de ella, y al hacerlo, sintió el tacto de unos dedos sedosos y cálidos. Pero ella no soltó la taza:

—¿No se olvida de algo? —preguntó.

Óscar comprendió. A sus espaldas, José José seguía desgañitándose en nombre del amor imposible. Retrocedió hasta el tocadiscos y retiró la aguja del vinilo. La canción se interrumpió con un arañazo, y fue reemplazada por los primeros ruidos del amanecer: algunos pajarillos y un sinnúmero de bocinazos.

—Gracias —tintineó la vecina extendiéndole la taza con la infusión.

Óscar sostuvo la taza en sus manos, pero no le dio un solo sorbo. Siguió con los ojos a su espontánea visitante mientras ella regresaba a su casa y se despedía de él haciendo bailar todos los dedos de la mano.

—Veo que le gusta José José. A mí me recuerda a mi telenovela favorita: *La malquerida*.

Tras esas palabras, súbitamente, Óscar sintió que el sótano siniestro que él llamaba corazón abría las ventanas y se enfrentaba al amanecer, pletórico de ganas de vivir. En los últimos años, había sufrido al constatar que su gran obra iba siendo olvidada, se iba difuminando en la bruma del olvido general. Pero ahora veía que su obra seguía viva en el recuerdo de una mujer, aunque fuese la propietaria de un animal repulsivo y la única vecina que se había resistido a su campaña de acoso.

—¿Usted vio *La malquerida*?

—Y la sigo viendo cada vez que la repiten. Debería haber más historias como ésa, ¿no cree? Historias que te hagan sentir el amor en toda su dimensión.

Anonadado, Óscar estuvo a punto de decir que sí, de abrazarla y besarla y llevarla al altar, de darle hijos y reservar con ella un plan de jubilación juntos en una isla del Caribe, de comprar nichos vecinos en el cementerio más cercano. Pero ella no esperaba ninguna respuesta. Tan sólo había hecho una pregunta retórica. Y ya estaba cerrando la puerta de su casa. Instantes antes de oír su cerradura, él le preguntó:

—¿Cómo se llama?

—Beatriz. Me llamo Beatriz.

—Beatriz. Yo me llamo...

—Óscar Colifatto. Usted escribió *La malquerida*. Encantada de conocer a un genio.

Un genio. Ella lo recordaba. *Alguien* lo recordaba.

—Bueno —dijo con humildad—, no es más que una historia lacrimógena para vender detergentes.

—No sea modesto. Usted le da ilusión a la gente.

Ilusión. Probablemente, la última palabra que Óscar esperaba asociada a su nombre. Pero a lo mejor era verdad. Óscar trató de decir algo. Algo adecuado para situaciones de elogio o halago. Lamentablemente, era una situación nueva. No tenía nada preparado para reaccionar ante gente que lo tratase con aprecio.

—Bueno, me voy.

—Hasta luego. Y no dude en tocarme la puerta si le hace falta cualquier cosa.

*Nadie* le había dicho eso jamás. Figuraba en la lista de cosas que no esperaba escuchar, entre «eres muy guapo» y «por favor, échame protector solar en la espalda».

Anonadado, volvió a su escritorio. Mientras el sol comenzaba a desparramarse sobre la bahía y a filtrarse por las ventanas de su apartamento, empezó a imaginar a su personaje, María de la Piedad, con el rostro de la vecina.

En una rápida metamorfosis, el pelo de María de la Piedad abandonó el color amarillo chicle-de-plátano de Grace Lamorna y se tiñó del suave rubio de Beatriz. Sus labios, antes siliconizados, se convirtieron en las dos finas líneas rosadas de la vecina. Sus ojos dejaron atrás la expresión lasciva y ordinaria que tenían y empezaron a brillar con la luz blanca que emanaba del 4-B. El simple hecho de retirarle al personaje la cara de Grace Lamorna era ya un gran paso adelante, pero ahora, con la cara de su vecina sobre los hombros, María de la Piedad se potenciaba. Se volvía más bella, incluso más buena. El efecto era tan automático que, nada más instalar sus posaderas sobre el asiento, Óscar se sintió obligado a escribir:

Por la noche, María de la Piedad no consigue dormir. Se revuelve entre las sábanas, pero el recuerdo de su madre continúa agobiándola. Escucha su voz, poco antes de morir, diciéndole: «Busca a los Mejía Salvatierra. Ellos te ayudarán. Juraron hacerlo hace más de veinte años. Y ahora ha llegado el momento de que cumplan su promesa».

María de la Piedad se levanta de la cama, se pone una bata y baja a calentarse una infusión de manzanilla. Pero al entrar en la cocina se topa con una sombra, que resulta ser Gustavo Adolfo:

«Oh, Dios, me ha dado usted un susto de muerte», le dice.

«Perdona, no era mi intención. Cayetana me ha echado de la habitación otra vez. Dice que sufre jaquecas a mi lado. Y yo doy vueltas por la casa sin saber bien qué hacer.»

«Bueno, también es mi culpa. He entrado distraída. Desde el fallecimiento de mi madre trato de conocer el significado de sus últimas palabras, y aún no consigo comprenderlo.»

«Debe ser terrible», responde comprensivo Gustavo Adolfo.

Repentinamente, María de la Piedad recuerda cuál es su lugar en esa casa. No le corresponde corregir a los patrones. Recupera el aire sumiso que es obligatorio en su trabajo y dice:

«Si necesita cualquier cosa, yo se la puedo dar.»

Gustavo Adolfo no puede más. Después de un mes conteniéndose, siente que ha llegado el momento de dar rienda suelta a sus sentimientos. Impulsivamente, pero no sin ternura, la toma entre sus brazos y deja que su corazón hable por su boca:

«Sólo hay una cosa que necesito de ti, María de la Piedad. Pero no me la puedes dar. Y yo tampoco te la puedo pedir.»

Arrobada y completamente seducida, María de la Piedad no se resiste más y responde:

«Entonces no la pida. Tómela.»

Y los dos se funden en un beso volcánico, presagio de un amor torrencial, pero también de miles de trágicos sinsabores.

Óscar tomó un respiro y revisó lo que había escrito. Era fabuloso. Después de tanto sufrimiento, las palabras comenzaban a fluir rápidamente, una tras otra, como si no tuviese que inventar lo que ocurría, tan sólo mecanografiar al dictado de un hada madrina. Todo se había vuelto tan fácil que se perdió en ese mundo inexistente durante las siguientes horas. Largas horas. Olvidó desayunar. Olvidó almorzar. Bañarse no fue tan difícil de olvidar. Si el cuerpo se lo pedía, dormía. Pero la mayor parte del tiempo se mantuvo a base de galletas de soda viejas y café.

Cuando se levantó de la silla, dos días después, en un breve paréntesis de su trance, había completado los primeros siete capítulos. Incluso tenía un título: *Apasionado amanecer.*

# Regla 3

## La mala no puede morir

—¡Dormitorio Gustavo Adolfo, toma veintidós! ¡Silencio! ¡Grabando!

El barullo de actores y técnicos cesó de inmediato. Sin embargo, desde su asiento en un rincón, Óscar siguió escuchando un ruido pesado, como un motor viejo haciendo esfuerzos por arrancar. Era la respiración de Marco Aurelio Pesantes, que presenciaba la grabación sentado a su lado. Óscar supuso que nadie más podía escucharla, o bien que nadie se atrevía a pedirle al productor que dejase de respirar.

—*OK*, ahí voy. *OK?* —dijo Grace Lamorna, de pie en medio de la escenografía mirando hacia lo alto, como si hablase con Dios.

—¡Corten! —gritó el director desde la sala de control. En efecto, en el set de grabación, su voz parecía venir de ninguna parte, como si fuese un Dios en estéreo—. Grace, no tienes que decir nada. Cuando digo «grabando», simplemente empieza a recitar tus diálogos.

—*Sorry* —respondió ella, y aprovechando el momento, le hizo un adiosito a Pesantes. El productor correspondió con una sonrisa nerviosa.

—Y quítate el chicle de la boca —pidió el director-Dios.

—¡Son muchas cosas que recordar! —protestó ella, disparando el chicle con los dedos hacia un sonidista, que casi tumba una cámara al esquivarlo.

—Lo harás bien. Sólo concéntrate.

Grace se concentró, o algo así: cerró los ojos y aferró su plumero con las dos manos en un gesto que a Marco

Aurelio Pesantes, al menos según su rostro, le trajo agradables recuerdos. En realidad, para Marco Aurelio, casi todos los movimientos de esa mujer traían recuerdos agradables.

Durante unos instantes, enfundada en su uniforme de sirvienta, Grace dio la impresión de entrar en el personaje, de transformarse en María de la Piedad. Hasta que abrió los ojos y preguntó:

—¿Qué tenía que decir?

Un murmullo de desaprobación se extendió por el set. El equipo llevaba hora y media grabando esa escena, y aún no había una sola toma decente. Desde los altavoces llegó el ruido de vasos cayendo al suelo y personas desplomándose en la sala de control. Después de unos segundos, el director volvió a sonar:

—Tranquila, Grace. No te alteres. Tú puedes. Recuerda que tus líneas son: «Lo que ocurrió anoche no debe...».

—¡Ah, sí! *I forgot.* Jajajajajaja.

Grace miró a su alrededor, pero nadie se estaba riendo. Óscar, en particular, sentía sus carcajadas como agujas en el paladar.

—¡Dormitorio Gustavo Adolfo, toma veintidós! ¡Silencio! ¡Grabando! —se oyó desde las alturas.

Lo único que Grace tenía que hacer en ese comienzo de escena era limpiar unas repisas, pero hasta el momento, había mostrado una sorprendente destreza para hacerlo mal. Esta vez, por fin, parecía estar haciéndolo todo, si no con gracia, al menos sin sobresaltos, en el orden correcto y cantando una bachata más verosímil. Óscar respiró aliviado. Marco Aurelio Pesantes respiró sin variaciones, porque sólo sabía hacerlo de una manera.

Tras unos segundos extáticos en que Grace Lamorna no cometió ningún despropósito, Flavio de Costa entró en el set vestido como su personaje, Gustavo Adolfo Mejía Salvatierra. Flavio era claramente más joven de lo que el personaje requería, y sí, había protagonizado un escándalo llegando borracho a una entrega de premios MTV, pero por lo menos era un actor. Aunque su salto a la fama se debía a unos comerciales de ropa interior, se lo había tomado en serio y había estudiado teatro clásico durante tres meses. No ganaría un Óscar, pero a esas alturas del partido, Óscar no esperaba demasiado de la vida. Y cuando el joven empezó su parlamento, el guionista lo siguió con los labios, gozando del simple placer de escuchar todas las palabras en orden y sin mascadas de chicle:

—María de la Piedad, tengo que hablar contigo —exclamó Flavio, o más bien, Gustavo Adolfo Mejía Salvatierra.

—Creo que debería irse de aquí, Gustavo Adolfo —respondió Grace Lamorna que, ella sí, sólo podía ser Grace Lamorna.

—María de la Piedad —siguió el galán con ojos de cordero degollado—, no he dejado de pensar en lo que ocurrió anoche. Nuestro beso...

—¡No diga nada más! —exclamó Grace y aquí, por un momento, Óscar percibió que ella estaba a punto de decir *«shut up»*, pero se contuvo a tiempo, e incluso consiguió imprimirle cierta emoción a la frase siguiente, la definitiva, la letal—: Gustavo Adolfo, lo que ocurrió anoche no debe repetirse.

Óscar contó hasta tres, el tiempo exacto de silencio necesario para insertar la música de cuerdas que subrayase el dramatismo del momento: ta-taaaan. Bien. Otro examen aprobado. Un paso más hacia la culminación de una escena en condiciones.

—Pero María de la Piedad —dio la réplica Flavio entrando en el momento exacto—, no sé si pueda contener el torrente de mis sentimientos.

—Eso no importa. Usted es un hombre casado, y yo no puedo interponerme entre Cayetana y usted.

Óscar se repitió a sí mismo esa frase, conmovido por el conflicto de su protagonista entre sus principios morales y sus deseos carnales. Era una obra maestra. Por mucho que el director difundiese su voz imponente por los altavoces, el único Dios verdadero en esa grabación era Óscar.

Ahora entraba en escena la malévola Cayetana, es decir, la malévola Fabiola Tuzard caracterizada al gusto del guionista, haciendo sonar su silla de ruedas al avanzar, con su ojo bizco, su vientre prominente y su verruga verde en la nariz. Antes de entrar en escena, le dirigió a Óscar una mirada de odio, que él recibió con deleite. Tan sólo se lamentó por no haberla hecho también calva.

—María de la Piedad —estaba diciendo Gustavo Adolfo—, lo que siento por ti no nació anoche. Esta casa parecía un mausoleo, y tú la has llenado de vida y de alegría. Me has devuelto las ganas de levantarme por las mañanas. No puedo permanecer insensible a eso.

Cayetana, detrás de la puerta, cerró los ojos, afectada por las palabras de su esposo. Ella habría querido que le dijese esas cosas a ella, ser la beneficiaria de sus afectos y la incendiaria de sus deseos. Pero ahí estaba, sufriendo la humillación de escuchar a Gustavo Adolfo deshaciéndose en elogios ante esa buscona. Ahora, María de la Piedad debía dejar caer la sentencia de muerte de su matrimonio. Óscar esperó sus sentidas palabras, pero cuando Grace Lamorna abrió la boca, sólo dijo:

—*My God!* ¿Tiene que hablar él como un *nerd*? «El torrente de mis sentimientos.» ¡No puedo permanecer insensible a eso! Jajajajajajaja.

Óscar sintió un espasmo. Lo había olvidado: Grace Lamorna no podía dejar de ser tristemente verdadera.

—¡Corten! —habló el director desde los cielos.

—*Come on!* —reclamó Grace—. ¿Por qué nos escriben diálogos tan fresas? Tiene que parecer *the real thing*. ¿No crees, Marco Aurelio?

Y volvió hacia el productor una mirada que era, en sí misma, una orden de despido fulminante contra el guionista.

Irritado, Óscar preparó una andanada de sinónimos de *analfabeta* para escupírselos a esa novata, pero para su sorpresa, no le hicieron falta. De hecho, ni siquiera tuvo tiempo de abrir la boca. Se le adelantó quien menos lo esperaba: Fabiola Tuzard desde su silla de ruedas, encendida porque Grace mencionase esa propiedad privada y exclusiva que era, desde su punto de vista, Marco Aurelio.

—Cuando te dirijas a mi marido —masticó la actriz inesperadamente, con una voz en que se acechaba la ira contenida—, haz el favor de tratarlo de usted, que es el productor de esta telenovela, no tu polvete adolescente.

—Jajajajaja. ¿Usted todavía se acuerda de lo que es un polvo? ¿O un adolescente?

Un silencio sepulcral se abatió sobre el set de grabación en respuesta a esas palabras. Los técnicos más jóvenes se volvieron hacia Fabiola Tuzard expectantes. Los de más edad, que ya la conocían, abandonaron discretamente el set y se pusieron a resguardo. Marco Aurelio Pesantes se levantó como impulsado por un resorte para detener la avalancha que se venía encima, y llegó a decir:

—Bueno, creo que vamos a tomarnos un pequeño descanso ahora... Hay café y galletas para los que...

Demasiado tarde. Un intenso color rojo furia comenzó el ascenso por las mejillas de Fabiola Tuzard en dirección a su frente. El volcán entraba en erupción. Fabiola trató de no perder los papeles, consciente de que debía darse su lugar. Incluso dejó escapar una risita de seguridad y altivez antes de decir:

—Pero piltrafilla, ¿tú tienes idea de quién soy yo, corazón?

—Sí —afirmó Grace con redoblada seguridad—. Usted es la actriz secundaria. *The supporting role.*

Con toda su falta de luces, su ausencia de tacto, su carencia de talento, su ineptitud para el pensamiento abstracto, Grace tenía una extraordinaria puntería para clavar los dedos en las llagas. Óscar se llevó la mano a la boca fingiendo una tos para disfrazar su sonrisa. En cambio, Marco Aurelio Pesantes, aterrado, hizo un nuevo esfuerzo por distender los ánimos:

—Chicas, han estado las dos extraordinarias en esta escena. Creo que hay química entre ustedes. Creo que las actrices son nuestro punto fuerte...

Conforme hablaba se interponía entre ambas, tratando de eclipsarlas con su descomunal anatomía. Pero todos sus kilos eran transparentes a ojos de la cólera de Fabiola Tuzard.

—¡Cierra la boca, so puta insolente! —se levantó ella de la silla de ruedas, ya perforada cualquier fachada de contención—. Yo ya era una estrella cuando tú ni siquiera habías nacido.

—*Seriously?* ¿Cuando usted era joven ya había televisión?

Fabiola no pudo más y se abalanzó sobre ella como un buitre sobre la carroña. Pesantes trató de detenerla. En el set se empezaron a formar equipos de partidarios de una contra la otra. Detrás de Óscar, los vestuaristas estaban montando apuestas.

—¡Zorrrrraaaaaaa! —gritaba Fabiola.

—Cariño, por favor, esto no es necesario —procuraba calmarla Pesantes.

—Tú lo que tienes es envidia, *OK?* —terció Grace.

—¡Me niego a trabajar con esta ramera! ¿Me oyes, Marco Aurelio?

Pero Marco Aurelio, junto con un equipo de tres electricistas, estaba demasiado ocupado tratando de retener a su mujer antes de que pegase el salto contra su enemiga, que a todo esto, había vuelto a sacar un chicle y mascaba tranquilamente apoyada en una mesa de utilería.

—*Cool.* Puedes irte cuando quieras, vieja —respondió—. Y llévate tus tetas de plástico.

A una señal del productor, otros dos técnicos aparecieron para llevarse a Grace. Por su parte, él continuó arrastrando a su esposa en la dirección opuesta.

Tras un breve zafarrancho de combate, numerosos daños materiales de poca importancia y un herido leve, al fin las sacaron del set, a Grace de grado y a Fabiola por la fuerza. Aun así, los gritos de esta última no dejaron de resonar durante un largo rato entre los escenarios vacíos y los muebles de cartón piedra, haciendo temblar las instalaciones y presagiando plagas ancestrales contra sus enemigos.

—Tienes que matarla, Óscar. Tienes que acabar con ella, chico. Quiero que sufra, y que luego desaparezca para no volver.

Marco Aurelio Pesantes pronunció estas palabras con los ojos inyectados de sangre. Sus dedos temblaban mientras trataba de abrir uno de sus pastilleros de colores.

—Míralo de este modo —continuó diciendo—: Si ella sigue viva, yo me suicidaré. En cualquier caso, serás responsable de una muerte.

Óscar, sin embargo, estaba más impresionado por la habitación que por las palabras del productor. En un alarde de sus problemas presupuestales, todos los interiores de la telenovela se grababan en la misma casa del productor, en Star Island, de modo que el equipo de grabación merodeaba por la intimidad de su jefe de manera más o menos libre. El despacho de Marco Aurelio había sido invadido por una manada de productores junior que probablemente ni siquiera cobraban un sueldo, y se alimentaban a base de carroña. En busca de un poco de privacidad, Pesantes se había llevado a Óscar a una sección remota y sin ventanas del sótano.

El uso habitual de la espaciosa habitación era fácil de deducir por el mobiliario: aquí y allá rodaban por el suelo vibradores en forma de falo, algunos de ellos salpicados de púas y rugosidades. Entre ellos bailaba un largo collar de bolas chinas plateadas. El resto de los aparatos y juguetes de la sala le resultaban irreconocibles a Óscar, aunque podía sospechar la utilidad de los anillos de plástico y los látigos. Pero lo que más llamaba su atención era la jaula del tamaño de un sarcófago que colgaba del techo en medio de la habitación.

—¿Y esta cosa cuánto cuesta? —preguntó Óscar.

El productor ya se había metido la pastilla en la boca. La mordió produciendo un quejido como de huesos rotos, y se tragó los pedazos. El efecto relajante fue inmediato.

—Tengo un proveedor que me hace descuentos —respondió—. Te puedo dar su teléfono, pero sólo si acabas con Fabiola. Te puedo hacer una mamada si acabas con Fabiola.

—¿Me puedes conceder un aumento?

—Ni de broma.

De todos modos, Óscar veía abrirse una puerta hacia el dinero que no pensaba dejar cerrar. Iba a iniciar las negociaciones —o las extorsiones, según se mire— cuando una melodía comenzó a sonar. Era una musiquilla bastante adecuada para el lugar: la marcha oscura de Darth Vader en *La guerra de las galaxias,* una cantata del Mal.

—Dame un minuto —dijo Pesantes—. Me llama mi ex.

El productor revisó varios bolsillos en busca del terminal correcto. Debía llevar cuatro o cinco teléfonos de diversas generaciones repartidos por el cuerpo, como sanguijuelas electrónicas. Se confundió un par de veces, pero al fin halló el que buscaba: era un viejo Nokia bastante magullado por todo tipo de abolladuras, cortes y rajaduras.

—Cada una de mis ex tiene un teléfono distinto —explicó Pesantes antes de contestar.

Óscar desvió su atención hacia la juguetería sadomasoquista regada por el suelo: tacones con clavos de metal, cadenas y una nutrida variedad de manivelas, agujas y máscaras de cuero. Pero no podía ignorar los gritos de Pesantes.

—¿Qué más quieres que te dé? —gemía el productor. Las palabras de su ex mujer no eran audibles para Óscar, pero podía imaginarlas por las de Marco Aurelio—. ¿Quieres mi sangre? ¿Quieres que me arranque la piel?... No, el niño no necesita un velero. Nadie necesita un velero... ¡Me dan igual sus compañeritos del colegio! Cuando yo tenía su edad, lustraba zapatos en la calle Ocho para poder comer todos los días... ¡Vampiresa! Escúchalo bien porque te lo voy a decir una única vez: ni un centavo más. Y repíteselo a tu abogado.

Colgó el teléfono y lo guardó en el bolsillo grande de la chaqueta, junto a sus pastillas. Óscar pensó que iba a desahogarse a gritos, pero al parecer, la vista de los instrumentos de tortura apaciguó su espíritu. Dejó pasar unos segundos para que la furia descendiese, y se limitó a decir:

—¿Sabes en qué acertaste con Natalia, Óscar? En no casarte. Una pareja agarra sus cosas y se va. Pero una esposa agarra *tus* cosas y se va.

Por convención social, Óscar habría tenido que mostrar algún tipo de preocupación por Pesantes, escuchar sus penas, intentar confortarlo, aconsejarlo con prudencia. Pero desde luego, eso escapaba a sus facultades.

—¿Y aun así haces campaña para que yo me enamore? —preguntó.

—Si me he jodido yo, que se jodan todos —aclaró el productor—. Es mi máxima. Es un lema lleno de sabiduría.

—Ajá.

—Además, funcionó, ¿verdad?

Óscar pensó en su vecina Beatriz, en su melena cayendo por su espalda como una cascada rubia, en las comisuras de sus labios alzándose hacia sus mejillas, e incluso en su olor a colonia de hippies. Para crear a María de la Piedad, se había pasado largas noches conviviendo con un ideal de la vecina, y al hacerlo, Óscar se había sentido como un niño en una guardería. ¿Pero eso era amor? No lo creía. Amor era lo que sentía por Natalia: una mezcla de malestar hepático con depresión anímica general. El amor, según le había enseñado toda una vida en su oficio, no podía ser algo sencillo y agradable. Era más bien como que te arranquen las uñas.

—Yo lo sabía —siguió perorando Pesantes—. Un par de horas con Nereida no son propiamente amor, pero son lo más parecido que el dinero puede comprar.

Al escuchar el nombre de Nereida, la ensoñación del guionista se quebró en mil pedazos, y su rostro recuperó su crispada tensión habitual:

—Ah, te refieres a ella.

—¿Y a quién más? Te mando a la chica y me tienes el guión completo en una semana. Seguro que te bombeó un par de ideas, ¿verdad? —dijo el productor, haciendo un gesto alusivo al verbo *bombear*.

—¿Normalmente les envías prostitutas a tus amigos? ¿Y qué le regalas a tu madre por Navidad?

Con dificultad, Pesantes se acomodó a horcajadas sobre un potro medieval, y jugueteó con la manivela que se usaba tradicionalmente para romper las articulaciones de los presos de la inquisición:

—Ven acá. ¿Noto cierto tono de reproche en tu voz? —dijo con insidia—. Qué falta de vergüenza, después de lo desesperado que estabas cuando me llamaste.

—¿Que yo te llamé? ¿Cuándo te llamé?

Pero Óscar supo la respuesta a esa pregunta antes de escucharla. El sábado fatídico, a punto de quedar bautizado en su almanaque personal como «día del condón», continuaba dándole sorpresas, revelándosele a retazos, y sobre todo, sorprendiéndolo por su vergonzoso metabolismo con respecto al alcohol.

—Estabas tan angustiado, Óscar... Nunca te había escuchado tan mal. Y mira que tu vida ha sido patética en varios sentidos durante largas temporadas, pero...

—¿Y de qué hablé?

—Estabas muy obsesionado con algo que llamabas «el pequeño inconveniente». Pero balbuceabas y no te entendí.

Un escalofrío descendió por la espalda de Óscar. Y cuando terminó de bajar, volvió a subir. Lo que lo ofuscaba no era tanto descubrir su intimidad ante alguien, sino que en caso de depresión total y borrachera intensa, el único amigo que se le venía a la cabeza fuese el monstruo de Marco Aurelio.

—No sé si quiero escuchar más sobre esto.

—Deberías beber más —recomendó el productor—. Te emborracharías con más frecuencia pero con menos intensidad.

—¿Puedo irme, por favor?

—Tienes suerte de tenerme a mí, que soy un hombre sensible.

—Claro.

—Cualquier otro se habría reído de tus gimoteos de niña.

—Seguramente, sí.

—Pero el tío Marco Aurelio pensó: ¿cómo podemos alegrarle la vida un poco a este hombre? ¿Cómo conseguir que se sienta mejor consigo mismo? ¿Que se reconcilie con su esencia masculina?

—Y mandaste a una puta.

—Y no a cualquiera —suspiró Pesantes con aire soñador. Se sentía claramente orgulloso de su buena acción—. Una jinetera graduada en los campos de batalla más duros. ¿Nereida te hizo su chaka-chaka especial? Puede romperte la cadera.

El brillo de los tratamientos dentales de Marco Aurelio iluminó todo el sótano con un resplandor magnánimo. Óscar pensó en sus propias encías y le parecieron más ancianas que nunca.

—Gracias, Marco Aurelio. Fue todo un detalle —dijo, queriendo decir exactamente lo contrario.

—¿Detalle? ¿Pero tú crees que yo hago favores gratis? —Marco Aurelio esbozó una expresión de asco, como siempre que pronunciaba la palabra *gratis*—. No te equivoques, muchachón. Es hora de pagar.

Y al decir la última frase, Marco Aurelio soltó un puñetazo al sarcófago colgante, que se sacudió como si asintiese.

—¿Qué quieres que haga, Marco Aurelio?

—Mátala.

Óscar se desplomó sobre una silla. Algo le pinchó el muslo izquierdo, pero prefirió no saber qué era.

—Pero Marco Aurelio, Fabiola Tuzard es la única actriz de verdad con que contamos en el reparto.

—Entonces aprovechémosla: hazla morir lentamente, con dolor.

—Pero Marco Aurelio —continuó oponiéndose Óscar—, estás casado con ella.

—No por mucho tiempo. Se ha vuelto loca. ¿Sabías que me sigue a todas partes? Y si no, manda tipos a perseguirme. Está paranoica. Tengo cuatro ex esposas. Y ninguna había sido tan espantosa.

Y al decir esto, el productor apretó uno de los teléfonos de alguna de sus ex esposas, hasta hacerlo crujir.

—Pero Marco Aurelio...

—Esa mujer ha acabado con mis nervios. Y acabará con la telenovela si no la detenemos a tiempo. ¿Has visto la bronca que montó en el set? Me ha hecho perder todo un día de rodaje. No podemos exponernos a que esto se repita todos los días.

—Le está costando asumir que ya no es la protagonista...

—Pues le daremos gusto. ¿No quiere ser la mala? Pues desaparece. Y ya no hay mala. Problema resuelto.

Las palabras de Marco Aurelio sobresaltaron a Óscar.

—Marco Aurelio, eso no es posible.

—¿Cómo que no? —bramó el productor—. Tú también odias a Fabiola desde que pasó... bueno... lo-que-pasó. Seguro que estás deseando acabar con ella tanto como yo.

—Créeme. Nada me daría más placer que ponerla en un asador y darle vueltas a fuego lento. Pero no estamos hablando de matar a Fabiola sino a Cayetana de Mejía Salvatierra, la esposa de Gustavo Adolfo. Y eso es imposible. Ella es el obstáculo para el amor. Sin ella, nuestra pareja protagónica podría simplemente amarse. ¿Y cómo vamos a llenar ciento veinte capítulos? ¿Cuál es el drama de María de la Piedad si no hay esposa?

—¿Y yo qué sé? Contrataremos otro obstáculo para el amor. Seguro que hasta ahorramos costos. Tú puedes arreglarlo, Óscar. Puedes conseguir otra mala: una vieja amiga, una madre celosa... No sé. Tú eres el maestro. Eres grande: el titán del melodrama latino, el Gabriel García Márquez de...

—Lo que me pides va contra las reglas, Marco Aurelio. Y en esta vida hay que respetar ciertas reglas.

—Te conectaré con gente importante. Dentro de poco hay un cóctel en casa de Paulina, seguro que te gusta asistir, ¿eh?

—¿Quién es Paulina?

—Está bien, te pagaré un plus —dijo Marco Aurelio, sacando la chequera, que ésa sí, siempre sabía exactamente en qué bolsillo la tenía—. ¿Querías dinero? Pon la cifra: ¿tres mil? ¿Cinco mil? Todo el mundo tiene un precio.

Óscar no dudó ni un segundo cuáles eran sus valores y sus principios. Lo que había tomado por el brazo de la silla era en realidad un vibrador adaptable al asiento, y casi sin querer, de manera natural, lo blandió como un cetro, un símbolo del poder de sus ideales:

—La mala es sagrada, Marco Aurelio. Y nadie la toca. Tenemos unos principios, y si tú no quieres respetarlos, deja que yo lo haga, porque sin ellos no soy nada.

Se había emocionado al hablar, y ahora empuñaba el vibrador en el aire, como una gloriosa bandera con glande de imitación de piel.

—Seis mil —dijo Marco Aurelio por toda respuesta.

Pero Óscar, haciendo acopio de su orgullo, se dio vuelta. Con la chequera y el bolígrafo en la mano, Marco Aurelio se limitó a ver su espalda alejarse. No estaba acostumbrado a que la gente rechazase dinero, y esa experiencia lo sumía en una honda tristeza, le hacía sentir que el mundo era un lugar salvaje lleno de fanáticos incontrolables. Por costumbre, o más bien por inercia, preguntó:

—¿Seis mil quinientos?

«María de la Piedad, has dejado esto mugroso. ¿Es que no sabes pasar un maldito trapo?»

Cayetana de Mejía Salvatierra sostiene en el aire un dedo acusador. Ha pasado la yema por la superficie de una mesa y se le han adherido algunas partículas de polvo, apenas perceptibles, pero suficientes para provocar su ira.

«Lo siento, señora. Ahora mismo lo arreglo.»

Cabizbaja, María de la Piedad vuelve a limpiar la mesa. Desde su silla de ruedas, Cayetana saborea su posición de poder. Dice:

«Parece que nunca hubieras limpiado nada. ¿Es que no tienes experiencia?»

«Yo no, en realidad. Ya se lo dije cuando me contrató. He vivido siempre en el campo. Pero mi madre sirvió en esta casa durante muchos años, y por eso vine a...»

«Sí, sí, ya sé. No me cuentes tu vida. ¿Estás vigilando el horno? Creo que huele a quemado.»

«¡El horno! Voy para allá.»

La empleada sale corriendo hacia la cocina. Su patrona permanece en el salón, rumiando sus intenciones en voz baja, para que María de la Piedad no la escuche:

«Eso es: anda, chiquita, para que veas cómo he quemado la cena. ¡Y luego vuelves para limpiar esto!»

Cayetana vuelca una maceta. La tierra se esparce por la alfombra, y la mujer se regodea en su maldad. A continuación, toma de la mesita una fotografía de su matrimonio con Gustavo Adolfo. En la imagen figura de pie, vestida de novia. Es una veinteañera atractiva con todo el futuro por delante. Pero el reflejo de su verruga en el cristal le recuerda en qué se ha convertido. En cambio, su esposo ha ganado aplomo con los años. El Gustavo Adolfo vestido de novio es poco más que un adolescente imberbe, muy diferente al apuesto caballero que hoy coquetea descaradamente con María de la Piedad. Irritada, Cayetana le habla al Gustavo Adolfo de la foto:

«Querido, te veo arrimarle el bulto a esa igualada y no puedo creer tu egoísmo. ¿De verdad te interesa esa muerta de hambre más que yo? ¿Qué voy a hacer yo sin ti? ¿Cómo podría vivir sin tu compañía?»

La tristeza le quiebra las palabras. Las lágrimas asoman a sus ojos. Pero se repone, y deja caer su sentencia con la voz endurecida:

«No, Gustavo Adolfo. Lo he dejado todo por ti, y ahora no puedo permitir que me abandones. Así que en adelante, por tu culpa, tendré que hacerle la vida imposible a la pérfida de tu amiguita, para que se vaya por su propio pie. Tú se lo has buscado, Gustavo Adolfo. ¡Porque serás mío o de nadie!»

Deja escapar una carcajada malévola, y arroja al suelo la fotografía, que se hace trizas al caer. Entonces grita:

«¡María de la Piedad! ¡Ven acá de inmediato, has dejado el salón hecho una porquería!»

La risa perversa de la villana continuaba resonando en el estudio cuando Óscar terminó de escribir la escena.

En todas sus telenovelas, Óscar se lo pasaba en grande maquinando las estrategias de la villana. De hecho, sus personajes más recordados eran las antagonistas, como la terrible Adalina Rivasplata que humillaba sistemáticamente a *La malquerida*. O Catalina Miranda, la millonaria tuerta de *La cárcel de tu amor,* que enviaba al galán a prisión por un crimen que él no había cometido. Por muy productor que fuera, Marco Aurelio Pesantes no iba a arruinarle ese disfrute en razón de sus problemas conyugales.

María de la Piedad regresa al salón corriendo. Lleva en las manos la bandeja que ha sacado del horno completamente carbonizada. Al ver el estropicio del salón, se queda de una pieza. Cayetana le dice:

«Limpia esto, incompetente.»

Humillada, destrozada, consciente de que es víctima de una encerrona, María de la Piedad le contesta:

«*Come on.* Usted es la actriz secundaria. *The supporting role.* Jajajajaja.»

—¡Mierda!

A cada paso, el recuerdo de su protagonista se torcía y deformaba en manos de su primera actriz. El problema seguía siendo el mismo: la traición de imponerle a María de la Piedad el aspecto de Grace Lamorna. A Óscar le resultaba imposible crear a una virgen con cuernos y cola. Incluso a la propia Grace se le hacía complicado.

Ahora bien, Óscar tenía un remedio para eso.

Resuelto, se dirigió al baño. Se enfrentó al espejo. Abrió el grifo, se empapó las manos y trató de domar, o al menos de pacificar, la rebelde mata de pelo de su nuca. Se roció un poco de colonia y se lavó los dientes con el dentífrico especial para encías débiles. Incluso hizo unas gárgaras para mejorar el aliento. Y salió a tocar la puerta del 4-B.

—Buenos días, vecino —salió Beatriz—. ¿Puedo ayudarlo?

La sola aparición de su vecina en la puerta bastó para operar un efecto vivificante en el personaje de María de la Piedad. De sólo verla, el poder de fabulación de Óscar se puso en marcha con la euforia de un cirujano plástico, y reemplazó el cuerpo lascivo de Grace Lamorna por la discreta sensualidad de Beatriz. Pero el guionista calculó que, si quería conseguir otra dosis de vecina en el futuro, tendría que justificar de modo razonable por qué estaba de pie en su puerta, mirándola y salivando activamente.

—Eeeh... bue... yo...

—¿Quiere pasar? Estoy preparando una infusión de cardamomo con bergamota.

—Eeeh... aaah...

—¿Con azúcar?

—No.

La puerta se terminó de abrir ante él. Visto desde afuera, el apartamento de la vecina ya le había parecido a Óscar insoportablemente rosado, pero la magnitud de la tragedia trascendía sus más horrorosas previsiones. Ponis y hadas multicolores cubrían las paredes. Una procesión de corazoncitos y flores salía a su paso. Incluso el plato del perro Fufi era de un color que transgredía todos los límites legales de felicidad.

En cualquier otra circunstancia, Óscar habría salido corriendo ante semejante despliegue de alegría. Pero en el caso de Beatriz, el escenario era decididamente congruente con lo que él esperaba de ella, y por ende, de María de la Piedad. Desde la partida de Natalia, la vida de Óscar se había visto atacada por una larga serie de condones usados, juguetes sexuales, amenazas de asfixia por coito y otros ejemplos de ordinariez. Para escribir una telenovela como Dios manda, necesitaba el sano equilibrio que sólo esa mujer en ese apartamento podía proporcionarle.

—Siéntese —invitó Beatriz mientras se alejaba hacia la cocina—. Estoy con usted en un minuto.

Arrastrado por la corriente de su bondad, Óscar se internó en esa nube con olor a iglesia y se acercó al sofá, cuyo color le hirió la vista. Al lado del mueble mordisqueaba un hueso el perro Fufi. Óscar lamentó no haber llevado consigo la pistola. Al sentarse, le dijo en voz baja al perro:

—OK, animal. Yo no te gusto y tú no me gustas. Pero tengo que hablar con tu dueña, así que será mejor que nos dejes solos. ¿OK?

El perro le devolvió un ladrido y un gruñido de antipatía. Pero Óscar hablaba en serio. Con un rápido movimiento, le abrió el hocico con las dos manos. Iba a advertirle que no sentiría ningún escrúpulo en arrancarle la mandíbula, cuando oyó a su espalda la voz de Beatriz:

—¿Jugando con Fufi? Es tan sociable, ¿verdad?

Óscar sonrió, como una calavera fosilizada. El perro había quedado del otro lado del sofá, donde su dueña no alcanzaba a verlo, y Óscar decidió cerrarle el hocico y apretárselo, algo que podía hacer con una sola mano, mientras con la otra recibía la humeante taza.

—Es... como un niño... —dijo Óscar, porque para él, eso era un insulto.

—Es como mi hijo —repuso Beatriz—. Lo encontré en la calle hace tres años. Me acababa de dejar un novio, y a él, por lo visto, acababa de dejarlo su madre. Estábamos muy solos, y desde entonces somos inseparables.

Aún bajo la presión de los dedos de Óscar, el perro dejó escapar una especie de gemido nasal de dolor, como una flauta desafinando.

—Sigue sintiéndose mal —explicó Beatriz—. Aunque he estado pensando que a lo mejor se ha puesto en celo... O como se pongan los perros machos.

—¿No está castrado? —preguntó Óscar, aliviado porque ella no llamase a Fufi, ni se asomase al lado oscuro del sofá.

—No he sido capaz. Se supone que es mejor para ellos, pero yo pienso que es demasiado cruel. No me parece justo que las personas castremos a los animales. ¿Le gustaría que lo castrasen a usted?

—No sería una gran diferencia.

—¡Es usted tan divertido!

Ella se rió, y Óscar sintió que de su boca salían crisantemos. Permanecía atento a todos los gestos de esa mujer: la suavidad de sus dedos al deslizarse por la taza, la humedad de su boca al contacto con el té. Todo eso era material para María de la Piedad. En cierto sentido, su visita al 4-B era un trabajo de campo, un viaje de investigación.

—Si quiere saber la verdad, yo tampoco he tenido mucha suerte con los chicos. ¿Pero sabe qué? No me cierro a ninguna experiencia. Leí en un libro que los malos ratos del pasado mejoran los buenos ratos del futuro.

Óscar se fijó por primera vez en su colección de lecturas. Las estanterías no eran muchas, pero rebosaban títulos como *Los diez secretos del amor absoluto*, *Quiérete más a ti misma* o el clásico *Los hombres son de Marte, las mujeres son de Venus,* entre otros libros de autoayuda y esoterismo. Descartó eso de los rasgos que podría aplicar a María de la Piedad.

—¿Usted cree que los libros pueden arreglar los problemas de la gente? —preguntó.

—¡Han arreglado los míos! Bueno, los libros, el incienso, dos gurús y algunas variantes del horóscopo chino.

—¿Y qué consejo tiene para hacer volver a una mujer que se ha ido?

Beatriz le dedicó una mirada de profunda ternura. Óscar tomó nota de ponerle esa mirada a María de la Piedad cuando Gustavo Adolfo le contase sus problemas maritales.

—Hágale saber que la quiere —dijo ella.

—¿Eh? —se asustó Óscar. Era la propuesta más subversiva que había escuchado hasta ese momento. Pero Beatriz se explicaba con la seguridad de una catedrática:

—Si se ha ido es porque no está segura de los sentimientos de usted. A veces es difícil dejar salir lo que uno lleva dentro, pero insista, e insista, hasta que sea clarísimo. Ya verá como ella termina por corresponder. A todo el mundo le gusta que lo quieran.

—Suena razonable —admitió Óscar.

—Y dele lo que quiere —continuó ella—. Escuche sus deseos y sea receptivo a ellos.

De inmediato, Óscar pensó en la frase que había desencadenado las siete plagas, incluyendo entre ellas al pequeño inconveniente: «Quiero que tengamos un hijo».

Para él era como decir «quiero un tumor en el páncreas».

—Eso es imposible —se resistió.

Definitivamente transfigurada en María de la Piedad, Beatriz le dio a su té un sorbo reposado.

—Y si no puede cumplir sus deseos, ¿para qué quiere recuperarla?

Formuló la pregunta con la dulzura de un osito de peluche, pero sacudió a Óscar hasta los cimientos. Cumplir los deseos de Natalia. Hacerla feliz. Ese tipo de cosas nunca habían estado en la agenda.

Él comprendió que sólo tenía una solución. Y ahí, en medio de la decoración de guardería de su vecina, tomó la decisión que se había negado a tomar durante toda su amarga y oscura adultez.

Apenas la hubo tomado, como para celebrarlo, Fufi, al que había olvidado allá abajo, se zafó de su mano y le devolvió el ataque apresándole la palma entre sus dientes.

—¡Auyy! —reaccionó Óscar.

—¿Está usted bien?

—Sólo... tocado por sus palabras.

Óscar trataba de disfrazar su rictus de dolor como sonrisa de cortesía, pero temió que lo delatase el sudor que goteaba por sus pómulos. También constituía un riesgo el sonido del perro, que se había convertido en un gruñido agresivo.

—Creo que me debo ir.

—Claro, pero no me ha dicho aún a qué vino.

—Es verdad.

—Sí.

Varios incómodos segundos transcurrieron entre los dos. Él sintió que los dientes del animal le perforaban la piel de la palma de la mano. Necesitaba una salida rápida, mientras era capaz de resistir sin llorar.

—Azúcar —dijo por fin.

—¿Azúcar?

Él asintió con la cabeza, con el gesto de quien confirma la muerte de un ser querido. Ella se sorprendió:

—Me ha dicho hace cinco minutos que no toma azúcar.

—No... con las infusiones. La tomo con... otras cosas... que no son infusiones.

—Comprendo.

—Me alegro.

—Está a régimen.

—Me encantaría explicárselo todo pero... será mejor darnos prisa.

Con un saltito y un guiño de camaradería, ella se levantó y regresó a la cocina. En ese momento, Óscar alzó la mano y arrojó al perro contra la pared. Fufi golpeó la superficie rosada con un chillido agudo pero breve, cayó al suelo y salió corriendo, con el rabo pegado al vientre.

Óscar se tapó la herida de la mano con una servilleta. No era muy profunda pero sangraba.

Segundos después, cuando Beatriz regresó al salón con una taza de azúcar rubia, Óscar se aseguró de recibirla con la mano sana, la misma que le extendió al despedirse en la puerta.

—¿Se despide con la mano? —rió ella—. ¡Es usted muy formal para ser tan gracioso!

Y le ofreció su mejilla en espera de un beso. Óscar recibió con alegría la iniciativa, pero cuando iba a acercarse, volvió a oír el gruñido del perro, justo debajo de ellos, entre las piernas de su vecina y peligrosamente cerca de él, a sólo un salto de sus atributos viriles. Interpretó su actitud como una amenaza directa.

—No sé qué le pasa —se lamentó Beatriz, olvidando el beso—. Creo que hoy está peor que otros días.

—Seguro que se ha puesto en celo —respondió Óscar, alejándose de ahí lo más rápido posible—... O como se pongan los perros machos.

Pero ya en su casa, a salvo, con la espalda pegada a la puerta y resoplando por la caza al hombre que había emprendido Fufi, Óscar tuvo que admitir para sí mismo que, si alguien tenía necesidades afectivas, no era ese sucio animalejo, sino él mismo.

Y María de la Piedad en persona le había explicado cómo satisfacerlas.

Natalia salió de su consultorio y encontró a su secretaria leyendo una revista del corazón.

—¿Qué pasa con el señor Romero? —le preguntó.

La recepcionista elevó la cabeza de la vida privada de los ricos y famosos, y pareció entristecerse al volver a encontrarse con su trabajo.

—Ya llegó. Pero no lo he dejado pasar.

—¿Que no lo has...? ¿Pero estás loca? ¡Llevo esperando diez minutos en mi consultorio! Y es un paciente nuevo. No podemos dar esa primera impresión.

—No es tan nuevo —repuso la secretaria, y señaló hacia el único asiento ocupado de la pequeña sala de espera, donde un hombre leía un ejemplar del *Miami Herald* que ocultaba por entero su rostro. Natalia se volvió hacia ahí:

—Señor Romero, esto debe haber sido un malentendido. Lamento haberlo hecho esperar...

Antes de que el hombre cerrase el periódico, ella ya se estaba arrepintiendo de sus palabras. La ropa enteramente negra del paciente ya la había hecho sospechar. La aparición de los lentes oscuros por encima del periódico confirmó sus peores temores. Pero la visión final de Óscar terminó de deprimirla.

—¿Otra vez tú?

—Pensé que debíamos conversar a solas. Pero si te pedía cita con mi nombre no me la ibas a dar.

—Ya. ¿Quién es el siguiente?

Natalia miró a Óscar, pero la pregunta iba dirigida a su secretaria. De todos modos, respondió Óscar:

—Los siguientes son Navarro, Carrasco, Jonsson y Baglietto. Reservé toda la tarde para que estemos solos. Soy experto en trampas para acercar a los amantes, ¿recuerdas? De eso vivo.

—Tú y yo no somos amantes. Ni siquiera lo éramos cuando vivíamos juntos.

—Eso fue el pasado. Pero quiero que sepas que los malos ratos del futuro mejoran los buenos... No, no era así. Espera. Los buenos ratos... Los que mejoran...

—Óscar, ¿qué quieres?

—¿Podemos pasar a tu consultorio?

—¡No!

Enarbolando los argumentos de su vecina como armas de combate, Óscar volvió al ataque:

—He venido a insistirte en que te quiero —declaró engoladamente, como si estuviese recitando un poema escolar. La secretaria levantó la cara de su revista:

—Por Dios —dijo—. ¿Crees que eso va a funcionar? Por lo menos regálale una joya.

Natalia fulminó con su mirada a la chica, que rumió un «perdón» y volvió a encerrarse en su material de lectura. Óscar interpretó eso como una señal para que siguiese adelante:

—A veces es difícil dejar salir lo que uno lleva dentro —dijo—, pero voy a insistir, e insistir, hasta que sea clarísimo. Sé que terminarás por corresponder. A todo el mundo le gusta que lo quieran.

—Eres increíble, Óscar.

Durante unos segundos, Óscar albergó la ilusión de que eso fuese un elogio. Pero Natalia continuó:

—Siempre me has tratado como a un personaje de tus estúpidas telenovelas. Crees que voy a hacer las cosas porque tú lo quieres. Ni siquiera te sientes obligado a tener un gesto. Vienes, hablas y eres tan ciego y tan necio que crees que eso es suficiente. Pues lamento informarte que estás equivocado.

Silenciosamente, y con la cara aún hundida en los consejos para una piel sana, la secretaria elevó uno de sus pulgares en señal de aprobación.

—Comprendo —guardó la compostura Óscar—. Quieres torturarme. Quizá me lo merezco, es verdad. Pero volveré mañana y te repetiré que te quiero. Y pasado mañana también. Y al día siguiente. ¿Me puede dar una cita, recepcionista? Ponga que es para el señor Romero.

—Óscar, por favor —suplicó Natalia—. ¡Déjame en paz! Nada de esto tiene sentido. Ni siquiera es bueno para ti. Además...

Se interrumpió. Bajó la mirada. Que Natalia bajase la mirada en vez de atravesarlo con ella sólo podía ser algo malo.

—¿Además qué?

—Nada.

—¿Además qué?

Natalia estaba incómoda. Cruzó los brazos y luego volvió a bajarlos. Cerró los puños.

—Además, es tarde para retomar nuestra relación. Simplemente eso.

—¿Cómo que tarde? ¿A qué hora era temprano? ¿A primera hora de la mañana? ¿Ayer? ¿La semana pasada?

Contra todo pronóstico, ahora era Óscar quien atacaba y Natalia quien se refugiaba en una huidiza defensa, plagada de miradas esquivas y gestos de nerviosismo. Temiendo lo peor, Óscar hizo la pregunta cuya respuesta no quería oír:

—¿Hay alguien más?

—Óscar...

La secretaria cobró interés en la conversación. Evidentemente, ahora leía sólo por disimular, porque tenía la revista abierta en la sección de críticas de libros.

—¿Estás saliendo con alguien? —se horrorizó Óscar, con los ojos tan grandes que excedían los límites de sus lentes—. ¡Pero si acabamos de terminar!

Una desganada Natalia se encogió de hombros.

—Tú lo has dicho, Óscar: hemos terminado. No tengo que darte explicaciones sobre lo que hago o dejo de hacer.

El guionista sintió que alguien serruchaba el piso bajo sus pies, y que caía atravesando todos los pisos inferiores, hasta el subsuelo. Pero todavía le quedaban fuerzas para infligirse a sí mismo un último tormento:

—Si estás saliendo con alguien tan pronto... es que ya estabas saliendo antes de que rompiésemos. No rompimos. ¡Te has largado con otro!

Olvidada de su compromiso de discreción, la recepcionista abandonó definitivamente su revista y miró a su jefa con admiración:

—Guau, jefa. Y parecías tan aburrida.

—Cállate —le dijo Natalia, antes de volver a centrar su atención en Óscar—. Y tú, Óscar, será mejor que te vayas. No voy a tener esta conversación, ni aquí ni en ninguna parte. Es dolorosa. E innecesaria. ¿No crees?

Óscar no era capaz de procesar lo que estaba ocurriendo. Era un mal guión, sin posibilidad de solución, con el protagonista descubriendo al final que todo era mentira y que no habrá final feliz. Si Dios trabajase para Marco Aurelio Pesantes, pensó, sería despedido en quince minutos.

—¿Te vas, Óscar? —pidió Natalia sin acritud, más bien con tono de súplica—. Por favor.

Y entonces Óscar decidió quemar el último cartucho. Aplicar el último y letal consejo de su vecina. Apenas podía creerse lo que iba a decir, pero escuchó la frase salir de sus labios sin temblores ni interrupciones, con algo cercano a la convicción.

—Quiero que tengamos un hijo, Natalia.

Esperaba un cambio de actitud. Un abrazo. Unas lágrimas de emoción. Un beso y una reconciliación. Una rendición. Campanas en los oídos. Mariposas en la barriga.

Fuegos artificiales en el cielo. Un eclipse solar. Pero lo único que hizo Natalia fue acercarse a la puerta, abrirla y señalarle la salida. Y su única respuesta fue la que Óscar menos esperaba, la que llevaba una década sin querer oír, y la más lacerante:

—Tú ya tienes un hijo, Óscar. Ahora deberías estar con él, no conmigo.

Siempre era de noche en el interior del puticlub. La ausencia de ventanas y la iluminación estilo discoteca de los setenta creaban la ilusión de una madrugada sin fin. Pero aun así, durante el día perdía parte de su espíritu. Su mística se debilitaba. Se le recalentaba el glamour.

Antes del anochecer, ninguna luchadora peleaba en el ring ni servía alcohol en manguera. Tan sólo algunas somnolientas casquivanas deambulaban cual zombis del amor por un cementerio de sillas. Si tropezaban con algún hombre que no fuese camarero o proxeneta, musitaban algunas desangeladas palabras de cariño. Y sus movimientos provocativos funcionaban como cervezas sin alcohol: tenían el mismo sabor que las originales, pero no causaban el mismo efecto.

Esta vez, Óscar había tenido que llegar solo. Marco Aurelio Pesantes, aunque cliente habitual del lugar, nunca lo frecuentaba a esas horas. Según le había dicho por teléfono, haciendo gala de su delicadeza y sobriedad:

—A la luz del día y sobrio, te das cuenta de que las putas son muy feas.

Pero Óscar, que al fin y al cabo, y a su extraña y quizá deforme manera, era un idealista, había respondido:

—Me da igual, Marco Aurelio. Necesito ir ahí. Necesito ir ahí ahora.

Al otro lado de la línea, Marco Aurelio rió con la actitud comprensiva que empleaba cada vez que no comprendía nada:

—Así que vas a inspirarte. Fornicarás un poco con Nereida y luego le traerás al tío Marco Aurelio unos capítulos fresquitos, ¿verdad?

—Algo así.

—Genial. ¿Matarás al personaje de Cayetana? Si la matas, te pago yo el burdel.

—Ya te he dicho que no, Marco Aurelio. Es una regla inviolable. La mala no puede morir. Nos exponemos a plagas inimaginables, a catástrofes bíblicas, a castigos infernales. Nadie lo ha hecho nunca, y no seré yo el primero.

—Óscar, tienes que hacer algo. Fabiola está fuera de control. Se ha puesto histérica en tres escenas de Grace. Y en su propia grabación, simplemente, no apareció. Llevamos dos días de retraso en las grabaciones. Ni siquiera sabemos si tendremos los capítulos a tiempo para la emisión. Y por la noche, entró en mi despacho y rompió mi computadora con un bate de béisbol.

—Marco Aurelio, ¿no se te ha ocurrido simplemente divorciarte?

—De momento, no. Al menos hasta que resuelva algunos temas financieros, no me puedo permitir otra ex esposa. Son más caras que las esposas.

—Comprendo, pero tus problemas me tienen sin cuidado. ¿Me puedes dar la dirección del puticlub, por favor?

—Te puedo dar la dirección de un local mejor, con más clase... Es importante variar, ¿sabes? Explorar nuevas experiencias. Mantenerse joven.

—El mismo local, Marco Aurelio. Sólo quiero ir ahí.

Pesantes soltó un mugido de preocupación. Mantuvo un largo silencio, durante el cual a Óscar le pareció escuchar que abría su pastillero y se comía una dosis de paz. Luego se animó a preguntar:

—Óscar... No te estarás enamorando de Nereida, ¿verdad?

—Oh, mierda.

—Cuando te hablé de enamorarte me refería a amor-de-media-hora. No a amor del otro. Ya sabes.

—¿Me puedes dar la dirección?

—Sólo tengo un consejo que darte, ¿OK?

—No quiero tus consejos.

—Te lo daré de todos modos: si te acuestas con una mujer y después de eyacular sigues queriendo estar con ella...

—Marco Aurelio...

—Escucha: si después de eyacular quieres seguir ahí tumbado con ella, y abrazarla y hacerle mimitos y darle besitos...

—¿Sí?

—Huye.

—Que huya.

—Sal de ahí corriendo. El amor está bien un rato. Pero luego sólo trae problemas.

—¿Ya me das la dirección?

—Recuerda: el sexo te hace olvidar las tensiones. El amor te las crea.

—Trataré de recordarlo.

—¿No quieres cambiar de chica?

—No.

Finalmente, Marco Aurelio le dio la dirección, y algunas indicaciones para ir en coche. No obstante, en consideración de sus limitaciones prácticas y su tacañería, Óscar se vio obligado a tantear el transporte público.

Se equivocó dos veces hasta que un autobús lo dejó a un kilómetro y medio del lupanar, y a lo largo de todo el camino, descubrió barrios insospechados de Miami. Algunas calles parecían arrancadas de un documental sobre la miseria de alguna ciudad centroamericana. Otras tenían aspecto de *reality show* sobre policías que persiguen a afroamericanos, pero sin policías, sólo con maleantes oscuros y enormes. En Downtown, o incluso en Little Havana, caminar por la calle era una extravagancia. Pero en estos barrios, a juzgar por la cara que le ponían los nativos, debía ser una ofensa.

Después de ese recorrido, ni el parking vacío ni el frío pabellón de la casa de citas le parecieron decadentes.

Muy por el contrario, los guardias perezosos y el maquillaje descascarado de las mujeres confortaron su ánimo, aunque sólo fuese porque el local tenía aire acondicionado.
Con la camisa empapada por el sudor, pidió en la barra
una Coca-Cola de quince dólares y paseó la vista por la
sala semivacía. La única transgresión legal chocante que
encontró fue el humo de una mesa, donde un anciano y
una jovencita fumaban sendos habanos.

Nereida vegetaba sobre un taburete de la barra, y
ni siquiera hizo el gesto de reconocer a Óscar. Pero lo saludó con algunas fórmulas más o menos rutinarias del
tipo «qué hace un hombretón como tú tan solito».

—Nereida, tenemos que hablar —dijo él, sin un
ápice de coquetería. Las únicas urgencias que lo acuciaban
estaban dentro de su cabeza.

—Lo que quieras, mi amol —masculló ella, y le
aplicó un apretón de entrepierna, para medir sus requerimientos. Sólo entonces recordó quién era Óscar, quizá por
la falta de baterías en el cargador—. ¡Hola, papi! Al final
te has animado... —se esperanzó durante un segundo,
pero de inmediato sopesó la falta de reacción en la masilla
inerte que seguía entre sus manos, y suavizó un poco el
tono—. Bueno, no te has animado tanto.

—Ya. Yo sólo quiero hablar.

—¿Hablar de qué, mi amol? Yo agarré mi dinero y es
mío. Lo que tú hayas hecho o dejado de hacer es cosa tuya.

—No vamos a hablar de eso.

Ella alzó las cejas. Allá abajo, sus manos redujeron
los movimientos giratorios, sin detenerlos del todo. Óscar
añadió:

—Tengo que resolver una crisis de índole... más
bien... existencial.

Ella sustituyó los movimientos rotatorios por una
presión en la base de los testículos, como un anillo para
castrar ganado.

—¿Y qué tú crees, que soy tu madre?

Disparado por el agarrón, un golpe de angustia ascendió hasta la nuca de Óscar:

—Te pagaré el doble —suspiró con un hilo de voz.

—Corazón, por ese dinero soy hasta astronauta —dijo Nereida con repentina alegría—. ¿Qué tú tienes, mi vida?

Reblandecido por el tono acogedor de esa mujer, y escarbando sus bolsillos para confirmar que le alcanzaba el dinero, Óscar tuvo la certeza de que había llegado al lugar correcto. O al menos, a uno no tan incorrecto. Jamás había pagado por sexo, pero a lo mejor podía pagar por hablar.

—Es mi ex —se desahogó Óscar—. Está saliendo con otro.

—Si ya se veía que tu relación iba mal. Ven acá. ¿Y no te habrá dejado por borracho? A lo mejor si dejas la botella, ella vuelve.

—Es inútil. Todo está perdido. Y yo ni siquiera bebo. Ojalá lo hiciera.

A Óscar se le humedecieron los ojos al hablar. Pero no se reprimió. Si su dinero bastaba para una mamada doble, bastaría también para no tener que fingir. Las uñas de Nereida, pintadas con esmalte morado, le acariciaron las orejas. Y él, por primera vez desde que tenía memoria, se dejó llevar por la emoción:

—Cuando encuentre a ese hijo de puta voy a retorcerle el pescuezo. Voy a ahogarlo en su propio vómito. Voy a arrancarle los brazos.

—Pero cariño, ¿y si es más grande que tú?

—Entonces contrataré a alguien. ¿Conoces a alguien que arranque brazos?

Los interrumpió el gesto de impaciencia de un señor con bigote que merodeaba por la barra. Nereida se volvió hacia el recién llegado y se encogió de hombros, pero el otro se mantuvo impertérrito, mirándolos. Ella le pidió paciencia con un gesto de la mano y le dijo a Óscar:

—Mi amol, lo siento pero a mi jefe no le gustan estas escenitas en el local. Dice que esto no es una iglesia para que la gente venga a confesarse.

—Pagaré el triple.

—No hace falta. Tengo una idea mejol.

Tomó a Óscar de la mano y lo llevó a una de las cabinas individuales, una cápsula envuelta en terciopelo de imitación. Ahí, le señaló la pequeña silla en el centro del lugar:

—Siéntate. Ahora te voy a poner a gozal.

Le dio la espalda y se puso de pie sobre sus rodillas. En los altavoces de la cápsula sonaba un merengue sudoroso. Nereida comenzó a contonearse al ritmo de la música, moviendo alternadamente un glúteo y el otro, desde la cabeza de Óscar hasta su regazo, ida y vuelta.

—Eres muy talentosa —comentó Óscar ante ese despliegue—. Esto es impecable... quiero decir... desde un punto de vista técnico.

—Desde chiquitita me dijeron que yo valía para el show —respondió ella, que ahora sacudía sus postrimerías violentamente ante la nariz de él—. Por eso me vine para América. Quería ser una estrella de cine y todo el mundo me dijo que fuera a la Costa Oeste.

Óscar se acomodó los lentes, desviados de su órbita por un golpe de nalga, antes de responder:

—Ésta es la Costa Este.

—Será por eso que no triunfé. Nunca fui buena en geografía.

Se dio vuelta y comenzó a repetir el operativo, pero esta vez con los pechos en el papel protagónico. Sacudía su cabeza en imitación de un acto sexual, por lo que algunos de sus mechones le producían a Óscar cosquillas en la nariz.

—¿Y no asististe a castings o audiciones?

—Muchísimos. Pero al final siempre me iba a la cama con el director de casting, y ni así me contrataban.

Entonces fue que me dije: «Nereida, lo de los castings no te sale bien. Lo tuyo es irte a la cama con la gente. Tienes que cambiar de rama».

—Estoy seguro de que debes ser increíble. Se te ven condiciones.

Ahora, ella arqueó el cuerpo hacia atrás, dejando su pubis muy cerca de Óscar, a sólo un mordisco de distancia. A él le llamó la atención un tatuaje en su cintura. Ponía BOMBA PARA BAILAR. Prefirió no preguntar nada al respecto. Ella dijo:

—Condiciones o no, no puedo vivir de sueños. Tengo tres bocas que alimentar.

Él se fijó en toda la carne que colgaba de esa mujer. Suficiente para alimentar a una familia de morsas, pensó. Pero el tema de los hijos atrajo su interés. Preguntó:

—¿Y su padre?

—*Sus* padres. No me duraron ni cinco minutos. Si ya me lo decía mi madre: hijita, si les regalas la leche no van a querer comprar la vaca. Y yo les regalé camiones de lechería. Ya tú ves el resultado.

Ahora se sentó en el regazo de Óscar y movió las caderas como un destornillador. En un instante, él sintió que la sangre de su cuerpo, impulsada por los virtuosos esfuerzos de esa mujer, corría a revitalizar su miembro viril. Pero luego comprendió que sólo eran ganas de orinar.

—Tres niños —comentó—. Deben haber destrozado tu vida.

—¿Qué tú dices? Son lo único bueno de mi vida. Lo mejor que me ha pasado. Mi vida sin ellos sería un horrol.

—Podrías haberte comprado un perro. O un gato.

Ella se rió. Como remate de su actuación, mordisqueó el cuello y las orejas de Óscar, que posiblemente se habría excitado de haber estado hablando de cualquier otro tema.

—Ya lo comprenderás cuando tengas hijos —respondió.

Óscar se entristeció. Los remordimientos se sacudieron en el charco empozado de sus memorias. Admitió:

—Tengo un hijo. O hija. No lo sé con claridad. La verdad, tampoco sé dónde está.

Ella se levantó, terminada la función. Con un nuevo apretón en la zona de peligro, constató que su virilidad continuaba huidiza, como si hubiese pasado su fecha de caducidad:

—Ése es tu problema, mi amol. Por eso estás tan frío. Tú lo que tienes es que no sabes querer. Pero no te preocupes. Fíjate que eso es justo lo único que te puedo enseñar. Prepárate para un curso intensivo.

En la piscina de la casa Mejía Salvatierra, María de la Piedad y Gustavo Adolfo se besaban con pasión. Al menos eso veía Óscar.

En cambio, desde su silla desplegable que ponía PRODUCTOR en la espalda, Marco Aurelio Pesantes veía algo muy diferente. Desde su perspectiva, Grace Lamorna y Flavio de Costa se estaban manoseando descaradamente en sus narices y en su propia piscina, entregados a un amor prohibido por contrato. En la segunda de sus tres papadas, una vena hinchada delataba su rabia contenida.

—¿Crees que le guste? —susurró Pesantes al oído de Óscar.

—¿El qué?

—A Grace. El beso. ¿Crees que esté disfrutándolo o sólo que es una gran actriz?

—Marco Aurelio...

—¿Qué?

—Cállate.

Óscar sólo quería paladear su momento creativo. Para él, el universo estaba vacío salvo por ese beso que él había ideado y que ahora se materializaba entre los labios del actor y el bótox de la actriz.

—¿Es necesario que se estén besuqueando todo el tiempo? —le preguntó al oído Marco Aurelio, visiblemente molesto.

—Es una telenovela, Marco Aurelio —respondió susurrando Óscar—. Lo único que hacen es besarse.

—¿Pero no puedes hacer que alguien entre sin avisar cuando están a punto de besarse?

—Demasiada tensión sexual contenida. Ya hemos interrumpido cuatro besos. Ahora tienen que dejarla salir.

Automáticamente, Óscar pensó en el plan que le había expuesto Nereida en el puticlub: básicamente, se trataba de dejar salir lo que llevaba dentro. Si funcionaba en la telenovela, a lo mejor también en la vida real.

—He esperado tanto por este momento, María de la Piedad —dijo el galán.

—Yo también. Pero creo que estamos cometiendo un terrible error —declamó Grace Lamorna, que aparte de su manía de arrastrar las erres, iba adquiriendo poco a poco una dicción casi aceptable.

—No es un error escuchar al corazón —continuó la réplica.

—Entonces, bésame de nuevo.

Y volvieron a su maratónico intercambio de salivas. Junto a Óscar, Marco Aurelio Pesantes se sacudió en su asiento, como una orca con retortijones.

—¿Esto estaba en el guión, Óscar?

—No. Pero queda bien. Hay química.

Marco Aurelio iba a contestar con alguna queja, acaso con una orden de despido fulminante, pero en ese momento, la verruga y la silla de ruedas de Cayetana de Mejía Salvatierra proyectaron sus sombras sobre el escenario. Y con ellas, la tiniebla cayó sobre los amantes de la piscina:

—¡Gustavo Adolfo! ¿Qué estás haciendo?

La esposa indignada, ahora sí, había descubierto in fraganti a los dos amantes.

Aunque Óscar llevaba décadas insertando esta escena en diversas telenovelas —y siempre en el capítulo veinte, para darle un subidón de audiencia a la historia—, seguía emocionándose cada vez que la veía, cautivado por el suspenso de ese momento crucial.

—Cayetana, no es lo que tú crees —se defendió Gustavo Adolfo, mientras María de la Piedad, avergonzada, ocultaba el rostro entre sus manos.

—¡Claro que es lo que creo, mentiroso! —se ofuscó Cayetana—. ¡Miserable! No sólo me engañas, sino que lo haces con esta muerta de hambre que no es siquiera de nuestra condición social, con una pueblerina sin educación ni clase. Esto será la comidilla de nuestro círculo de amistades. ¿Cómo has podido someterme a esta humillación? ¿Cómo has podido clavarme esta estaca en el corazón? ¿Cómo has podido...?

Cayetana se detuvo, y una asombrosa mutación se desarrolló en su rostro. Su expresión de amargura cambió, sus músculos faciales adoptaron otra postura, su ceño fruncido se frunció de otra manera. Era igual de malvada que cinco segundos antes, pero ahora ya no era Cayetana sino Fabiola Tuzard. O sea que era más mala, porque era real.

—¿Cómo has podido escribir esta porquería, Óscar?

Un murmullo de hartazgo se extendió por el equipo de producción.

—¡Corten! —gritó Pesantes, levantándose a aplacar a su mujer—. Fabiola, ¿podríamos discutir tus opiniones sobre el texto en otro momento?

—¡No, Marco Aurelio, no podemos!

Fabiola se levantó de la silla de ruedas, abandonando definitivamente a su personaje. En esta ocasión, en vez de lanzarse contra Grace Lamorna, apartó de un empujón a Pesantes y fue a encarar a Óscar.

—¡Óscar, creo que no entiendes a mi personaje! Cayetana está tratando de salvar su matrimonio, es una víctima de las insidias de esa intrigante... —y al decir esto señaló despectivamente hacia donde estaba Grace, aunque era imposible distinguir si se refería al personaje o la actriz—. No es una amargada preocupada por el qué dirán. Es una mujer tratando de salvar su amor del naufragio, entre los vientos huracanados de la traición.

El guionista se mantuvo inescrutable detrás de sus lentes oscuros. En el set se hizo el silencio. Como en la selva cuando llegan las fieras, enmudecieron todos los sonidos, incluso las gaviotas, las mareas y los altavoces de las lanchas de turistas. Sin levantarse de la silla, tratando de guardar la compostura, Óscar se defendió del ataque de esa víbora sin sentido estético:

—Cayetana es fea —explicó—. Por lo tanto, es mala. Es una ley, Fabiola. No puedes estar por encima de la ley.

—¿Que no puedo? ¿Quieres ver cómo puedo? Yo soy una primera actriz. Mis interpretaciones llevan veinte años conmoviendo al público hispano. Y mi nombre es sinónimo de calidad. Así que, Marco Aurelio, despide de inmediato a este inepto. Díselo. Dile que no vuelve a trabajar con nosotros.

Pesantes, que había quedado a espaldas de Fabiola, puso los ojos en blanco en actitud de aburrimiento. Pero su voz sonó tan sumisa y obediente como le fue posible:

—Cariño, no creo que éste sea el lugar para hablar de...

—¿Ah, no? ¿Y cuál es el lugar? Porque en casa no se te ve nunca. A no ser que te vea Grace, claro, que vive aquí metida.

Pesantes tragó saliva. Debía responder con mucho tacto. Cualquier movimiento en falso podía causar una explosión de recriminaciones y trapos sucios.

—Creo que es un buen momento para un descanso —anunció el productor con ánimo—. Equipo, lo están haciendo muy bien. Se han ganado un rato de relax.

—¿Sabes por qué no quieres despedir a Óscar? —continuó Fabiola irrefrenable, poderosa, diabólica—. ¡Porque es tu compañero cuando te vas de putas!

Otro murmullo recorrió al equipo. Esta vez no era de hastío, sino de bochorno.

—Fabiola... —farfulló Pesantes—, no es necesario...

—De todos modos, Marco Aurelio, él ya no te necesita. Ha aprendido a ir al puticlub él solito.

Ahora sí, Óscar se enfadó:

—¿Me estabas siguiendo? Pasé por unos barrios horribles. Podrías haberme llevado en tu auto.

—¡Pelafustán!

—Amargada.

—Bien —terció Pesantes—. Vamos a dejar esta conversación aquí y...

Óscar levantó la vista. Mientras hablaba con voz queda a espaldas de Fabiola, Marco Aurelio se pasaba el dedo índice por la garganta, exhortándolo al asesinato. Y Fabiola no dejaba de darle buenos motivos para hacerlo:

—De todos modos —siguió ensañándose con Óscar—, no podía esperarse más de un roñoso impotente como tú. Hace doce años ya eras un amante patético. Y sólo nos metíamos a la cama contigo para sacarte más líneas de diálogo para nuestros personajes. Pero es que ahora, además, eres un fracasado. No podrías conseguir sexo gratis ni ofreciendo el papel protagónico en una de tus mierdas de historias.

Ante esas palabras, los miembros del equipo empezaron a acatar la sugerencia de tomarse un descanso. La masa compacta de técnicos se dispersó por el jardín, algunos en dirección al mar, otros de regreso a la casa. Los arrebatos de Fabiola podían dar grandes titulares de prensa rosa, pero este ataque de histeria era demasiado, incluso para fanáticos del chisme como eran ahí casi todos.

En el espacio visible que dejaban sus lentes oscuros, Óscar enrojeció. No le molestaba tanto que lo llamasen fracasado. Eso lo tenía asumido. Pero las referencias a lo-que-pasó, proferidas con esa violencia y ante ese público, eran el golpe más bajo que su débil amor propio era capaz de resistir.

Hasta ese día, el medio social de Óscar había tenido la cortesía de hablar de aquello sólo a sus espaldas. En su presencia pasaban por el tema de puntillas o fingían olvidarlo piadosamente. Y ahora Fabiola pisoteaba sus pudores como un rinoceronte en un jardín japonés.

—¡Ya basta, Fabiola, coñíñíño! —se adelantó Marco Aurelio Pesantes, ahora sí con voz firme—. Creo que ya has hecho bastante.

La tomó del brazo, primero con suavidad, luego con la fuerza de una tenaza. Empezó a llevársela hacia la casa mientras ella se resistía:

—¿Vas a proteger a tu compañerito ahora? ¿Y a tu amante también? Todos están contra mí. ¡Quieren acabar con mi carrera y conmigo!

La voz de Fabiola fue bajando de volumen conforme Pesantes la alejaba. La piscina se fue despoblando. Algunos del equipo le tocaban un hombro a Óscar antes de irse, en señal de compañerismo, o quizá de lástima. Él apenas reaccionaba en el exterior. Y sin embargo, en su interior, estaba tomando la decisión más importante de su carrera: le asestaría a Fabiola un golpe devastador. Algo que le hiciese verdadero daño. Aunque para ello tuviese que romper todas las reglas de lo que él consideraba sagrado.

Cayetana de Mejía Salvatierra circula en su silla de ruedas por el puente levadizo. A sus espaldas vemos el centro financiero de Miami. Y escuchamos como banda sonora una canción muy triste, a tono con su estado de ánimo. Porque Cayetana es presa de una honda tristeza, que se exterioriza en sus gestos y en la nubosidad de sus ojos. Y mientras avanza hacia el centro del puente, va discutiendo consigo misma:

«No, Gustavo Adolfo. No te daré el gusto de fingir que ignoro tu relación con María de la Piedad. No te permitiré tener una amante en mis narices, y menos esa pelagatos. No me tragaré mi orgullo, ni mi amor por ti.»

Llega al centro del puente, y con la ayuda de sus manos, se levanta de la silla y se apoya en la baranda. Unas decenas de metros más abajo corre el río. Y una oleada de vértigo la invade al contemplarlo desde el puente. Y sin embargo, no piensa dar marcha atrás:

«Pero tampoco me puedo divorciar de ti, Gustavo Adolfo. Te he amado demasiado para dejarte ir ahora. Te he amado siempre, y te sigo amando. Si tú no quieres vivir conmigo, te dejaré en paz. Pero no me obligues a vivir en la soledad. Para mí, sin ti no tiene sentido vivir.»

Se encarama a la baranda y se sienta, con las piernas hacia el exterior. Posa una última y triste mirada en el río. Desde un extremo del puente, alguien la ve y le grita:

«¡Señora, tenga cuidado! ¡No se mueva!»

La cámara se vuelve hacia un grupo de obreros, que son quienes la han descubierto. Ahora, ellos se acercan corriendo a lo largo del puente, tratando de evitar que Cayetana dé el salto. Cada vez están más cerca, pero poco antes de que la alcancen, los vemos aterrorizarse y gritar:

«¡Noooooooo!»

Se detienen y se asoman por la baranda del puente. La cámara vuelve al lugar donde estaba Cayetana, pero ahora sólo encuentra la silla de ruedas vacía, con un chal de seda enganchado a su apoyabrazos, sacudiéndose al viento.

Al terminar de escribir, Óscar se sentía aliviado. No se trataba sólo de su ánimo de venganza, sino de algo que necesitaba hacer. Otro de los nudos que debía desenredar de su vida anterior.

Nereida —esa sabia de la tribu, esa filósofa— le había dicho que empezarían a resolver su pasado. Y éste era el primer paso. Llevaba doce años esperando este momento, y lo único que lamentaba era no poderlo repetir.

## Regla 4

## Todos los personajes cargan con secretos del pasado

Lo-que-pasó.

Lo que nadie había pronunciado en presencia de Óscar, y él no había querido recordar en mucho, mucho tiempo.

Lo que acabó con su talento, su carrera y su vida sexual.

Fue el amor.

Doce años, tres meses, seis días y catorce horas antes de los hechos aquí narrados, en la edad en que los fracasados aún reciben el título compasivo de «promesas», Óscar Colifatto era asistente de guionistas. Hasta que Marco Aurelio Pesantes compró la productora en que trabajaba. La primera acción de Pesantes fue despedir fulminantemente a todos los jefes y poner en su lugar a los segundones sin subirles el sueldo. De un día para otro, las finanzas de la productora mejoraron. Y Óscar se vio ascendido a guionista-jefe.

—Creo en ti, Óscar —le dijo en su primera conversación ese Marco Aurelio Pesantes que, ése sí, pesaba exactamente lo mismo que seguiría pesando trece años después, y que probablemente nació pesando—. Creo que eres una apuesta segura en el mercado del amor, chico.

—Bueno, a veces me dejan escribir algunos diálogos, pero lo mío es sobre todo llevar el café.

—Eso es lo que necesito: alguien con el espíritu joven pero que haya estado en contacto con los grandes. Un cóctel perfecto de vitalidad y experiencia.

—Ya.

—Cuéntame tus proyectos. Quiero escucharlo todo. Quiero que me des lo mejor de ti.

—Yo... bueno, tengo una idea...

—¡Eso es! ¡Muy bien! ¡Dámelo, dámelo, déjalo salir!

Óscar meditó profundamente. No estaba acostumbrado a que nadie le pidiese ideas. Tuvo que sobrecargar sus sesos un buen rato para generar una respuesta:

—Chico conoce chica. No se acuesta con ella en ciento veinte capítulos. Al final, se casan.

—Me gusta. No es original pero es efectivo. ¿Nombre?

Nombre. Otro problema.

Por suerte, el trabajo de Óscar incluía vaciar las papeleras de los guionistas, esos vertederos de ideas brevemente toqueteadas y luego abandonadas a su suerte. Ese prostíbulo de la creatividad estaba lleno de diálogos, personajes, acciones y situaciones, y por supuesto, títulos desechados, de modo que Óscar contaba con un nutrido archivo mental de basura. Así que, ante la pregunta de Pesantes, un nombre salió a recibir a Óscar de entre todos esos desechos:

—*La malquerida* —dijo.

Y a Marco Aurelio Pesantes le brillaron los ojos, dos canicas gordas, aún no demasiado embotadas por el consumo excesivo de Tranquimazin, Demerol, Diazepam y Valium:

—Compro —respondió—. Tienes tres semanas para traerme el proyecto, una descripción de personajes y los cinco primeros capítulos.

Fiel a sus hábitos, Óscar dedicó la primera de esas semanas a autocompadecerse y jurarse a sí mismo que nunca iba a lograrlo. Durante la segunda semana, consideró que no podía ser mucho peor que los guionistas anteriores, ninguno de los cuales era un gran genio, a decir verdad. Recién en la tercera, comenzó a escribir un proyecto perfecto para los objetivos de su productor: muy malo, incluso infame, pero lo suficientemente barato para resultar rentable con cualquier audiencia, a cualquier hora, aunque fuese transmitido a las tres de la mañana.

Pesantes lo recibió con gran satisfacción:

—La clave de una telenovela exitosa —pontificó— es vender una superproducción con presupuesto de serie B. Para eso, hay que concentrar la inversión de dinero y localizaciones en el primer capítulo, el que concentra toda la publicidad. Así, los televidentes se enganchan. Para cuando se dan cuenta de que están viendo un culebrón de tres al cuarto, ya van por el capítulo sesenta. Demasiado tarde para abandonarlo.

—Bueno, en el primer capítulo, el galán llega a la ciudad. Podemos ponerlo a nadar en una bahía infestada de tiburones —propuso Óscar.

—¿Y filmar en mar abierto? ¿Alquilar barcos? ¿Quieres arruinarme?

—Entonces puede cruzar una calle llena de perros.

—Demasiado *gore*, chico. Esto es una historia de amor.

—¿Un charco con cocodrilos?

—¡Cocodrilos! —se iluminó Pesantes—. Yo sabía que eras un genio.

Obedientemente, Óscar intentó escribir una persecución con caimanes, lo cual se podía grabar en algún pantano de Florida sin demasiado dispendio. Pero después de dos días de darse cabezazos contra la computadora —una computadora de hace trece años, mucho más grande que una cabeza—, tuvo que rendirse ante la evidencia: el animal más exótico que él había visto en su vida era un poni. Y se había asustado.

Si quería escribir sobre cocodrilos iba a necesitar un poco de investigación. Para empaparse del tema fue a visitar Baby Alligator, un criadero de caimanes para turistas en los Everglades. Su anfitriona en la expedición fue una zoóloga llamada Melissa, una pelirroja con chaleco, pantalón corto de safari y la paciencia de una santa. Melissa lo paseó entre los estanques, lo montó en un bote, lo acompañó a ver a los caimanes salvajes de los pantanos, le alcanzó una cubeta llena de vísceras de mamíferos y otras porquerías, le enseñó a alimentar a los reptiles, evitó reírse cuando él temblaba de pavor, trató de contenerlo mientras resbalaba y caía al agua, ahuyentó a los animales cuando él pedía auxilio a gritos, lo sacó del pantano, lo devolvió a tierra firme, le prestó un uniforme mientras se secaba su ropa y lo proveyó de café.

Como resultado, Óscar se enamoró fulminantemente de ella.

Y lo más increíble, ella también de él, quizá debido a su costumbre de tratar con animales escamosos de sangre fría.

En el primer capítulo de *La malquerida* no hubo un solo caimán. En vez de eso, el galán fue perseguido por unos maleantes en automóviles que hacían publicidad al concesionario. Sin embargo, desde sus primeras escenas, *La malquerida* tenía algo mejor que fieras: tenía amor de verdad.

Hasta ese momento de su vida, Óscar jamás había estado enamorado. Su encuentro con Melissa lo llevó a descubrir emociones que no se creía capaz de tener, e incluso partes de su cuerpo que no sabía que existían. Así que cada línea de diálogo estaba impregnada de sensaciones reales, cada escena transmitía la misma pasión que lo embargaba, y cada beso entre los protagonistas retrataba —en realidad mejoraba, pero no demasiado— sus propios hallazgos amatorios.

Tras su primera semana en antena, la crítica escribió sobre *La malquerida:*

CONMUEVE LA HUMANIDAD DE SUS PERSONAJES

UNA CRÓNICA DE LAS RELACIONES HUMANAS

AL FIN UNA TELENOVELA QUE NOS HABLA
DE NOSOTROS MISMOS

Y el público no fue ajeno al furor. *La malquerida* se convirtió en la líder indiscutible de las noches. Arrasó entre el público habitual de las telenovelas, pero también ganó nuevos televidentes para el género. Y se convirtió de inmediato en un clásico.

La novata Fabiola Tuzard, en su papel protagónico, pasó a ser la revelación del año. Incluso Óscar se convirtió en una estrella de la pantalla. Por primera vez, el guionista de la historia aparecía en la portada de las revistas. El público quería saber de qué mente y de qué corazón emergía la historia de amor más cautivadora de los últimos años. Todo el mundo hablaba de él. *La malquerida* estaba prevista para ciento veinte capítulos, pero a pedido de la audiencia, se prolongó a ciento sesenta, y luego a doscientos. Marco Aurelio Pesantes duplicó y luego triplicó el sueldo de Óscar, consciente de que todos los productores peleaban por contratar su siguiente historia.

Pero lo mejor de todo era que tenía a Melissa. Quizá debido a su trabajo como criadora de reptiles carnívoros, Melissa era considerada más bien masculina. Marco Aurelio Pesantes, en particular, no la soportaba, y nunca consiguió llamarla con un nombre distinto de «la loca esa». Pero ante los ojos de Óscar, Melissa era la mujer más dulce, la delicada princesita del cuento de hadas de su vida. Y en ella se basaba para dibujar a la protagonista de *La malquerida*.

Melissa y Óscar pasaban juntos todo el tiempo que el guionista no dedicaba a escribir. Se besaban tontamente a la menor oportunidad. Caminaban por la calle tomados de la mano. Y hacían expediciones a escenarios naturales seleccionados por Melissa por su romanticismo. Hasta ese momento de su vida, Óscar jamás había visto una puesta de sol. Tenía la vaga idea de que el sol se apagaba con un interruptor.

No obstante, como suele ocurrir en las grandes historias de amor, el estado de éxtasis perpetuo en que vivía Óscar era demasiado bueno para durar. Nadie merece tanta felicidad.

Una tarde, mientras Óscar escribía el capítulo ciento sesenta y seis, la puerta se abrió y Melissa entró de puntillas en su estudio. Llevaba algo a sus espaldas. Acarició la frente de su novio y posó su carga sobre el escritorio. Era un artilugio poco más gordo que un lápiz. Tenía marcas de colores. Y definitivamente, había salido de alguna farmacia.

—¿Estás enferma? —preguntó un cauteloso Óscar.

—¿No sabes lo que es esto? —rió ella.

—¿Un termómetro? ¿Es de los que se meten por atrás?

Ella se sentó sobre el regazo de Óscar y lo besó en los labios. No llevaba su uniforme de safari sino un suave camisón blanco.

—Es el aviso de tu nueva vida —respondió—. Vas a ser papá.

Había muchas respuestas posibles en esas circunstancias, y un guionista de telenovelas estaba familiarizado con todas: la alegría del fruto del amor, el temor por los nuevos retos, la ilusión de un futuro en familia, incluso la petición de aborto. Pero Óscar, que en ese momento tenía la mitad del cerebro aún sorbido por el mundo de la ficción, sólo concibió una réplica:

—¡Pero si me pongo condones!

Ni siquiera durante los siguientes días podría articular una respuesta más afectuosa, más cuidadosa, ni siquiera más educada. Sólo atinó a entrar en estado de shock. En sus últimas conversaciones con Melissa, la culpó amargamente por las veces en que, confiado en el calendario, había prescindido de los métodos anticonceptivos. Más adelante, dejó de contestar a sus llamadas. No habló con nadie de lo que ocurría. En pocas palabras, trató de ignorar el problema, en espera de que desapareciese por sí mismo.

Pero su subconsciente sí quería hablar, incluso gritar: súbitamente, y a treinta capítulos del final de *La malquerida,* la terrible villana Eugenia Martínez de Fagalde, en una última estrategia para retener a su amado, anunciaba su embarazo, echando por tierra los planes de fuga de la pareja protagónica.

Durante todo su tramo final, la telenovela retrató la maternidad como una amenaza contra el amor, el recurso más enfermo de una mujer malvada para atrapar al inepto de su hombre contra viento y marea. En boca de la malvada, se repitieron frases como «el hijo de tus entrañas», «la sangre de tu sangre» y, sobre todo, «no me puedes abandonar así».

Por supuesto, nadie vio en ello nada más que un giro de la historia encaminado a precipitar un final lleno de dramatismo. Excepto Melissa, que entendió la indirecta y dejó de llamar a Óscar.

Y, bueno, la actriz protagónica Fabiola Tuzard, que para los hechos más retorcidos siempre tenía una interpretación aún más retorcida. Fabiola notaba la reducción de sus diálogos en beneficio de la mala de la telenovela, y empezó a temer lo peor; un final sorprendente, nunca antes visto: que la mala se quedase con el hombre.

Para evitar ese cataclismo narrativo, el naufragio de cualquier telenovela responsable, Fabiola optó por emplear el mismo método que le había ayudado a escalar tantas posiciones en el complicado mundo de la televisión: acostarse con el guionista.

Durante la siguiente fiesta de Pesantes, Fabiola emborrachó a Óscar —tarea fácil— y lo arrastró hacia el *Cuba Libre,* el majestuoso yate de Marco Aurelio Pesantes, un fastuoso catamarán con un salón comedor en el interior. Lo que ahí ocurrió fue, técnicamente, una fornicación en toda regla. Entre la voluntad de Fabiola Tuzard por lograr una performance atlética y el hambre de Óscar tras varias semanas sin novia, entre los ímpetus de revancha de los dos y el suave balanceo de la embarcación, los astros se conjugaron para que, cinco segundos después del comienzo, la ropa de Óscar volase por toda la habitación, y sus gemidos —una especie de ronquidos como de morsa— se acompasaran con los de una Fabiola Tuzard en estado de gracia.

Cuando Óscar estaba a punto de llegar al clímax, y de olvidar por un segundo las desgracias de su existencia, oyó la puerta abrirse. Antes de tener tiempo para reaccionar, llegó a sus oídos la voz de Marco Aurelio Pesantes que anunciaba, de espaldas a él y Fabiola, aún sin verlos:

—Damas y caballeros, bienvenidos al paraíso.

Pesantes se refería a su yate, que estaba enseñando a los periodistas. Lamentablemente, ni las cámaras de video ni los flashes, ni los ávidos ojos de sus invitados se fijaron en el delicado diseño de las alfombras, la lustrosa madera de los muebles o el espacioso diseño del salón. Óscar y Fabiola, desnudos sobre la mesa, dos volcanes congelados un segundo antes de la erupción, no pudieron hacer nada. Sólo se dejaron cegar por la masa de luz ardiente que invadió el lugar, y escucharon los clics y los rumores entremezclados. La única frase que llegó claramente a sus oídos fue:

—¿Podrían sonreír, por favor?

Un día después, las fotos fueron portada de ocho revistas, dos periódicos y diecisiete programas de televisión sólo en Miami. Óscar tardaría una larga temporada en dejar de escuchar las risas burlonas cada vez que entraba en un lugar público.

Dos días después, a Óscar le llegó el último mensaje de Melissa, en un sobre oficial del criadero de caimanes:

NO TE QUIERO VER MÁS

Cuatro años y decenas de amantes después, Marco Aurelio Pesantes se casó con Fabiola Tuzard.

Siete años después, Óscar se enamoró de Natalia y logró un segundo éxito: *La cárcel de tu amor*.

Doce años, tres meses, seis días y catorce horas después, a Óscar Colifatto le llegó el momento de recordar todas estas catástrofes, de reconocer que seguía llevándolas encima, y lo peor de todo, de resolverlas.

—No quiero entrar.

—Óscar, tienes que entrar.

—No lo haré. Me niego. Y si me obligas, huiré.

—¿Adónde?

Óscar miró a su alrededor: sólo encontró una vasta llanura pantanosa, sembrada de manglares y plagada de mosquitos y saurios carnívoros.

—Está bien, entraré.

Nereida suspiró y puso el freno de mano. Consideraba a Óscar su buena acción del día, un contrapeso vital para todos sus pecados. Pero había tenido que llevarlo hasta los Everglades en su propio coche, y la cuenta de la gasolina no estaba incluida en el trato.

—Mi amol —le aclaró—, yo te quiero ayudar, pero tienes que poner de tu parte.

Óscar no estaba muy convencido:

—¿Qué pasa si el niño me odia? ¿O si le han dicho toda su vida que estoy muerto? ¿O si tiene alguna enfermedad degenerativa?

Aunque no conocía demasiado a Óscar, ella sabía que los argumentos racionales no tenían cabida en sus conversaciones. Simplemente, le acarició la mejilla como si fuese un niño y le predijo con la voz más maternal que pudo:

—Ya verás que todo va a salir bien.

Le habría gustado estar segura de eso. Habían parado a almorzar en un restaurante decorado con tiburones disecados. Habían pedido hamburguesas de cocodrilo. Pero aun así, para Nereida, el animal más exótico de ese día era Óscar.

—Tienes razón, todo saldrá bien —dijo él, respirando por la boca, con la mirada perdida en el horizonte.

—Ya te puedes quitar el cinturón de seguridad.

—Sí.

Descendieron del coche y se encaminaron hacia el edificio de aspecto vagamente colonial que se elevaba a orillas del pantano, con el cartel BABY ALLIGATOR. Óscar trató de contener la oleada de recuerdos asociados a ese lugar, los buenos y los malos. Inevitablemente, el tapón de sus recuerdos explotó, y sus remembranzas se desbordaron como aguas negras de una alcantarilla.

—¿Estás segura de...?

—Óscar, vamos. No tengo toda la vida para esto.

Ya en el interior, en un recibidor decorado con mandíbulas de cocodrilos abiertas, una recepcionista les informó de que su anfitriona los esperaba en el embarcadero.

En efecto, nada más salir al exterior, estaba Melissa. Pero no la Melissa que Óscar esperaba, deteriorada por los años, desfondada por la fuerza de gravedad. No. Sin duda a causa de la vida sana, el entorno natural y el ejercicio físico, Melissa estaba exactamente igual, con la misma piel ligeramente tostada y todas sus redondeces en el mismo sitio en que él las había dejado. Incluso su uniforme de trabajo seguía siendo el mismo disfraz de cazadora en safari. Años antes, Óscar había encontrado su aspecto excitante y provocador. Hoy le parecía una especie de atracción del parque temático de su pasado.

Pero lo peor era su futuro, porque ese compacto paquete de grasa de metro y medio que se movía al lado de ella sólo podía ser su hijo, ese cincuenta por ciento de material genético que Óscar se había dejado olvidado en algún lugar.

Madre e hijo estudiaban los mandos de un aerodeslizador con tres asientos y una gigantesca hélice en la parte de atrás. Durante los siguientes segundos, el tiempo transcurrió en cámara lenta: los pesados pasos de Óscar en dirección al embarcadero, las aguas inmóviles del pantano y esa mujer levantando hacia él los mismos ojos castaños de antes, frunciendo los labios como hacía antes, y rugiendo con la misma voz ronca, como de hombre, que Óscar se había esforzado tanto en olvidar:

—Has perdido pelo, ¿verdad? Y has ganado barriga.

—Yo... también te he echado de menos.

El niño no era tan gordo visto de cerca, aunque tampoco era flaco: un ejemplar clásico de púber regordete con preavisos de acné en las mejillas. Óscar trató de buscar algún parecido con él. Durante su insomne noche anterior había fantaseado con que el niño fuese chino o apache, y todo parentesco quedase descartado nada más verlo. Pero ahí, frente a frente, tuvo que admitir para sus adentros que, sin pelo y con una distribución diferente del vientre, podía ser hijo suyo. Tan sólo le faltaba el rictus de amargura marca de la casa. Óscar le ofreció su mano:

—Yo... bueno... yo soy... eeehh... me llamo Óscar.

—Ya sé quién eres. Le he preguntado a mamá por ti muchas veces.

—Ah... ¿Y qué te ha dicho?

—Que eres imbécil perdido.

—Ya. Bueno. Es un punto de vista.

Siguió otro largo silencio, que Nereida interrumpió con un carraspeo:

—Ah —volvió en sí Óscar—, ella es Nereida. Es mi... mi... es Nereida.

—¡Mi amol, qué niño tan bonito tú tienes! Yo creo que a este chico le encantan las sorpresas. ¿No te parece?

—Sí me gustan —admitió el chico, que tenía el rostro fruncido por el sol, o quizá porque imaginaba a un padre mejor. Nereida sonrió un rato con todos sus dientes, y después de un tiempo prudencial, le dio un codazo a Óscar:

—El regalo, Óscar —le recordó entre dientes.

—Ah, sí —respondió el guionista. Se sacó del bolsillo un paquete y se lo extendió al pequeño. Él miró a su madre para saber qué hacer, como si estuviese frente a un animal peligroso. A un gesto de ella, se abalanzó hacia el paquete y rasgó el papel de regalo con desesperación. En el interior había un CD doble.

—¿Qué es esto? —preguntó.

Por fin, Óscar se sintió cómodo. Habían llegado a un tema que él podía dominar:

—Los grandes éxitos de José José —explicó—. Olvida todo lo que sabes de música: José José revolucionará tu colección.

—No... —dudó el chico—. Quiero decir: ¿qué es esto?

—Un disco. Doble.

El niño examinó las dos caras del disco. Lo sacudió en el aire. Se lo acercó al oído. Finalmente preguntó:

—¿Me lo puedes forwardear en MP3? Lo descargaré en mi iPod.

—Sí, claro —respondió Óscar, que lo único que había entendido de la pregunta era *me*. Ya preguntaría después.

—Tengo que hacer una ronda de inspección —interrumpió Melissa, señalando al aerodeslizador—. ¿Damos un paseo?

Óscar recordaba con terror esos botes infernales que daban tumbos por el agua turbia, exponiéndolo constantemente a caer entre las fauces de un lagarto. Pero cuando estaba a punto de negarse, el niño trepó con naturalidad a la embarcación. Nereida subió tras él diciendo:

—¡Qué bueno! ¡Siempre quise subir a uno de éstos!

Así que él tragó saliva y se acomodó en el asiento de atrás, junto a su ex.

El aerodeslizador comenzó su marcha hacia la inmensidad del agua. La hamburguesa de cocodrilo se sacudió en el estómago de Óscar. Mientras procuraba disimularlo, Melissa preguntó con ironía:

—¿Qué te trae por aquí después de tanto tiempo?

—Bueno, creo que tú y yo sufrimos algunos... malentendidos en el pasado...

—Y te has decidido a resolverlos después de sólo trece años. ¿O son catorce?

—Doce.

—Qué gentil. ¡A lo mejor hasta has madurado!

Dejaron atrás la zona del embarcadero y Melissa aceleró. La proa se elevó. El niño celebró la ocasión con un grito de excitación y Nereida con una carcajada. Pero en realidad, el sonido de la hélice se tragaba casi todos los demás. Óscar trató de aprovechar ese momento para volver atrás:

—No sé si éste es el lugar indicado para esta conversación.

—Recuerdo eso —gritó Melissa, dando una curva que casi hace caer a Óscar—. ¡Tu gran talento para no conversar nada! ¡Nunca era el momento de una conversación!

Entraron por un túnel formado por árboles viejos. Las ramas arañaron las mejillas de Óscar:

—¿Sirve de algo si pido disculpas? —gritó desesperado.

La respuesta de Melissa le llegó cortante como el viento, fría como una de las hélices del motor:

—Ya no.

Salieron de nuevo a un claro de agua. El aerodeslizador iba tan rápido que se elevaba sobre la superficie y rebotaba. Desde el fondo de los testículos de Óscar, algo ascendió hasta su pecho y luego volvió a descender.

—¡Créeme, Melissa, he cambiado! —gritó horrorizado.

Ahora, la lancha se precipitaba hacia una enredadera de raíces y rocas.

—¡Demuéstralo! —gritó Melissa, sin siquiera mirarlo, con la mirada psicópata fija en la muerte que aguardaba por ellos en algún lugar ahí adelante.

Óscar se sobrepuso al pánico y a una arcada para contestar:

—¡He pasado seis años con la misma mujer en una relación estable!

Óscar temió que su información llegase demasiado tarde. Se cubrió los ojos. Lamentó ser responsable de la muerte de una buena mujer y un menor de edad, pero tuvo tiempo de alegrarse por la de Melissa. En sus últimos segundos de existencia, Óscar esperaba ver toda su vida proyectándose ante sus ojos, y tuvo que admitir que se había pasado la vida sentado.

Cuando ya se resignaba a lo que venía, sintió el giro de la lancha, de nuevo a punto de hacerlo caer. Se aferró al asiento, para lo cual tuvo que quitarse las manos de los ojos. Frente a él, su hijo gritaba:

—¡Más, mamá! ¡Hazlo de nuevo!

Y ahora sí se le escuchaba, porque el aerodeslizador reducía rápidamente la velocidad y el motor iba bajando de volumen, hasta quedarse en silencio.

—¿Has tenido una relación estable? —le preguntó Melissa, incrédula pero tranquila, como si llevasen media hora conversando en un café—. No puedo creerlo. ¿Y dónde está esa joya de mujer?

Entre la incertidumbre y el mareo, él empezó a ponerse verde y a balbucear:

—¿Que dónde está?... Bueno, es muy fácil... Esa mujer está...

—Aquí —salió en su rescate Nereida—. Llevamos seis años de matrimonio. Y espero que sean muchos más.

Sonrió y tomó la mano de Óscar, cuyo estómago tuvo reacciones encontradas ante ese giro de los acontecimientos. Nereida lucía un blue jean con agujeros en las nalgas, tacones aguja que podían hundir el bote y aureolas de pezones visibles y escarchadas. Pero por lo menos, era una mujer. De eso no cabía duda.

—Sí... —añadió Óscar, guiñándole el ojo a Nereida con tanta torpeza que pareció un tic nervioso—. Somos inmensamente felices. Asquerosamente felices. No podrías creer... lo felices que somos.

Se volvió hacia Melissa para escrutar su reacción. Afortunadamente, su ex se veía satisfecha:

—Supongo que sí has cambiado. Antes eras incluso racista.

—Nada de racismo. Al fin y al cabo, los negros no tienen la culpa de su desgracia...

Los ojos de Nereida se abrieron tanto como sus aureolas, pero Óscar recondujo la frase a tiempo:

—Quiero decir... De toda esa... intolerancia.

Melissa terminó de detener el vehículo. Cerca de ellos, sobre una roca, una pareja de caimanes tomaba el sol. El niño se emocionó:

—¿Quieres tocar el hocico de un caimán? —le preguntó a Óscar.

—No creo... que sea necesario...

—Mamá también dice que eres un cobarde. ¿Es porque les tienes miedo a los caimanes?

—No les tengo miedo a los caimanes. Les tengo miedo a los mordiscos, las lesiones de gravedad y la muerte.

—A mí no me dan miedo. ¿Quieres verlo?

—No.

Melissa le dijo a Óscar:

—No tengo problemas en que veas al niño, si eso quieres. No voy a interponerme entre ustedes. Y él necesita un padre. Aunque seas tú.

Nereida y Óscar se miraron con complicidad, y contuvieron una carcajada de celebración. Misión cumplida.

—Lo único que no me gusta —continuó Melissa— es el mundo de la televisión. No me parece un lugar adecuado para educar a un niño.

Instantáneamente, a Nereida se le iluminó el rostro, como si alguien hubiese vertido leche en el café de sus mejillas, y la escarcha de su busto empezó a brillar como un árbol de Navidad. Se emocionó tanto que, sin medir el efecto potencial de su reacción, dijo:

—Pero mi amol, ¿trabajas en televisión?

Melissa y el chico se volvieron a verlos con extrañeza. Óscar trató de poner en práctica un rápido control de daños. Ocultó su rigidez facial tras una sonrisa inverosímil, y explicó:

—¡Nereida es tan irónica! Tiene un sentido del humor muy fino. Lo que quiere decir es que... no se nota que trabajo en televisión... porque paso todo el día en casa, escribiendo, y apenas veo a nadie de ese mundo, ni siquiera a Marco Aurelio Pesantes, no creas.

Su ex endureció el gesto. A sus espaldas, uno de los caimanes se arrojó al agua con un chapoteo. Óscar temió que fuese a atacarlo por orden de Melissa, pero el animal no saltó al barco. La única que atacó fue Melissa:

—¿Sigues trabajando para Marco Aurelio Pesantes?

—¡No! Por eso no lo veo. No sé dónde está, ni qué ha hecho con su vida, ni cómo va su matrimonio con Fab... con quien sea. No sé nada de nada. Es increíble cómo alguien puede no saber nada, ¿verdad?

—A mí me gusta la televisión —intervino el chico—. Cuando sea grande quiero ser famoso y tener un yate.

—¿Lo ves? —se escandalizó Melissa—. ¡Quiere un yate! No sé si tu influencia es positiva para mi hijo, Óscar.

La mirada de súplica del guionista buscó ayuda en Nereida. Y la encontró:

—¡No se preocupe usted, mi reina! —le dijo a Melissa en tono cómplice—. Si yo también trabajo en la televisión. Óscar me ha conseguido un papel especialmente para mi talento, ¿verdad, Óscar?

Óscar gruñó. Nereida, autorizada, continuó:

—Yo misma me cuido de que Óscar no se meta en líos, y por supuesto, me ocuparé de que el niño tampoco. Y si usted tiene cualquier queja o duda, llámeme. Que yo me ocupo de poner en vereda a este hombre.

—¿De verdad? —preguntó Melissa.

—Entre madres tenemos que ayudarnos —respondió solemnemente la otra, tocándose el pecho, para luego sonreír—. Y no deje de verme cuando salga en la tele.

Melissa respiró aliviada. Nereida abrazó al niño. Más allá, el caimán que quedaba sobre la roca parecía sonreír también. Pero al menos, en ese momento, tenía menos dientes que Nereida.

—Óscar, ¿tienes un minuto?

—No. Ni uno.

—Es importante. *Muy* importante.

Óscar se detuvo en medio del camino de baldosas que cruzaba el jardín. Su hijo nuevo aprovechó el momento para perseguir a una lagartija. Y él se volvió hacia el inoportuno Flavio de Costa, que, visto tan de cerca, parecía aún más delgado que en el comercial de ropa interior.

—¿Qué quieres?

Flavio puso una de sus sonrisas publicitarias. Fuese lo que fuese, quería vendérselo a Óscar.

—Mírame bien —dijo, como si fuera a venderle a Óscar una toalla higiénica—. No te haré perder el tiempo. Sólo te diré una palabra: sexo.

—Ya. Conozco tu reputación, pero yo te aburriría. Además, es muy mal momento. ¡Tú, niño!

El niño, derrotado por la lagartija, se le acercó unos pasos. Pero Flavio no bajó la guardia:

—¡No, Óscar! Quiero decir que pongamos sexo en la historia de la telenovela.

—¿Haces historias de sexo? —preguntó el niño, entrando en la conversación.

—No, precisamente —respondió Óscar—. La buena no tiene sexo hasta el capítulo final. Todo el mundo lo sabe. Si María de la Piedad se acuesta con Gustavo Adolfo, la telenovela se acabó.

—No estoy pensando en María de la Piedad —accedió el actor—. Simplemente, Gustavo Adolfo tiene necesidades naturales. Y se va por ahí a satisfacerlas.

Sexo y promiscuidad. Exactamente lo que Óscar quería darle al niño en su primera conversación. Trató de cerrar el encuentro en seco:

—El galán no tiene sexo. Con nadie. Gustavo Adolfo no puede irse de putas. Todo el mundo lo sabe. No estaría de más que lo supieses tú también.

—Tengo unas pastillas con las que las escenas nos quedarían de cine, Óscar. Te meterías hasta tú a grabar.

Es verdad. Para completar la conversación faltaban las drogas de diseño.

—Flavio, quítate de en medio.

Avanzaron unos pasos, pero Flavio de Costa siguió ahí parado, detrás de ellos. Antes de perderlos de vista, dijo:

—¡Hey!

Y cuando Óscar volteó, Flavio hizo como que le disparaba con los dedos y concluyó.

—Piénsalo, maestro. Sé que eres un tipo listo.

—Imbécil —murmuró Óscar retomando el camino. Pero daba igual. Mientras atravesaba la colección privada de Pesantes de adornos de salón, trataba de guardar fuerzas para la batalla que se venía. Porque si iba a tener un hijo, iba a tener que alimentarlo. Y eso, con un productor como su jefe, no estaba garantizado.

Pesantes ni siquiera podía creer que Óscar tuviese un hijo. En su despacho, el guionista tuvo que repetírselo cuatro veces, e incluso así, el productor miraba al niño como a un marciano, y lo estudiaba detenidamente:

—Sí se parecen, sí. Un poco. Es como tú antes de ser tú. ¿Comprendes? Cuando aún podías ser... bueno... otro. Cuando aún podías hacer algo con tu vida.

—Gracias, Marco Aurelio.

—¿Quién es este señor? —preguntó el chico.

—Nadie —respondió Óscar—. Nadie de quien debas saber. Ni tú ni tu madre. Esto será un secreto entre los dos.

—Supongo que puedes llamarme «tío» —sugirió Pesantes—. Seré el tío. Me gusta eso. Es más barato que ser padre. ¿Y tú cómo te llamas?

Óscar recordó que se le había escapado ese detalle. Todavía le fallaban algunos de los reflejos obligatorios de la paternidad:

—Es verdad —le preguntó al chico—. ¿Cómo te llamas?

—Matías —respondió él—. Pensé que lo sabías.

—¿Matías? Yo te hubiera puesto otro nombre.

El chico se encogió de hombros y se bajó de la silla. Tenía ganas de merodear por el despacho. Óscar aprovechó la pausa para volver al tema que le interesaba:

—Marco Aurelio, me debes seis mil quinientos dólares.

—¿De qué?

—De la muerte de Cayetana de Mejía Salvatierra.

Pesantes lució su mirada especial para reclamos de dinero: un gesto esquivo, oblicuo, similar al que esbozaba enfrente de izquierdistas o discapacitados. Óscar insistió:

—¿Querías que matese a la mala? Ya está muerta. Y ahora tengo un hijo. Así que necesito ese bono que me ofreciste: seis mil quinientos.

A sus espaldas sonó una mesa chocando contra la pared. Matías estaba toqueteando un jarrón de porcelana, que casi se le había ido de las manos. Pesantes se desesperó:

—¡Deja eso, niño! —y luego se volvió hacia el flanco de Óscar, para contraatacar sin más demora—. ¿Quieres que te bonifique?

Óscar asintió con la cabeza, seguro de sí. Pesantes se arrugó como una bolsa de plástico vacía y dijo:

—Si serás comemierda, chico. ¿Pero tú has visto la telenovela en la última semana? ¡Está aburridísima!

—¿Eh?

De algún lugar entre su computadora de mesa, su portátil y su impresora, Pesantes extrajo la escaleta del capítulo treinta y seis, el último que se había transmitido. Se aclaró la garganta, como si fuese a cantar un bolero, y recitó, leyendo:

—Escena uno: María de la Piedad y Gustavo Adolfo se besan. Escena dos: María de la Piedad y Gustavo Adolfo pasean por la playa tomados de la mano y escriben sus nombres en la arena. Escena tres: Gustavo Adolfo le dice a María de la Piedad: «Desde que te vi supe que serías mía». Escena cuatro: juegan en la piscina y se salpican el agua con ternura. ¿Pero qué coño es esto?

—Es el amor, Marco Aurelio.

—¡Lo odio! Hemos perdido seis puntos de *rating* en sólo tres días. Y tres anunciantes se han retirado.

Pesantes arrugó el folio y lo arrojó al basurero. Matías se había acercado a husmear por el escritorio, y tuvo que esquivar la bola de papel.

—Marco Aurelio —dijo Óscar lentamente, aún tratando de controlar sus emociones—, me pediste destruir el obstáculo para el amor. El resultado es que el amor no tiene obstáculos. Tú no tienes que soportar a tu mujer en las grabaciones. Y Gustavo Adolfo no tiene que soportar a la suya en su vida.

Pesantes se aflojó la corbata y pasó al tema que le preocupaba en realidad:

—No quiero que ese gañán de Flavio le meta la lengua en la boca a Grace todos los días. Todos dicen que es adicto al sexo. Ni siquiera es bisexual: es trisexual o cuatrisexual o algo así. Dicen que se acuesta hasta con plantas y animales.

—Bien, Marco Aurelio. Odio ser yo quien te diga esto, pero —Óscar se detuvo. Buscó las palabras adecuadas. Al final, sólo consiguió reunir las más precisas—... Grace es puta. Muchos otros señores le meten muchas más cosas cotidianamente.

—¡Pero no tengo que verlas por televisión! Además, Grace se ha retirado. Yo la he retirado.

—¿Entonces qué más da? ¿No te casaste con Fabiola? Por favor, con la de actores que han pasado por su cama, se podría filmar una superproducción del Imperio Romano.

—Precisamente —señaló Pesantes con el dedo índice hacia arriba—: Fabiola *ya* se había acostado con todos. Por eso ya no iba a hacerlo más. Pero Grace... ya sabes... es muy inocente.

Matías lo interrumpió. Llevaba en la mano el Emmy de Pesantes.

—Papá ha dicho que es puta.

—¡Tú cállate! —replicó Óscar.

—¡Y deja ese Emmy! —añadió Pesantes—. ¿Acaso voy yo a tu casa a manosear tus juguetes?

El niño hizo un gesto de impotencia y aburrimiento. Dejó el trofeo en su lugar y empezó a dar vueltas en círculo por el despacho, mascullando algo, como un preso en su celda.

Pesantes volvió a hundirse en sus temores:

—Verás, Óscar, a Grace todo esto de la televisión la impresiona mucho. Ya sabes: la fama, el oropel... Es muy nueva en esto. Y no quiero que Flavio se aproveche de su ingenuidad.

—¿Su qué? —para Óscar, era como si le hubiesen robado al Pesantes de toda la vida y hubiesen colocado en su lugar a un tibio guiñapo sentimental. Sólo para confirmarlo, preguntó—: Pesantes, ¿es posible que te estés enamorando?

El productor estudió esa posibilidad con cara de estreñimiento. Después de cinco segundos, lo que en su caso era una larga y profunda meditación, resolvió:

—Sí, supongo que sí. Lo que ocurre es que, a mi edad, el amor repercute en órganos diferentes del cuerpo.

Sólo entonces, Óscar se dignó mirar las pastillas que se acumulaban en su escritorio, junto a toda la tecnología de comunicaciones. Pasó revista a las amarillas, a las moradas y a las rojas, pero sus ojos se detuvieron en las azules, de un azul inconfundiblemente Viagra.

—Esa chica te ha sorbido el seso —concluyó.

Pesantes pareció recordar algo agradable, porque sonrió y dijo, con un tono completamente nuevo:

—Je, je... Tiene talento para sorber. No sé si me entiendes...

E hizo un gesto con la lengua, como si fuese un pescadito entrando y saliendo de su boca. Óscar habría preferido no tener que presenciar eso, pero Pesantes ya se había embarcado, y ahora su cuerpo se balanceaba dulcemente en el asiento, y su rostro reflejaba una especie de ensoñación lúbrica:

—Y esas tetas. Las ves ahí, colgando sobre tu cabeza, y sientes que puedes tocar el sol, ¿sabes lo que digo? Y mientras tanto ella se mueve como una trituradora de carne, y...

—Pesantes, no sé si deberíamos tener esta conversación frente al niño.

Efectivamente, Matías había detenido su marcha en círculos para contemplar con curiosidad el éxtasis de Pesantes. Pero el productor volvió en sí, se ajustó el nudo de la corbata de nuevo y le dijo:

—¿Y tú qué miras?

—Pensé que usted estaba a punto de babear —dijo Matías.

—Sigue dando vueltas. Te daré cincuenta dólares por cada kilómetro que recorras.

—¡Guau! —dijo el niño emocionado, y reemprendió sus círculos por toda la habitación.

Pesantes recuperó la compostura y su mirada de desconfianza habitual. En un giro de actitud, proclamó:

—¿Sabes qué? Tienes razón, Óscar.

—¿En serio? ¿Yo?

—Le doy demasiada importancia a Grace.

—Bueno, a mí me da igual, es sólo que...

—Voy a corregir esto de inmediato.

—Ajá.

—Voy a ponerle los cuernos.

—Oh, mierda.

—Eso me hará sentir mejor. Y le demostrará quién lleva los pantalones aquí.

—Pesantes...

—Le voy a ser tan infiel que se le quitarán las ganas de andar besuqueando a ese baboso.

Óscar estuvo a punto de decir muchas cosas, exponer un sinnúmero de argumentos, desarrollar una larga serie de ideas, pero a esas alturas, tenía suficientes problemas en su propia vida personal como para abrir nuevos flancos:

—¿Podemos hablar de trabajo, por favor?

El productor miró a su guionista desde la cima de su amor propio. Había vuelto a ser el mismo de siempre, el hombre fuerte, el productor con signos de dólar bailando en las pupilas:

—OK, seré rápido: la telenovela está aburrida. Necesitamos una solución. Un nuevo obstáculo para el amor. Y sólo puedes arreglarlo tú. Eres un genio, Óscar. Eres el mejor. No he perdido ni por un segundo la confianza en ti. ¿Y sabes por qué? Porque eres el dueño de los corazones del continente...

—Marco Aurelio...

—... El prestidigitador del amor imposible...

—Marco Aurelio...

—... El rey del culebrón...

—Mi dinero, Marco Aurelio.

—¿Tu qué?

—Seis mil quinientos.

—Cuenta con ellos. Es sólo que...

A su alrededor, Matías corría cada vez más rápido, como la hélice de un ventilador.

—¿Que qué? —preguntó Óscar.

El productor abrió un cajón y sacó un montón de teléfonos celulares. Sin duda, los teléfonos de sus ex. Dos de ellos estaban vibrando frenéticamente sin que Pesantes contestase las llamadas. Otro, que Pesantes alzó ante los ojos del guionista, decía:

TIENE CATORCE LLAMADAS PERDIDAS

—Estoy pasando por un pequeño *credit crunch* —aclaró el productor.

—Ya.

—Y un par de pequeños... juicios por pensiones alimenticias.

—Comprendo, pero...

—Y una pequeña, ínfima... imputación penal por estafa. Pero todo está bajo control. La zona de turbulencias está llegando a su fin.

—¿Y tengo que atravesarla yo contigo?

—Por lo menos, tienes que arreglar el tema de la audiencia.

Óscar tenía un as en la manga para este momento. Se sentía más cómodo en este registro de la conversación. En realidad, era el único en que se sentía cómodo. Cuando hablaba de telenovelas, era como un mago haciendo trucos. Hasta lo más complejo se volvía sencillo:

—No te preocupes —dijo, con el mismo tono de un asesino a sueldo a su cliente—, eso está arreglado.

—¿Qué vas a hacer?

—Voy a recurrir al arma secreta. Es sólo para situaciones extremas, pero ésta es una situación extrema.

Pesantes miró a todas partes, como si alguien los espiase. Bajó la voz y asumió un tono conspirativo:

—¿Te refieres a...?

—Exactamente.

El productor sopesó su responsabilidad en lo que podía ocurrir. Pero tras unos instantes de duda, se decidió:

—Está bien, adelante. ¿Quién va a soltar la bomba?

—Necesitamos un personaje nuevo, que le dé un poco de aire a la historia. He estado meditando mucho al respecto. Necesitamos un tercero en discordia. Y tengo a la persona perfecta.

—No será muy caro, ¿verdad?

—No te puedes imaginar lo barato que saldrá. Pero yo quiero mi anticipo.

Pesantes puso cara de resignación. Sus mofletes se relajaron como cuando estaba a punto de soltar el dinero. Óscar pensó que al fin le había ganado un pulso. Pero en ese preciso instante, a sus espaldas sonó el choque del cuerpo de Matías contra algo, un grito y, a continuación, un estrépito de cristales y objetos rotos. De manera automática, Óscar interpretó ese sonido como una premonición. Una muy mala.

El aspecto de esta mujer choca con la sobria decoración de la residencia Mejía Salvatierra: sus jeans con agujeros en las nalgas, sus tacones aguja, y especialmente las aureolas de sus pezones, que asoman escarchadas por los límites del escote, combinan mal con los adornos clásicos del salón.

«¿Cómo dijo que se llamaba?», pregunta Gustavo Mejía Salvatierra, un tanto azorado por esta inesperada visita.

«Llereida», responde ella.

«Bien, Llereida: ésta es mi novia, María de la Piedad.»

María de la Piedad se acerca a saludar envuelta en una salida de baño azul. Su pelo mojado y su cuerpo tostado delatan que acaba de volver de la piscina, del sol, de la vida suave y perezosa que lleva desde la muerte de Cayetana de Mejía Salvatierra. Pero Llereida, esa extraña visitante, rechaza estrechar la mano que ella le ofrece.

«Ya sé que ustedes son novios», responde en tono fúnebre. «Por eso he venido. Para que no cometan ustedes un gran error. ¡El peor de los errores!»

—¿Papá?

Con sólo esa palabra, Óscar experimentó múltiples alteraciones nerviosas.

—¿Qué?

—¿Por qué tu cocina es negra?

—Eeeeeh... Es... la moda. Ya sabes. Los que trabajamos en televisión tenemos gustos muy sofisticados.

—Yo quiero trabajar en televisión.

—De momento, ¿por qué no te limitas a *ver* la televisión? En otro cuarto. En el baño, si puedes. Pero no desordenes nada. Puedes lavarte sólo con los frascos de tamaño pequeño del lado izquierdo de la hilera. Aunque si no te lavas, mejor.

Matías obedeció. Lo de no lavarse le gustaba.

Óscar trató de recuperar la inspiración. Se caló los lentes, bebió un sorbo de café de su taza GENIO TRABAJANDO y posó las manos sobre el teclado de la computadora. Respiró hondo, como un pianista presto para pulsar las notas más profundas del alma humana, y escribió:

Gustavo Adolfo y María de la Piedad se miran, tratando de compartir una opinión silenciosa sobre Llereida.

«No se me ocurre qué pueda ser tan terrible», trata de calmar los ánimos él. Pero la recién llegada no puede calmarse:

«Lo peor es que no se le ocurre. Pero cuando lo sepa, comprenderá la magnitud de esa abominación. Es algo que Dios Nuestro Señor no puede permitir.»

María de la Piedad se sienta frente a ella. Mientras se sirve un café de la bandeja que descansa sobre la mesa, pregunta:

«¿Quién es usted?»

Llereida se acomoda en su sofá. Parece haber estado esperando esa pregunta desde su llegada, y la responde con aire serio, casi de reprimenda:

«Yo trabajé en esta casa hace muchos, muchos años, señorita. Conocí a su madre, que trabajaba conmigo. Y conocí al joven

Gustavo Adolfo cuando apenas era un niño. Aunque él no me recuerda, claro, porque no duré mucho.»

«¿Se cambió de casa?», pregunta Gustavo Adolfo.

«Me despidieron, joven. Me despidieron injustamente, sólo por el hecho de saber la verdad. ¡La terrible verdad!»

—Papá.

—¿Q... Quéeeeeee?

El niño, Matías, su hijo, aunque todavía le costaba llamarlo así, había vuelto a su lado silenciosamente. Llevaba en la mano el viejo condón, el de la desgracia.

—¿Por qué estaba esto pegado en tu bidé?

—Ah... eso... sí... Eso es... un globo. Un globo de agua. Es para jugar.

Matías volvió a mirar el pegote y a su padre, a éste con más extrañeza que a aquél. Al fin, sentenció:

—No, papá. Esto es un condón.

—Claro. Se le da ese uso también... Es muy... versátil.

Se quedaron en silencio. El reloj de la pared empezó a hacer tictac a un volumen alarmantemente alto.

—¿Papá?

—¿Qué?... —preguntó Óscar, ahora muy bajito, porque tenía miedo de lo que viniese.

—Si estás casado con Nereida, ¿por qué ella no vive acá?

Para bien o para mal, Óscar era partidario de los guiones claros en los que las motivaciones de los personajes eran transparentes y no confundían al telespectador. Para bien o para mal, más bien para mal, aplicaba la misma receta en su vida personal:

—No estoy casado con Nereida. Estoy enamorado de una que se llama Natalia. Y voy a recuperarla. Pero Nereida me ha dicho que antes tengo que arreglar todos los desastres de mi pasado y volver a descubrir lo que es el amor. Por eso te he recuperado a ti.

El chico rumió un rato lo que acababa de escuchar. Después de procesarlo, hizo saber sus conclusiones:

—¿Entonces nos mentiste a mamá y a mí? ¿Y sólo me quieres para recuperar a tu chica?

Óscar volvió a revisar lo que acababa de decir. Lo mejor era no continuar por ese rumbo.

—Es muy complicado. Ya lo entenderás. Mientras tanto, no se lo cuentes a tu madre.

—Ajá. Y tampoco puedo decirle que trabajas para Marco Aurelio Pesantes.

—No. Ni que rompiste su jarrón.

—¿Papá?

—¿¿¿Quéeeee??? —respondió ahora un Óscar al borde de las lágrimas.

—¿Hay algo que sí le pueda decir a mamá? Me preguntará cómo nos fue y todo eso.

—Dile que viste televisión todo el tiempo. No. Mejor dile que jugamos basketball. ¡Pero ahora vete a ver televisión!

—Está bien, pero esto te va a costar una PlayStation por lo menos.

Matías no lo dijo como una amenaza, simplemente como una negociación natural. Mientras el niño abandonaba la habitación, Óscar se preguntó si estaba preparado para lo que hacía, si la paternidad era un reto a su alcance, y si sobreviviría a ella. Después decidió dejar de preguntárselo y sumirse en el único mundo que comprendía:

«¿A qué verdad se refiere?», pregunta Gustavo Adolfo.

Sabiéndose dueña de la situación, Llereida deja correr algunos segundos antes de responder. María de la Piedad y Gustavo Adolfo cruzan miradas sin saber a qué ate-

nerse. Cuando el suspenso se vuelve inso-
portable, Llereida cuenta su secreto:

«El señor Mejía, su padre, era muy infeliz en su matrimonio. Terriblemente infeliz. Su madre, Gustavo Adolfo, era una mujer
amargada y rigurosa, que nunca dejó desa-
rrollarse al espíritu libre de su padre.
Siempre lo ató en corto.»

Gustavo Adolfo se rebela contra esas
palabras:

«¡No le permito que venga a mi casa a
mancillar la memoria de mi familia!»

«Tan sólo pretendo que conozca la verdad.»

«Déjala terminar», interviene María de
la Piedad. «Déjala terminar y que se vaya.
Esta mujer me da miedo.»

«No soy yo quien debe darles miedo»,
retruca la visitante dando un sorbo de su
café. «Es su propio pasado.»

«¿Puede ir al grano?», exige Gustavo
Adolfo.

«Se arrepentirá de habérmelo pedido.
Pero lo haré: mientras yo trabajaba aquí, su
padre tuvo una aventura con una mujer de la
limpieza. Una aventura que le recordó lo que
era la alegría, y lo hizo infinitamente feliz, pero que la señora de Mejía descubrió
después de un tiempo. Aquella infidelidad
causó gran escándalo en la casa, y estuvo a
punto de destrozar su familia. Pero al final, para evitar el qué dirán, todos fingie-
ron que no había ocurrido nada. A la mujer
de la limpieza le compraron su silencio y la
enviaron lejos, donde no les recordase lo que
habían vivido.»

Gustavo Adolfo empieza a perder la paciencia:

«No me interesan esos chismes del siglo pasado. Todos los personajes de esa historia están muertos. ¿Qué importa ahora todo eso? ¿Qué tiene que ver conmigo?»

«La mujer de la limpieza no se fue sola», añade Llereida. «Se llevó al fruto de su amor: la niña que el señor Mejía Salvatierra había sembrado en su vientre.»

Gustavo Adolfo y María de la Piedad recelan. En el silencio expectante del salón, las palabras de la visitante caen como piedras arrojadas desde el cielo:

«Usted es el fruto de ese amor, María de la Piedad. No puede ser la enamorada del señor Gustavo Adolfo, porque *ustedes son hermanos.*»

Óscar celebró en silencio ese momento.

Era el arma secreta: la bomba.

Un obstáculo para el amor insalvable, un muro de hormigón interpuesto entre dos amantes. Un final de capítulo perfecto. Uno de los grandes momentos de toda la historia. Era tan bueno que nada podía arruinarlo, excepto quizá, bueno, a lo mejor...

—¡Papá!

Lo de siempre. Esta vez, la voz de Matías provenía del salón. Ni siquiera se había tomado la molestia de desplazarse para interrumpirlo mirándolo a los ojos. Óscar se levantó furioso, víctima de un repentino síndrome de Herodes, y salió del estudio dando grandes zancadas, como los ogros de los cuentos que se comen a los niños.

—¡¡¡Quéeeeeee!!! ¿Pero no sabes entretenerte solo? ¿Por qué no te vas a ver la maldita tele? ¿O bajas a tomarte una cerveza en algún bar? ¿O te buscas un trabajo?

Pero al llegar a la puerta, tuvo que cerrar la boca. Matías no estaba solo. A un par de metros de él, aún en el umbral de la puerta, estaban los pechos de la vecina. Y entre ellos, el perro de la vecina. Y detrás de ellos, todo el resto de la vecina.

—¡Buenos díaaasss! —canturreó ella, inexpugnable como era a cualquier manifestación de mal humor. Luego se volvió hacia Matías con cara de haber visto un pastel de chocolate—. ¿Pero quién es este pequeñín tan guapo, tan hermoso, tan lindo?

—Soy su hijo.

La cara de la vecina Beatriz se convirtió en un algodón de azúcar, lleno de asqueroso amor con glucosa:

—¿En serio? —se maravilló, irradiando energía luminosa a toda la bahía de Miami—. ¡No tenía ni idea!

—Bueno, yo tampoco —admitió Óscar.

—No hay nada que inspire tanta ternura como un padre soltero, un hombre luchando contra todo para sacar adelante a su hijo.

Óscar y Matías se quedaron de una pieza al oír esto. Matías puso cara de asquito. Óscar, en cambio, empezó a ver aspectos positivos en el reencuentro con su hijo. Si el chico causaba esa reacción en Beatriz, a lo mejor funcionaba también con Natalia.

—Sí —se apresuró a responder—. Creo que un hombre debe estar ante todo con su familia.

—Papá... —comenzó a decir Matías, pero una mirada de Óscar bastó para cerrar, incluso cauterizar, su inoportuna boquita.

De todos modos, antes de que pudiese continuar la oración, Beatriz ya había ingresado en la casa, visiblemente emocionada, y revoloteaba por el salón como una reina Midas, convirtiéndolo todo en miel a su paso:

—¿Sabe qué, vecino? Yo creo en las vibraciones.

—Yo también. Las estructuras de este edificio son una porquería. Un día se derrumbará y todos moriremos.

—¡No, vecino! ¡En las vibraciones del aura! Creo que hay personas que vibran al unísono, que están como... conectadas. Y que viven en mutua armonía. Cuando una está bien, la otra también. Y eso es verdad porque lo leí en un libro.

—¿Esta loca es amiga tuya? —susurró Matías.

—¿Tú no estabas viendo televisión? —respondió Óscar.

Indiferente a las reacciones de su público, Beatriz tomó posesión de un sillón, se quitó los zapatos y se arrodilló sobre él. Seguía llevando al perro en su regazo, como si fuese a entregarlo en ofrenda. Y continuaba hablando de armonías y otras cosas raras:

—Creo, vecino, que he llegado en el momento perfecto. Creo que mis coordenadas vitales están en contacto con las de usted. Y que no podemos desperdiciar la oportunidad de estrechar este contacto.

—¿Está hablando de sexo? —volvió a susurrar Matías. Óscar no le respondió, pero pudo reconocer un rasgo suyo en su hijo: la cara de extremo desconcierto, bordeando el abierto desagrado. Debía formar parte de su herencia genética.

—Creo que los dos hemos conectado con el amor al mismo tiempo —continuó su monólogo la recién llegada—. Usted con su hijo, y yo... bueno, con un hombre maravilloso.

Hasta las últimas dos palabras, Óscar esperaba que estuviese hablando de un nuevo perro, o de un familiar recuperado. Para su propia sorpresa, sintió la declaración de Beatriz como una puñalada en el corazón. Al fin y al cabo, para la febril imaginación de Óscar, la vecina *era* María de la Piedad. No podía andar acostándose con gente.

—Ah... —se le congelaron las palabras en la lengua—. Se ha enamorado usted. Bueno, felicidades.

Pero de labios para adentro pensó: «Maldita egoísta, vas a arruinar mi historia. ¿Es que sólo eres capaz de pensar en ti?».

—Soy tan feliz, vecino... —rió ella como una ardilla—. Deme un abrazo.

Intempestivamente, saltó sobre él y sobre el niño. Pero no soltó a Fufi, así que en vez de un gratificante contacto pectoral, Óscar percibió el cosquilleo de unos pelos en el cuello y escuchó un gruñido de advertencia.

—Esta vez no voy a equivocarme —continuó Beatriz en pleno ataque de euforia—. Es un hombre guapo, divertido, deportista, honesto...

Óscar se preguntó si alguna de esas descripciones se ajustaba a él. Hombre sí que era, o eso creía.

—Voy a cometer una locura, vecino —concluyó Beatriz, como si anunciase la independencia de una nación—. Voy a desmelenarme. Ha llegado la hora de pensar en mí, y en mi felicidad.

Ella se quedó mirándolo, en espera de una respuesta que no llegaba. La situación se volvió tan incómoda que Matías le dio un suave codazo a Óscar para recordarle que estaba ahí y que se esperaba una reacción de él. Óscar despertó y habló, pero sentía los músculos faciales entumecidos.

—Hace usted bien. Estoy muy contento por usted —declaró, con el mismo entusiasmo que si lo firmase ante un notario.

—Me voy a escapar —anunció Beatriz—. Me voy con Arthur, se llama Arthur. Y es americano, lo cual yo creo que es más decente. Ya sabe cómo son los latinos... Apasionados pero incontrolables.

En la medida en que él hablaba español, y eso lo convertía en un latino, Óscar deseó encajar en esa descripción también. Apasionado e incontrolable. Pero de momento, tenía una preocupación más urgente:

—¿Y se va a ir con él... para siempre?

Quizá ella percibió el tono lastimero de la pregunta, porque esta vez, su sonrisa rebosaba orgullo mal disimulado:

—Me encantaría, pero tampoco estoy loca. Nos vamos a Chicago. Una semana. Bueno, él va por trabajo. Pero es un viaje para conocernos y entrar en sintonía profunda. ¿Comprende?

A juzgar por esas palabras, Óscar imaginó al tal Arthur como un hippie pezuñento cuyo hedor entraría en sintonía profunda con una cloaca. Pero temió que sus pensamientos aflorasen a su rostro, y trató de aplicar una maniobra de distracción:

—Eeeh... Aprecio mucho que venga a decirme esto, vecina. Pero... ¿por qué?

Antes de que la respuesta despegase de los labios de Beatriz, sus gestos la anticiparon. Apretó entre sus brazos a la bestia peluda que llevaba, y luego extendió esos brazos para acercarla hacia Óscar, hasta que la peste de su aliento canino hirió las fosas nasales del guionista. Y entonces, como una sentencia, perforaron su cráneo las temidas palabras de Beatriz:

—Porque necesito alguien de confianza que se quede con Fufi. Y si ya antes sabía que usted era alguien en quien confiar, ahora que lo veo como un padre orgulloso y responsable, no me cabe duda de que es la persona adecuada.

Óscar miró a su hijo. Se estaba metiendo el dedo en la nariz.

—Bueno —trató de negarse—, no sé si a mi hijo le gusten los perros. Y ya sabe que yo todo lo consulto en familia. Soy un padre muy democrático y...

—¿Bromeas? —chilló Matías, a quien de repente Óscar empezaba a ver como un animal un poco mayor y más caro que Fufi—. Un perro. *Cool!* Esta casa es aburrida. Con un perro mejorará.

Fufi miró al hijo, y luego al padre. Al primero le dedicó un ladrido de reconocimiento. Al segundo, un aullido de desprecio. Óscar puso en marcha todo su disco duro en busca de una justificación razonable para no aceptar a ese monstruo:

—Pero Matías —dijo—, tenemos que preguntarle a tu madre si puedes tener animales cerca. A lo mejor eres alérgico o...

—Papá, mamá y yo vivimos entre cocodrilos.

—Claro.

—¡Entonces está hecho! —celebró Beatriz.

Matías asintió con la cabeza, ya extendiendo los brazos hacia el perro.

Beatriz sonrió reconfortada, segura de que hacía lo correcto.

Entre toda esa alegría se coló un gruñido malhumorado, como un vómito en una fiesta infantil.

Pero resultaba imposible distinguir si lo había emitido Óscar o Fufi.

Niños y animales.

La regla número uno de cualquier departamento de producción audiovisual es «no filmar con niños ni animales».

La regla número uno de Óscar era «no vivir con niños ni animales».

Pero siempre hay excepciones a las reglas.

Estaba *Lassie,* claro. Y *Annie.* Y *Tarzán* y *Mundo de juguete.*

Y estaban esos dos bollitos que dormían en su sofá, como dos benditos. Peludo uno, gordo el otro.

Sin duda, esos dos eran un par de psicópatas. Se habían pasado la tarde desmantelando el apartamento. Matías había volcado la estantería del estudio. Fufi había arañado el tapiz de las paredes. Matías había atascado el inodoro con un rollo entero de papel higiénico. Fufi había orinado sobre el único conjunto limpio de ropa negra que le quedaba a Óscar. Durante cuatro horas críticas, Óscar había pensado seriamente en la muerte de alguno de los tres, y sólo se había contenido por la indecisión: no sabía cuál de los tres.

Pero ahora, al ver roncar a sus dos huéspedes agotados por su propio despliegue de energía, mientras contemplaba perezosamente los restos mortales de la media docena de Big Macs que habían descuartizado, Óscar no pudo menos que sentir un misterioso cosquilleo en el esófago. Si no eran gases, debía ser ternura.

Nereida tenía razón: en algún lugar de su corazón había un hombre afable y afectuoso que llevaba toda una vida sepultado y que poco a poco, en parte gracias a esos dos recién llegados, iba abriendo un agujero hacia el exterior. Tan sólo unas semanas antes, Óscar habría vertido veneno por ese agujero. Pero ahora, sentía que ésa era su única entrada de oxígeno.

Y sin embargo, Óscar era Óscar: un imán de dificultades. Y eso no podía cambiar de un día para otro.

Sonó el timbre. Óscar se puso de pie, avanzó cuidadosamente hacia la entrada, se encomendó a las fuerzas del bien, abrió los tres candados de su puerta de arriba abajo —nunca en otro orden— y se asomó al pasillo. Tal y como temía, ahí afuera lo esperaban los problemas.

Trató de cerrar de golpe, pero Fabiola Tuzard ya había entrado en su casa, como un virus:

—¿Qué? —saludó—. ¿Pensabas dejarme ahí afuera?

—Hola, Fabiola. Qué sorpresa tan... qué sorpresa.

—Ya sé que no te alegras de verme, idiota. Después de asesinar vilmente a mi personaje y acabar con la única actriz de verdad que había en tu mierda de telenovela, te debes sentir culpable. Pero si te sirve de consuelo, a mí tampoco me hace gracia verte a ti. ¿Tienes un trago de algo?

—No. La última vez que bebí, mi vida se fue al garete.

—Ah, sí. Lo recuerdo. A mí tampoco me hizo gracia, ¿sabes? Pero la vida sigue. Y han pasado doce años.

—Me refiero a *otra* vez, Fabiola. Una más reciente.

Con sólo un gesto, gracias a su indiscutible talento histriónico, Fabiola dejó claro que le traía completamente sin cuidado lo que hubiese ocurrido en la vida de Óscar durante la última década. Pero justo entonces reparó en los dos bultos que dormían en el sofá. Matías acababa de acomodarse casi por entero encima del perro, y Fufi parecía un almohadón peludo.

—¿Tu borrachera tiene algo que ver con esto? —preguntó Fabiola.

—Sí. No. Es una larga historia.

—Ya veo: has acabado de padre soltero —observó a los durmientes, como una entomóloga a un par de escarabajos clavados en la pared—. Bueno, no ibas a poder escaparte. Sin duda, tu hijo tiene todos tus rasgos, idéntico a ti, un Colifatto típico. Y el niño también se te parece, no creas.

Óscar suspiró hondo. A esas alturas de su vida, en pleno proceso de conversión en un ser humano funcional, la mala leche de Fabiola no le hacía hervir la sangre. Apenas le producía una sorda tristeza:

—Estoy tratando de ser una buena persona, Fabiola. Aunque tú probablemente no sepas qué es eso.

—¿Buena persona? ¿Tú? ¿Para qué? ¿Para recuperar a Natalia? ¿Eso es lo que quieres?

El guionista se enfurruñó. Fuese lo que fuese lo que Fabiola pretendía hablándole de su vida personal, era preciso cortar esa mala hierba de raíz.

—Fabiola, ¿existe alguna razón, alguna motivación impostergable, algún imperativo categórico por el que tengas que estar aquí?

—¿Aparte de echarte en cara que me hayas escupido de la telenovela para satisfacer los instintos más bajos de tu compinche de puticlub?

Mientras hablaba, Fabiola se instaló en un sillón, pero sintió algo húmedo en el asiento y volvió a ponerse de pie. Prefirió no preguntar qué podía ser lo húmedo. Óscar estaba diciendo:

—Yo sólo obedezco órdenes, Fabiola. Si Pesantes te quiere fuera de la telenovela, tengo que matarte. Él propone las ideas. Yo sólo ejecuto.

El verbo *ejecutar* le pareció inadecuado en esas circunstancias. Pero qué demonios: era Fabiola. A Óscar le hacía feliz todo lo que a ella le doliese.

—Sabes perfectamente que es mentira —rebatió ella, dando vueltas en el aire a un bolsito minúsculo, donde no debía entrar más que un paquete de cigarrillos—. Marco Aurelio ni siquiera tiene alfabetización suficiente para albergar «ideas» sobre un guión. ¿También ha sido una ocurrencia suya contratar a la nueva prostituta?

—Se llama «trabajadora del amor». Y es una solución de emergencia. ¿Pero tú cómo sabes eso? Envié el guión hace cuatro horas.

Los labios de Fabiola dibujaron una sonrisa malévola:

—Yo sé todo lo que hay que saber, Óscar. Y esta noche tú también sabrás un par de cosas nuevas.

—Si no te importa, preferiría dormir.

Fabiola miró a su alrededor: restos de hamburguesas en la alfombra, una mancha negra en la pared de la cocina, tapices húmedos y ese olor que hería la nariz. Desde la cúspide de su desprecio, dijo:

—¿Recuerdas los viejos tiempos, Óscar, cuando escribías telenovelas para el horario estelar? ¿Cuando contratabas a las actrices en castings y no en orgías?

—Gracias por tu visita —abrió la puerta Óscar—. Ha sido un placer atenderte.

—Ven conmigo. Te enseñaré algo.

—Dios, la última vez que dijiste eso salí en todos los periódicos en ropa interior. Y ese día llevaba calzoncillos de leopardo.

Dejó la puerta abierta y miró para otro lado. Esperaba que al volver la vista hacia la sala, Fabiola ya no estuviese ahí. Pero cuando lo hizo, ella seguía en el mismo lugar. Y sus ojos se le clavaban en la cara como dos hachas.

—Ven conmigo.

—¡No!

—Sólo esta vez. Te enseñaré algo y te juro que después de eso no te volveré a molestar... si tú no quieres.

—¿Cuál es la parte que no entiendes de *no*?

—Tiene que ver con Natalia.

Lo había vuelto a hacer. Fabiola siempre se las arreglaba para que Óscar no pudiese negarse, para arrastrarlo con sus tentáculos hasta las profundidades del océano de su maldad.

Tres minutos después, el Jaguar XJ de la actriz atravesaba la bahía en dirección a Miami Beach. Por las ventanas el espectáculo nocturno de la ciudad iluminada contrastaba con la oscuridad del mar. Y en los asientos de atrás, el lujo de los tapices contrastaba con las somnolientas caras de Matías y Fufi.

—Mucho cuidado ustedes dos —decía Fabiola, cuya idea original había sido dejarlos a los dos durmiendo en el sofá, o en la calle—. La casa de Óscar es un chiquero, pero mi coche tiene asientos Jet Black e inserciones de fibra de carbono. Como encuentre cualquier fluido orgánico sobre mis interiores, Óscar los pagará y ustedes se los tragarán. ¿Entendido?

—Papá, ¿quién es esta mujer? —preguntó Matías.

—Se llama Fabiola —respondió él, paternal—. ¿Pero sabes qué?

—No se lo digo a mamá.

—Chico listo.

Fabiola conducía del mismo modo que vivía: como si nadie tuviese derecho a interponerse en su camino. Óscar tuvo que taparse los ojos varias veces creyendo que el choque era inminente. Y sin embargo, viendo a esa mujer irrumpir en el tráfico como una inyección de adrenalina, Óscar recordó su antiguo y desgraciado coito en el yate de Pesantes. Pasado el bochorno, la demolición pública y el fracaso, debía admitir que había sido una gran performance, una pequeña explosión nuclear entre sus piernas. Durante los pocos instantes que había durado, Óscar se había sentido pleno y en forma. Y pocas veces en su vida había tenido la oportunidad de decir eso.

—¡Oh! —gritó Matías—. ¡Hemos fallado por poco!

El Jaguar acababa de doblar por Collins Avenue a punto de rozar dos limusinas. De milagro, había pasado sin estrellarse con ninguna y, ahora, al fin, reducía la velocidad sin daños materiales que lamentar. Finalmente, Fabiola apagó el motor frente a un edificio que Óscar reconoció de inmediato, a su pesar: el Hotel Delano.

El Delano encarnaba como ningún edificio de la zona todo lo que Óscar odiaba de Miami, predominantemente la arquitectura art decó. Óscar ya detestaba ese estilo en sí, por considerarlo una versión en dibujos animados de la construcción clásica, una parodia de la edificación. Y el art decó de Miami era para él una parodia de la parodia.

—¿Tenemos que estacionar aquí? —preguntó.

—No te preocupes —contestó Fabiola—. No tardará mucho. Hemos llegado justo a tiempo.

—Natalia no puede estar aquí. Natalia odia este lugar tanto como yo.

—A veces la gente te sorprende, Óscar. ¿No crees que me sorprendió que Marco Aurelio comenzase a tirarse a todo lo que se le aparecía?

—No. Marco Aurelio siempre se ha tirado a todo lo que se le ha aparecido. Y tú también. Por cierto, Matías, tápate los oídos.

Matías obedeció.

Por la puerta del hotel empezó a entrar gente con aspecto de famosa que descendía de Bentleys y limusinas Hummer. Algunos iban muy elegantes. Otros iban en chancletas, pero chancletas de trescientos dólares.

—No sé por qué pensé que podía cambiar a ese idiota —se lamentó Fabiola. Era la primera vez que Óscar la oía lamentarse por algo, por lo que fuese—. Supongo que creí que podía ser deseable para siempre. ¿Sabes cuánto me he gastado en cirugía estética?

Los recuerdos de Óscar volvieron al yate del pasado. Cuando ese cuerpo había estado en sus manos, era tan sólido que podía usarse para demoler un tugurio. Pero él tampoco estaba igual. La celulitis, la alopecia, la sequedad cutánea, la ley de gravedad, la grasa abdominal, el hirsutismo nasal y auricular, los juanetes se habían confabulado para fosilizarlos a los dos.

—Bueno, sé que ese busto no estaba ahí cuando yo lo toqué —admitió Óscar—. En esa época, tus tetas no miraban las dos siempre en la misma dirección.

—Y el trasero.

—Y la nariz.

—Y el cuello.

—¿Cómo es que te quedó dinero para un Jaguar?

Fabiola no contestó. Ni siquiera estaba hablando con él en realidad. Estaba hablando consigo misma. Era la única conversación que era capaz de seguir con interés:

—No te puedes imaginar lo agotador que es esto. Quieres estar perfecta siempre. Te pones un cuerpo nuevo. Y el idiota de tu marido se larga con una igual de operada con veinte años menos. También los otros hombres van dejando de mirarte. Tus papeles cambian. Tu nombre se devalúa. La edad es una masacre, Óscar. Una matanza.

—Mi mamá dice que las mujeres que se operan le dan pena —intervino Matías, desde el asiento de atrás—, que la edad es algo natural y hay que aceptarlo con naturalidad.

—Tu madre es una retrasada —respondió Fabiola.

—¿No te dije que te tapeses los oídos? —criticó Óscar.

Por un momento, y en contra de todos sus instintos, Óscar pensó en consolar a Fabiola. Estaba realmente afectada, y parecía hacerse cada vez más pequeña en su asiento. Incluso su coche parecía a cada segundo más barato. Se había jurado a sí mismo martirizar a esa mujer sin piedad. Pero quizá en verdad se estaba convirtiendo en una persona nueva y mejor, y ahora, todo su tormentoso pasado en común le parecía lejano e inocuo.

Estaba a punto de decirle una palabra de aliento, de hacerla sentir mejor, cuando al fin ocurrió lo que Fabiola esperaba: en la puerta del Delano, entre toda esa gente moderna con corbatas y zapatillas rojas, se detuvo un Lincoln con chofer, y de él, entre los serviciales empleados del hotel, bajó Natalia.

Óscar contuvo la respiración. Natalia no estaba sola. Entre los cristales oscuros del Lincoln, su acompañante se demoraba. Ella volteó a verlo. Dijo algo. Luego echó la cabeza hacia atrás y rió abiertamente.

Óscar ni siquiera podía recordar cuándo la había visto reír por última vez. Pero algo no podía olvidar: su risa era juguetona y limpia, como una ola de mar. Un escalofrío recorrió la espalda de Óscar al pensar que le estaba regalando ese mar a otro, a uno nuevo, a un reemplazo barato de su vida juntos.

—Esto no está ocurriendo —dijo.

—Lo mejor está por llegar —respondió Fabiola.

—¿Todavía me tengo que tapar los oídos? —preguntó Matías.

Del otro lado de la calle, Natalia se agachó. Aún reía, aunque probablemente ahora le decía algo en secreto a su compañero. Óscar se preguntó por qué ese hombre tardaba tanto en aparecer. Pensó que era una especie de coqueteo. A lo mejor estaban jugando a ir a otro sitio, o a dejarla ahí sola. La típica chorrada de noviecitos que Óscar no había hecho en muchos años con Natalia. De repente, le cayó sobre la calva la pesada catarata de todas las cosas que no había hecho en muchos años.

La duda no tardó en resolverse. Y la solución fue lo peor de todo. Cuando al fin el acompañante de Natalia apareció en la vereda, riendo de buen humor, y señalando el camino hacia el hotel, Óscar comprendió que tardaba porque sencillamente tenía mucho cuerpo que mover, una gran bola de grasa difícil de sacar de un automóvil, una humanidad saturada de pastillas, teléfonos, electrodomésticos, mala leche, cuentas por pagar y ex esposas, en suma, una anatomía que sólo podía corresponder a Marco Aurelio Pesantes.

—¿Ése es tu amigo, verdad? —preguntó Matías.

Óscar no consiguió responder.

—Es una forma de llamarlo —contestó Fabiola, encendiéndose un cigarrillo. En otro momento, Óscar le habría pedido que no fumase enfrente de Matías, pero eso habría sido en otro momento. Ahora mismo, su cabeza estaba ocupada dándose de martillazos contra las frases de Pesantes:

«Voy a ponerle los cuernos», había dicho.

«Eso me hará sentir mejor. Y le demostrará quién lleva los pantalones aquí.»

«Le voy a ser tan infiel que se le quitarán las ganas de andar besuqueando a ese baboso.»

Tenía gracia que fuese Óscar quien le había dado la idea.

O más bien, no. No tenía gracia.

Natalia y Marco Aurelio desaparecieron en el interior del edificio art decó, como dos muñecos de novios tragados por el pastel de bodas. La última imagen de ellos en la retina de Óscar fue la de ambos tomados del brazo, riendo de alguna tontería, como ríen los que están a punto de acostarse juntos.

Tras un silencio de muerte, Óscar entró en fase de negación:

—Esto no quiere decir nada.

—Es un hotel, Óscar —explicó Fabiola, acompañando sus palabras con el humo del cigarrillo—. La gente viene por las camas.

—Pueden haber venido a cenar.

Fabiola se rió. No se burlaba del sufrimiento de Óscar. Sólo se reía al reconocer el suyo propio:

—El salón del hotel va a parar al bar de la piscina. Entra y mira. Si no los ves, será porque están en algún piso más arriba. En alguno con camas, por ejemplo.

Lentamente, como un zombi asustado, Óscar descendió del Jaguar. Paso a paso se fue acercando a la torre del hotel, penetró en él y, como en un tour guiado por su peor pesadilla, atravesó un interminable lobby lleno de muebles de Philippe Starck. Pasó junto a una mesa de billar donde dos mujeres con zapatos de Prada hacían sonar las bolas, y sintió que eran las suyas las que correteaban sobre el fieltro verde. Todos los sonidos se superponían en su cabeza. Todos los rostros y todas las marcas de ropa a su alrededor parecían la misma. La realidad, que siempre le había sido hostil, ahora se había convertido en un zumbido constante que ascendía desde sus muslos hasta su nuca.

El largo pasillo se prolongaba en el exterior, en una piscina flanqueada por jardines y barras con cervezas de quince dólares. Aquí y allá se extendían confortables divanes, casi jaimas de lujo. Del interior de la piscina brotaban mesas y sillas cuyos comensales bebían descalzos.

En una de esas mesas, Óscar creyó ver a Natalia. Se acercó y se plantó frente a ella, pero era sólo otra de las miles de mujeres parecidas a Natalia que invadían el lugar. Porque de repente, todas las mujeres acostadas en los divanes, de pie frente a las barras, sentadas en los muebles de diseño de la piscina, tenían el rostro de Natalia, y todos los hombres se habían inflado hasta verse como réplicas de Pesantes: Pesantes riendo, Pesantes hablando por teléfono, Pesantes sirviendo copas en una barra, recibiéndolas y pasándoselas a las Natalias.

Presa de la desesperación, Óscar siguió caminando. No se había quitado los zapatos para entrar a la piscina, y ahora chapoteaban con cada paso mientras su mirada vagaba entre los clones de Natalia y Marco Aurelio que invadían el lugar.

En algún momento dio un paso en falso y cayó sobre la parte profunda de la piscina. Sintió que el piso desaparecía, que el aire se convertía en agua, y que las conversaciones de los Marco Aurelios y las Natalias se fundían en una sola, única carcajada llena de dedos que lo señalaban con sorna. Nadó, en realidad chapoteó hacia el borde la piscina, pero volvió a resbalar al tratar de salir, y esta vez cayó de espaldas, provocando risotadas entre los clientes. Al fin consiguió retreparse en uno de los suelos altos de la piscina, donde estaban las sillas y las mesas.

Aunque había llegado a la orilla, no tuvo fuerzas para levantarse. Echado de espaldas, empapado, mientras las risas se empezaban a convertir en advertencias contra ese loco suelto y potencialmente peligroso, recordó que su única ropa limpia había sido víctima de la vejiga de Fufi esa misma tarde. Se preguntó si a esa hora sería posible comprar ropa negra en algún lugar.

## Regla 5

## Los cadáveres nunca se encuentran

María de la Piedad solloza en la habitación. Sus lamentos llaman la atención de Gustavo Adolfo, que entra a consolarla. Trata de abrazarla, pero ella se zafa de sus manos:

«¡No me toques!», dice.

«¡María de la Piedad, no te puedes entregar al abandono!»

«¿Y entonces qué puedo hacer? Había encontrado el amor, y ahora la vida me lo arrebata.»

«Saldremos adelante, María de la Piedad.»

«¡No, no lo haremos! Seguir juntos sería como rebelarnos contra lo más sagrado. ¡Somos hermanos, Gustavo Adolfo! Lo nuestro es imposible, otra vez.»

Gustavo Adolfo se sienta, casi se desploma sobre la cama, y hunde la cara entre las manos. No puede responder nada. No puede vencer a la verdad. María de la Piedad continúa su lamento:

«Escúchame, Gustavo Adolfo, porque he tomado una decisión firme. Lo he estado pensando muy bien y no voy a dar marcha atrás: mañana por la mañana tomaré mis cosas y me iré muy lejos, para nunca volver.»

Gustavo Adolfo se pone de pie, indignado:

«No puedes hacer eso. ¡No puedes huir sin más y dejarme aquí!»

María de la Piedad se levanta, y clava sus ojos en los de él mientras cierra los puños llena de ira:

«¿Huir de qué? Aquí no hay nada. Y quedarme sólo serviría para recordarnos, un día tras otro, lo que pudo ser y no fue. Es demasiado dolor para vivir con él.»

Los dos se enfrentan con las mandíbulas apretadas, reprimiendo a las claras la voluntad de abrazarse y amarse hasta el fin de los tiempos. Pero la voz de una tercera persona interrumpe su conversación, una voz que llega desde el pasillo, una voz que ellos conocen bien, y que creían desterrada de sus vidas para siempre:

«Yo que tú escucharía a esa chica, Gustavo Adolfo. Lo que dice parece muy razonable.»

Se vuelven hacia la puerta y descubren, bajo el dintel, la silueta que más temen: sentada en su silla de ruedas, como si nada hubiese ocurrido, como si hubiese estado ahí siempre, Cayetana de Mejía Salvatierra regresa del pasado para amargar aún más el presente de su esposo. Gustavo Adolfo se pone pálido, da unos pasos hacia atrás y balbucea:

«Tú...»

María de la Piedad certifica:

«No puede ser. Usted no puede estar aquí.»

Música de suspenso. Cayetana de Mejía Salvatierra aspira el aroma de la victoria y disfruta de su entrada triunfal. En su rostro se dibuja una sonrisa de placer, que sin embargo, no puede ocultar la maldad de sus intenciones. Deja que el efecto de su llegada se asiente en los dos amantes, y sólo entonces, sabiéndolos sorprendidos a la par que asustados, dice a modo de saludo:

«Claro que puedo estar aquí. Querida amiga, éste es mi lugar. Siempre lo ha sido, y siempre lo será.»

Marco Aurelio Pesantes leyó las últimas líneas con la voz entrecortada por la furia. Estrujó el papel y lo arrojó al reluciente suelo del salón. Antes de que el papel terminase de rodar, un camarero se acercó a recogerlo, lo planchó con las manos y lo devolvió servicialmente a la mesa. A Óscar le pareció que el camarero incluso se disculpaba. Era normal: los clientes del Biltmore Hotel de Coral Gables pagan suficiente para que los camareros se disculpen todo el día de ser necesario.

Sin apenas notar la presencia del empleado, Pesantes aspiró lo que pareció una tonelada cúbica de aire, abrió su pastillero, extrajo una pastilla lila y se la metió a la boca, como un marsupial devorando a una cucaracha.

—¿Y bien? —tronó cuando sintió que sus pulsaciones descendían hasta niveles clínicamente normales.

—¿Y bien qué? —respondió el guionista.

—¡Cayetana estaba muerta! ¡Fabiola estaba muerta!

—Bueno, nunca se encontró el cadáver.

—¡Pero se tiró de un puente!

—En realidad —recitó Óscar de memoria—, Cayetana fingió su suicidio. Un bote de pescadores contratados la esperaba abajo del puente. Así pudo viajar de incógnito e investigar el pasado de María de la Piedad. Descubrió los vínculos de sangre de María de la Piedad y Gustavo Adolfo. Y ahora regresa para pillarlos in fraganti y descargar contra ellos toda su maldad. ¿Verdad que es hermoso?

El productor lo miraba como a un fantasma, o al monstruo del pantano. Dijo:

—Quieres matarme a mí. Eso quieres, ¿verdad? Quieres que me reviente el hígado.

A su lado, en el centro del salón del Biltmore, había una jaula gigante llena de pájaros raros. Óscar pensó en una película de Hitchcock.

—Tú dijiste que la telenovela estaba aburrida —se defendió—. Que necesitábamos acción.

—Y tú pusiste a Nereida y reviviste a Fabiola. Ésa es tu idea de una solución.

—¿No querías una actriz barata? Nereida es perfecta.

—No te pases de listo conmigo, comemierda.

—Bueno, si quieres lo cambiamos.

Pesantes empezó a mudar de color: primero rojo, luego morado, luego negro, un caleidoscopio de bilis afloró a sus mejillas.

—El rodaje está tan retrasado que vamos con sólo dos capítulos de colchón. No tenemos tiempo para cambios. Lo has jodido todo, chico.

—Vaya —suspiró Óscar tratando de fingir melancolía.

—Te lo dije. Te dije que si no estabas enamorado la ibas a cagar. Y ahí tienes. Pero supongo que me lo merezco. Ésta es una telenovela llena de fracasados: Fabiola, Grace, tú, hasta yo. Supongo que sólo puedo esperar que fracase.

Era extraña esa pesadumbre en Pesantes, el empresario positivo y vital de tantos años. Más aún, Óscar tomó nota de que el productor llevaba buen tiempo sin lucir su sonrisa de diez mil dólares.

Nada de eso, sin embargo, le quitó las ganas de decapitarlo. Lo habría hecho si Pesantes hubiese tenido un cuello.

Además, la muerte era demasiado benigna. Óscar tenía planes mejores para el productor, tenía preparada una revancha despiadada y multisectorial, como una plaga bíblica. Lo de Fabiola había sido sólo el comienzo: el final sería digno de una ópera, con Pesantes revolviéndose en el pantano de su desgracia. Eso sí, antes de continuar tenía que arreglar un detalle:

—¿Y mi dinero, Marco Aurelio?

—¿Tu qué?

—Seis mil quinientos dólares. Los prometiste.

—¡Si además quieres que te pague! ¡No tienes vergüenza!

Pesantes abrió los brazos y rió, compartiendo la broma con un amigo imaginario.

—O me das mi dinero o dejo de escribir inmediatamente —amenazó.

—¿Me lo prometes? —retrucó Pesantes con exagerado entusiasmo—. ¿Lo puedes poner por escrito?

—Marco Aurelio...

Pero ahora, Marco Aurelio vociferaba:

—Tengo que quedarme en este hotel porque Fabiola ha irrumpido en mi despacho para tirarme en la cabeza tu estúpido guión. Ha vuelto a presentarse en los rodajes. Ahora se aparece a mirar incluso en escenas que no son suyas. Y lo peor, se ha adueñado de la casa. Supongo que lo hace a propósito. El caso es que tengo que verla... *¡todo el tiempo!* Así que mi cuenta del hotel se pagará con tu comisión. ¿Me entiendes?

Uno de los pájaros chilló. Óscar contempló la enorme piscina que se veía por la ventana, y el piano que descansaba en un rincón. Por alguna razón, todo en ese hotel le hacía pensar en la mafia napolitana. ¿Se habría encamado Pesantes con Natalia también en ese hotel? ¿Habrían regado de fluidos toda la hostelería de Florida?

—Marco Aurelio —trató de continuar con los temas de negocios—, ni siquiera me has depositado mi sueldo.

Pesantes resopló, pero a eso no podía objetar nada. Esa misma mañana, mientras maquinaba los detalles de su plan macabro, Óscar se había topado en el cajero automático con una cuenta de ahorros casi vacía. Y eso sí que estaba fuera de lo normal: Pesantes podía engañar a las mujeres, traicionar a los amigos, matar de hambre a sus propios hijos, pero para él, el dinero era sagrado, y nunca había tardado ni siquiera horas en pagar. El propio Pesantes, después de buscar una excusa, se avergonzó y bajó el volumen de su voz:

—Chico, no te preocupes por eso —masculló—. No es nada personal. Tampoco se lo he depositado a nadie más.

Afuera, en la ventana, el sol resplandecía. Pero una nube negra se instaló en el rostro del productor. Con un tono de disculpa totalmente insólito, como si fuese la voz de otra persona obesa y sin escrúpulos, comenzó un largo discurso trufado de palabras como *préstamo, imposición a plazos* y *crisis de liquidez.* Conforme su perorata progresaba, derivó de temas bancarios a temas judiciales, y en algún momento, con tono aún más bajo, deslizó la palabra *fraude.*

De todos modos, Óscar no lo estaba escuchando. En realidad, le daba igual. No pensaba dejar de escribir la telenovela. Estaba dispuesto a pagar por hacerlo. Era la única manera de consumar su venganza. Y quería mantenerse cerca de Pesantes en cada paso de sus maquiavélicos proyectos.

—El caso es —decía Pesantes cuando Óscar volvió en sí— que paso por un momento muy difícil. Mis abogados dicen que me sacarán de ésta, pero van apareciendo más y más juicios y... bueno... las cosas se complican. Mis enemigos han acechado durante años hasta verme dar un traspié, y ahora vienen a sacar leña del árbol caído.

Óscar pensó: «Te lo mereces, y espero que te imputen en más procesos y te pudras en una cárcel llena de violadores con preferencia por los gordos». Pero dijo:

—Bueno, sabes que puedes contar conmigo para lo que necesites.

Lo que ocurrió a continuación fue aún más sorprendente: Marco Aurelio no alcanzó exactamente a llorar, pero sí llegó tan cerca de eso como era capaz. Sus ojos se humedecieron, su gesto abandonó por un momento la prepotencia y adoptó la lástima. Tuvo que levantarse de la silla y acercarse al gigantesco ventanal para disimular su emoción, pero cuando habló, su voz sonaba desvalida:

—Gracias —dijo, y se le quebró la palabra en la boca—. Hay momentos en que todo el mundo se vuelve en contra de uno. Es bueno saber que cuento con alguien.

Óscar pensó: «¿Contar conmigo? Cuando termine contigo estarás tan hundido que desearás pudrirte en una cárcel llena de violadores con preferencia por los gordos». Pero dijo:

—Por supuesto. Cuando necesites a alguien con quien hablar, llámame. Aunque sean las tres de la mañana. No te imaginas cuánto me interesa que me cuentes tus problemas.

Conmovido por esas palabras, que él creía bienintencionadas, y frágil por la adversidad, Marco Aurelio Pesantes se dio vuelta y se acercó a empellones a la mesa. Durante unos instantes, Óscar pensó que iba a golpearlo. Pensó llamar al camarero, o a la Policía. Pero Pesantes hizo algo mucho peor: lo abrazó. Como una medusa con la fuerza de un oso.

—Óscar, sé que a veces tenemos nuestras diferencias. Pero eres mi mejor amigo. Y debes saber que yo haría lo que fuera por ti.

—Mmffhh... mmffhf...

Mientras pugnaba por alcanzar una brizna de aire, Óscar disfrutó de su venganza. En la jaula, como si pudieran leerle la mente, todos los pájaros comenzaron a chillar al mismo tiempo.

—*OK,* dime la verdad. *What do you think?*

Grace Lamorna reinaba en la puerta del probador de damas envuelta en una túnica roja semitransparente que conseguía el milagro: cubrir todo su cuerpo sin esconder nada de él. Con el fin de tapar algo, aunque fuese unos centímetros, se había puesto un cinturón ancho que recataba una irrelevante porción de su abdomen. Y también llevaba muchas pulseras, que hacía chocar entre ellas produciendo un ruido como de sonajero para niñas grandes.

—Estás guapísima, Grace. De verdad. Tienes que lucir ese cuerpo.

Óscar emitió esas palabras lentamente, tratando de creerlas.

—*Not sure* —dudó ella mirándose de nuevo en el espejo—. ¿No es un poco... roja?

—Sí, pero eso siempre ocurre con las cosas rojas.

—Voy a probarme otra.

—¡Claro! —sonrió Óscar—. Si sólo llevas catorce. Tómate tu tiempo. ¿Quién tiene que trabajar... o comer?

—Eres un sol, *honey,* jajajajaja —celebró ella, y partió, invulnerable a la ironía, en pos de más ropa que la hiciera parecer desnuda.

Esa mañana, Óscar se había acercado a Star Island para entablar amistad con Grace. Cinco minutos en su presencia habían bastado para demostrar que no tenían absolutamente nada en común, ningún tema de conversación, ninguna afición compartida. Acompañarla a comprar ropa era la única forma de entablar un vínculo con ella, y aunque por momentos había deseado estrangularla con sus propias manos, en los últimos veinte minutos había comenzado a calcular que, simplemente, en la tienda no quedaba mucho más que probarse.

Pero el mundo era muy grande:

—Conozco otra tienda cerca de aquí. ¿Vamos? —preguntó ella, tomándolo del brazo, mientras pagaba varias bolsas de ropa con la tarjeta de Pesantes.

Óscar se limitó a proponer:

—¿Por qué no tomamos algo antes?

Antes de permitirle responder, la arrastró hacia una de las terrazas bajo las palmeras de Lincoln Road. Afortunadamente, no halló resistencia. Para Grace, comentar todo lo que había comprado era tan divertido como comprarlo.

Óscar la dejó acomodarse, entrar en confianza y analizar sesudamente tres sombreros y dos conjuntos de ropa interior. Sólo cuando el camarero se acercó con una botella de agua para él y una estrambótica bebida llena de frutas y sombrillas para Grace, consideró llegado el momento de entrar en materia:

—Bueno, Grace, ¿qué te ha parecido tu debut en la televisión? ¿Te adaptas al equipo?

—*You kiddin'?* Son muy *lovelies.* Jajajajaja. Todo el mundo me trata como una reina.

Ella tomó la cañita de la bebida entre los dedos y dio un largo sorbo frutal. El maquillaje de sus labios lastimaba la vista, pero Óscar continuó fiel a su misión:

—Me alegro mucho. He visto que te llevas muy bien con Flavio de Costa. Eso está bien. La química personal se nota en la pantalla.

Ella se rió:

—Siempre lo he admirado. Desde que hacía comerciales de Calvin Klein. Yo tengo unos calzoncillos de Calvin Klein porque él salía en el *spot.* Y ahora salgo yo con él en los *spots* de la telenovela. ¿Verdad que es *cool*? *I mean,* ¿quién iba a decir que yo sería una estrella?

—Me hago todos los días la misma pregunta.

—Le he tomado a Flavio miles de fotos con mi *phone* y se las mando a todas mis amigas. No lo pueden creer. Dicen de todo. Una de ellas jura que le hizo un servicio a Flavio cuando todavía no era famoso. Dice que fue rápido, *just blowjob,* en una gasolinera, y que se vino en veinte segundos y luego se fue sin pagar. Pero yo sé que no es posible. Él no es así. Se nota. Tengo ojo para estas cosas. Él no se vendría en veinte segundos.

—Seguro que no. Por la boca de tu amiga habla la envidia.

—*Yeah!* —se inflamó Grace—. Eso le he dicho yo. Me envidias porque yo puedo hacerle un *blowjob* cuando quiera a Flavio de Costa. Y gratis. Y ella me responde que ella les ha hecho mamadas a estrellas mucho más famosas, pero yo sé que es mentira porque las más famosas pagan mucho más por sus mamadas. He trabajado en muchos sitios y me sé todas las tarifas.

Detuvo por un instante su torrente verbal para tomar aire, pero cuando parecía a punto de continuar, hizo un gesto de desinterés y concluyó:

—Ya sabes lo que es esto. La fama no me ha cambiado en nada, pero a mis amigas sí.

En realidad, desde que habían llegado a esa calle, corazón comercial de Miami Beach, ni una sola persona se había acercado a pedirle un autógrafo a Grace, lo que podía significar que la población de Florida se había vuelto respetuosa y formal a niveles nunca antes vistos, o simplemente, que nadie veía la telenovela *Apasionado amanecer,* al menos en Lincoln Road. Pero Óscar no hizo notar ese detalle. Él tenía otras prioridades.

—¿Sabes, Grace? Yo creo que Flavio... te aprecia mucho.

—¡Guau! ¿Te parece? No sé. A veces creo que no me quiere hablar. O sea, yo le hablo, *I really do,* y le pregunto cómo está y le digo que me encantan sus abdominales, porque soy muy bien educada, y me gusta la gente y todo eso, *OK?*, pero él responde como si estuviese muy *angry, you know?* Y al resto de la gente le habla mejor, creo. Bueno, le habla. A mí no me dice nada, me hace algo como... no sé... como... ¿Has visto a los perros?

—¿Cuando ladran?

—Cuando orinan.

Grace se levantó, se acercó a un árbol, lo miró con desprecio e hizo ademán de levantar la pierna y miccionar. Óscar intentó detenerla:

—El punto ha quedado claro, Grace.

—Sí. Creo que no le caigo bien.

—¡No! ¡Todo lo contrario! Escucha, te voy a contar un secreto de Flavio de Costa.

—*Really?*

Los ojos de Grace se abrieron hasta ocultar el maquillaje violeta de sus párpados. Sus pestañas eran tan tiesas que casi se le clavan en la frente. Óscar podía contar con su máxima atención:

—Todo el mundo cree que Flavio es un gran juerguista y que se acuesta con todo lo que se mueve —dijo—. Pero ésa es sólo su fachada. Trata de proyectar esa imagen porque, en realidad, en el fondo de sí, es terriblemente tímido.

—*Oh, my God!*

Ahora, Grace reaccionaba como si *tímido* fuese una enfermedad. Óscar se preguntó si le estaba entendiendo, si hablaban en realidad el mismo idioma. Pero la única manera de saberlo era continuar:

—Si Flavio no te habla es precisamente porque le gustas. No quiere meter la pata contigo. No sabe cómo abordarte.

—¡Increíble! —susurró Grace. Movió las manos a su alrededor arriba y abajo, haciendo sonar sus pulseras, como si estuviera muy impactada, y luego dijo—: ¿Qué significa *abordarte*? ¿Es algo como *arte*?

Óscar suspiró, pidió otra botella de agua y comenzó a explicarle a Grace:

—Quiero decir que tiene muchas ganas de salir contigo. Siempre está diciendo lo atractiva que eres, y lo divertida, y lo... —y aquí se trabó, hasta que sus cuerdas vocales se animaron a continuar—, lo inteligente que eres. Está tan enamorado que no sabe cómo hablarte.

Grace se excitó tanto que empezó a dar golpes en la mesa. Casi se le cae la bebida exótica:

—¡Flavio de Costa y yo! *It's like a dream!* Jajajajajaja. ¿Sabes qué? Siempre soñé que algo así pasaría. Es como en los cuentos, cuando llega tu príncipe azul, o como en la película de Julia Roberts...

—Veo que eres cinéfila.

—¿Cómo? —cambió de tono Grace—. Cuidado, que eso no soy. Me hago exámenes médicos periódicos. Estoy limpia.

—Ya.

—¿Sabes qué? A veces sospechaba que no me odiaba de verdad, que estaba *pretending*. O sea, yo tengo experiencia con los hombres. Pero él es un actor, así que *you never know*. Me miraba de esa manera que parecía horrible, pero también podía ser que fuese bizco o algo, ¿no? Una vez conocí a un chico que...

Un poco más allá, un mimo empezó a hacer cabriolas entre las mesas, imitando a los clientes del café y pidiendo monedas. Óscar se entretuvo mirándolo hasta que consideró que Grace había hablado suficiente, y podía interrumpirla:

—Así que, si tú quieres, yo puedo... bueno, hablar con Flavio y quizá concertar... bueno, una pequeña cita.

—¡Claro! *Cool!* ¡*I mean* sí! —se emocionó ella, con ilusión—. Dile que puedo hacerle una masturbación rusa que no olvidará en su vida.

El guionista trató de imaginarse a sí mismo diciendo esas palabras. No lo consiguió.

—Creo que te aprecia por tus cualidades. Personalidad, ingenio, esas cosas.

—¡Guau! —respondió Grace, y esta vez pareció más sorprendida que nunca.

El mimo imitó a un ejecutivo que leía el *Financial Times* en una de las mesas, y a una señora que regañaba a su hijo. Como un francotirador, detectaba a sus víctimas y saltaba a sus espaldas para parodiarlas.

De repente, Grace cayó en la cuenta de algo:

—¡Oh, no! *Goddamn it!* No va a poder ser.

—¿Cómo? —Óscar trató de mantener la calma pero sacudió su vaso de agua salpicando la mesa.

—Ya sé. Me encanta Flavio y, guau, eso sería *great,* pero *no way.* Es por Marco Aurelio. No puedo hacerle esto. Él me ha tratado muy bien. No puedo ir por ahí y... ya sabes. No estaría bien.

Óscar apretó con la mano los brazos de su silla hasta casi despedazarlos, pero consiguió decir sin levantar la voz ni un poquito:

—Comprendo.

—Estaría mal.

—Claro que sí, no sabía que tú y él iban en serio —mintió—. Entonces dejémoslo. De ninguna manera vamos a hacerle algo así a Marco Aurelio. Y menos ahora, con todo lo que está pasando.

—Claro —sentenció una Grace satisfecha y se entregó a su bebida de colorinches, pero tras unos segundos procesando las palabras de Óscar, dejó de sorber, arrugó el ceño y añadió—: ¿Qué está pasando?

—Bueno, ya sabes. Que Marco Aurelio está en quiebra y...

—*What?*

—... Necesita a todos sus amigos cerca...

—¿Quiebra? ¿Como en *Crash?*

—Pronto tendrá que dejar este negocio, agobiado por los acreedores...

—¿¡¡¡Eeeeh!!!?

—En realidad, es una pena. Tienes una carrera prometedora, un gran futuro en la televisión, y en vez de acercarte a una estrella en alza como Flavio, te amarras a un barco que se hunde. Pero la lealtad es lo primero, ¿no es así? Uno debe tener valores ante todo. Y volver a trabajar en el puticlub ese tampoco está mal. Ya estás acostumbrada. Lo único que te molestará será la cara de placer de las envidiosas de tus compañeras cuando te vean regresar al lugar del que saliste. Sus burlas. Sus desplantes. Pero lo importante es tener valores. Tú tienes razón.

Al ver el gesto de esa chica transmutarse en una mueca de horror, Óscar quiso sonreír, pero se contuvo. Ahora, el mimo estaba detrás de ella, imitando sus cambios de expresión, de la lealtad al pánico, y luego a la relajación:

—Bueno —dijo ella—, supongo que tampoco pasa nada por tener una *date* con Flavio, ¿no? Un café, una cosa pequeñita. Total, a mí sólo me interesa llegar a conocerlo como ser humano. *You know?*

Ahora sí, Óscar permitió que una larga sonrisa se adueñase de su rostro. Tras dejarle una buena propina al mimo, le dijo a Grace:

—Claro que sí, corazón. Claro que sí.

De entre sus cajones, Gustavo Adolfo Mejía Salvatierra saca una cajita. Antes de abrirla, mira a todos lados. Lo que está a punto de hacer es estrictamente privado, quizá prohibido.

Retira la tapa de la caja y revisa su contenido. Son fotos de él con María de la Piedad en los momentos felices: abrazados en la piscina, paseando de la mano por la playa, disfrutando del atardecer. Sus ojos se humedecen. Su corazón se enternece. Añora esos momentos que no volverán, y que sólo perdurarán en esa caja, ocultos entre sus ropas.

Cuando más absorto está en la contemplación de su pasado, escucha una voz a sus espaldas:

«Así que aquí estabas, querido. Te he buscado por todas partes.»

Cayetana ha entrado y se acerca a él en su silla de ruedas. Antes de volver el rostro hacia ella, él se limpia las lágrimas y cierra la caja.

«Cariño, estaba buscando... una corbata para mi reunión de mañana.»

«Qué alivio. Por un momento pensé que andabas por ahí, toqueteándote con esa rompehogar... perdón, con María de la Piedad.»

Él cierra los ojos, herido por esas palabras, guarda la caja y cierra el cajón.

«Sabes que eso no sería posible aunque lo quisiese, Cayetana. De hecho, María de la Piedad está haciendo sus maletas. Se irá de aquí esta misma noche.»

«De eso quería hablarte, querido. No sé si es una buena idea. No creo que deba irse.»

Gustavo Adolfo recién se da vuelta ahora, y cruza su mirada con la de su esposa, que deja de ser fría y calculadora para volverse falsamente amable. Él dice:

«Pero Cayetana, pensé que eso deseabas. Que ella se vaya para siempre y nosotros cerremos esta dolorosa página de nuestra historia.»

Cayetana se acerca a su esposo y toma sus manos entre las suyas. Parece firmemente conmovida por lo que dice:

«Gustavo Adolfo, mientras convalecía en compañía de aquellos nobles pescadores que me rescataron de la muerte, pensé mucho en nosotros. Pensaba que si tú querías quedarte con esa muerta de hamb... perdón, con María de la Piedad, yo no tenía derecho a impedirlo. Mi máximo deseo ha sido siempre tu felicidad, Gustavo Adolfo. Y no soy quién para negártela. De hecho, cuando volví a esta casa, mi intención era dejarte libre de amar a quien quisieras y vivir según tu voluntad. No negaré que fue un alivio descubrir la verdad sobre su pasado, y su parentesco contigo. Esas noticias me devolvieron la vida, porque mi vida eres tú. Pero aun así, Gustavo Adolfo, y aunque todo lo ocurrido sea muy profundamente doloroso para mí, ella es tu hermana, y tiene derecho a vivir en esta casa. Ha vivido despojada del lugar que le corresponde, y es hora de restituírselo e integrarla a esta familia. El tiempo curará las heridas, pero no cambiará la realidad. Y la realidad es que ella tiene que quedarse con nosotros.»

Gustavo Adolfo niega con la cabeza, se rebela ante el mandato de su esposa, se arrodilla frente a ella para hablarle cara a cara:

«No quiero que ella viva acá. Tampoco creo que lo quiera ella.»

Cayetana toma el rostro de él entre sus manos y lo besa en la frente:

«No se trata de lo que tú quieras, Gustavo Adolfo, sino de lo que debes hacer. Y ella te dirá que no quiere por orgullo, pero piénsalo: no tiene adónde ir, es huérfana, no tiene estudios ni amistades. ¿Vas a echarla a la calle cuando es tan hija de tu padre como tú?»

Con repentina resolución, Gustavo Adolfo se pone de pie:

«Tienes razón, Cayetana. Y yo tengo suerte de estar casado con una mujer tan buena y generosa.»

«Cuando estuve en las puertas de la muerte, yo también encontré gente así. Y eso me hizo reflexionar. Esas cualidades no son grandes virtudes. Son simplemente nuestras obligaciones.»

«Hablaré con María de la Piedad ahora mismo.»

Gustavo Adolfo aprieta las manos de su mujer y abandona el dormitorio. Conforme se aleja, el rostro de Cayetana de Mejía Salvatierra se transmuta, su entrecejo se contrae, su mirada recupera el odio y sus músculos faciales se endurecen. Cuando él ya ha desaparecido, ella abre el cajón de su esposo y saca la caja con las fotos que esconde. Toma de su bolsillo un encendedor y dice:

«Claro que sí, querido, anda a hablar con ella. Mientras esté aquí podré controlar sus movimientos. Pero además, necesito que la pelandusca esté cerca para terminar de consumar mi cruel venganza.»

Retira una de las fotos de la caja y le prende fuego. Cuando ya se ha consumido a la mitad, vuelve a colocarla entre las demás. Una llamarada escapa de la caja. Cayetana contempla el fuego embelesada, y concluye, con una risa perversa:

«María de la Piedad no puede irse de esta casa así sin más. Trató de robarme lo que era mío, y ahora pagará las consecuencias. La necesito cerca para poder destruirla. ¡Ja ja ja, ah ja ja ja!»

—¡Ah ja ja ja ja! —rió Óscar, incontenible y maléfico, y su risa hizo temblar toda la habitación.

—Papá, ¿qué te pasa?

Matías y Fufi lo contemplaban desde el marco de la puerta, alarmados por su ataque de posesión diabólica.

—Estoy siendo malo, hijo. Y me encanta.

A veces olvidaba que Matías estaba ahí, y sin duda, no tenía ni idea de cómo educar a un menor de edad. Pero había tenido suerte con el niño. Después de la primera noche juntos, Matías supo guardar todos los secretos necesarios. Le dijo a su madre que Óscar lo había ayudado a hacer las tareas escolares y, en premio por su buen comportamiento, le había comprado un perro. Óscar, por su parte, le dio a Melissa un informe esquivo lleno de ambigüedades y medias palabras. Afortunadamente, ella no hizo demasiadas preguntas, y todo cuadró sin despertar sospechas. A partir de entonces, Melissa le permitió a Matías pasar una noche quincenal con Óscar, noche que Óscar consumía escribiendo y Matías, jugando con el perro y alimentándose de la basura industrial que amaba y que Óscar consideraba una alimentación balanceada.

Más problemático que el niño era el perro Fufi. La semana de su dueña en Chicago se había prolongado a dos semanas, y luego a tres, y durante todo ese tiempo, Fufi se comió todo lo que encontró a su paso. Aparte de las golosinas de Matías, que sí estaban consideradas en su menú, devoró todas las alfombras, y si perdonó la cortina del dormitorio fue sólo porque no la alcanzaba con los dientes. Aunque el problema principal no era lo que consumía, sino lo que devolvía al exterior. Después de limpiar decenas de veces el sillón, que el perro había instituido como baño oficial, Óscar comprendió que era menos perjudicial sacarlo a la calle un par de veces al día, aunque eso interrumpiese su trabajo creativo. Los intestinos son siempre más puntuales que la inspiración.

Y sin embargo, a pesar de todos sus destrozos, Fufi hacía un aporte a la vida doméstica de Óscar que nadie estaba en condiciones de igualar: dormía con él. Es verdad que no era una mujer, y que a duras penas alcanzaba el tamaño de una bolsa de agua. Aun así, algo hacía. Y por si fuera poco, entretenía a Matías, o al menos se lamía la ingle solidariamente a su lado.

—¿Es bueno ser malo? —preguntó Matías.

Óscar meditó. En algún oscuro callejón de su consciencia, comprendía que debía ser cuidadoso con su respuesta.

—Es inevitable —dijo.

Un dubitativo Matías se rascó la cabeza. Algo ahí no cuadraba con más o menos nada de la educación que había recibido. Como si también albergase dudas éticas, Fufi empezó a lamerse la otra ingle.

—¿«Malo» como en los superhéroes? —preguntó Matías—. ¿O como en las películas?

Óscar seguía de pie, en la misma posición simiesca en que lo habían sorprendido sus huéspedes. Reacomodó un poco su anatomía y trató de explicar su argumento:

—Malo porque el mundo es malo. En especial las mujeres. Y bueno, algunos hombres. Sobre todo el hijo de puta de Marco Aurelio Pesantes. Pero en cualquier caso, el problema son las mujeres.

Fufi ladró en su apoyo, y mordisqueó los lomos de los libros de su estantería. Matías, por su parte, aún trataba de encajar las lecciones de su padre en su edificio mental:

—Bueno, a mí no me gustan las chicas —admitió—. A algunos chicos de la clase sí, pero creo que tiene que ver con que te salgan pelos en las axilas.

Óscar bebió un trago de su taza GENIO TRABAJANDO, y con actitud de sabio o maestro zen, aconsejó:

—Ódialas. Ódialas siempre. Por si acaso. Te hacen creer que tendrás una vida fácil y que estarán contigo siempre, y un día te despiertas durmiendo con un perro que se ha comido tu almohada.

El perro gruñó, pero no era una protesta. Tan sólo se estaba atragantando con la tapa gruesa de un libro de Proust.

—¿A mamá también debo odiarla? —quiso saber Matías.

—No. Las madres no entran en la categoría «mujeres». Mujeres son las que pueden dormir contigo.

—Bueno... a veces tengo una pesadilla... y me paso a su cama.

—Eso no cuenta. Mujeres son las que te producen las pesadillas.

—Entiendo —afirmó Matías, y Óscar respiró aliviado. Pero antes de partir, el niño se lo pensó mejor y se volvió hacia Óscar otra vez, con mirada inquisidora:

—Pero a ti te gusta una mujer —objetó—. Yo lo he visto.

—Cuida tu lengua, niño. Te la puedo arrancar.

—Tu vecina, Beatriz. Ella te gusta.

—No digas tonterías.

—La mirabas como tonto. Le hiciste el favor de quedarte con su perro. Y tú nunca haces nada por nadie.

—¡No me gusta! —se ofuscó Óscar—. Tan sólo tengo fantasías con ella y la he convertido en la protagonista de la historia a la que dedico mis días. Pero eso no significa que...

Pasmado, escuchó lo que él mismo estaba diciendo. ¿Por qué sonaba como una confirmación de lo que decía Matías? El niño enarcó las cejas en una expresión de sarcasmo, y el propio Óscar se sintió obligado a reconducir sus palabras.

—... O sea, he ido a visitar a Beatriz, sí... pero sólo porque necesitaba recordar cada uno de sus gestos para reconstruirlo en la telenovela. Y su pelo. Y sus ojos. Y su mentón. He disfrutado de convertirla a ella, centímetro a centímetro, en la mujer que ocupa mi mente desde que me levanto hasta que me acuesto. Pero no debes malinterpretar ese detalle...

Se detuvo. Tenía que reformular eso también. Matías mantuvo el ataque:

—Mamá dice que tú sólo te enamoras de mujeres que no existen. Que les tienes miedo a las mujeres de verdad.

—¡Pero bueno! —chilló Óscar, ahora visiblemente alterado—. ¿Cuántos años tienes tú? ¿Es que los niños de ahora pasan de los pañales al psicoanálisis? ¿Cuánto dura la fase anal?

Fufi dejó de comer papel y se volvió a mirarlo. Llevaba la burla marcada en sus ojillos de rata. Matías, más explícito, se pellizcó la camiseta a la altura de los pezones y los apuntó hacia adelante, como dos pechos en punta. Imitó una voz de mujer ridículamente de tiple y dijo:

—*Hola, soy tu vecina Beatriz.*

—No hagas eso —le advirtió Óscar.

—*Soy tan feliz, vecino... Deme un abrazo.*

—Hijo, yo te di la vida, y te la puedo quitar.

Pero nada podía detener las ganas de fastidiar de ese niño. Le dio la espalda a Óscar y empezó a abrazarse a sí mismo, con las manos sobresaliendo por la espalda. Ahora acompañaba su imitación de la vecina con ruidosos besos:

—*Voy a desmelenarme... Voy a ser feliz...*

Óscar no se pudo contener más y gritó con voz desesperada:

—¡Ella también se ha ido!

De repente, Fufi cambió su mirada de burla por una de comprensión, y Matías dejó de hacer bromas. Pero Óscar ya no podía detenerse:

—¡Ella también se ha ido! ¡Se ha largado a Chicago con un americano! ¡Por Dios, esto es Miami! ¿Qué hacen aquí los americanos? Pero da igual. Es mi destino. Todas se van. Y todos. ¡Ni siquiera tengo amigos! ¡No sé qué he hecho con mi vida, pero lo he hecho mal! ¡Y ya no se me ocurre cómo arreglarlo! Natalia tenía razón. ¡Soy un autor de historias de amor y no he conseguido que me quiera nadie!

Óscar hizo entonces algo que no se creía capaz de hacer: lloró. Sabía hacer llorar a los demás, pero se creía incapacitado para hacerlo él mismo; igual que un actor, aunque finja bien, no necesariamente sabe vivir.

Cuando empezaba a calmarse, sintió que dos pequeños cuerpecitos —uno del tamaño de una bolsa de agua, el otro más cercano a una bolsa de basura— se acomodaban junto a él. Abrió los ojos y encontró los brazos de Matías alrededor de su cuello, y la cabeza de Fufi apoyada contra su regazo. Sintió palpitar esos dos corazones, tan cerca del suyo como ningún otro había estado jamás:

—Nosotros te queremos, papá —dijo Matías.

—Yo también te quiero a ti, hijo —respondió Óscar—. Te quiero mucho.

Era la primera vez que lo decía sin esperar nada a cambio.

Vieron el atardecer entre los edificios al lado del puente levadizo. A Óscar le gustaba el reflejo del sol multiplicándose entre los cristales del centro financiero, la imagen del puente elevándose y las embarcaciones que pasaban por debajo. Y esta vez, a todo eso se añadía el revoloteo de Fufi, y la risa contagiosa de Matías.

—¿De verdad te gusta ser malo? —le preguntó Matías mientras tiraban piedritas hacia el río.

Ah, sí. Óscar había olvidado el detalle de su curso acelerado de ética. Trató de retractarse, pero no pudo evitar ser sincero.

—Bueno, no lo sé. Me gusta sentir que puedes devolverle al mundo algo del daño que él te hace a ti.

—¿Y te hace mucho daño?

Óscar tiró una piedrita y extendió su mano libre para acariciar la cabeza del niño. Otro gesto que emprendía por primera vez.

—No. Supongo que ya no.

Matías pareció alegrarse un poco. Se apartó el pelo de los ojos. Bajo la luz de poniente, hasta su acné se disimulaba.

—En mi colegio hay unos chicos así. Les gusta ser malos y eso.

Las antenas de Óscar se pusieron en alerta. Se le pasó por la cabeza que no era su hijo el que tenía que salvarlo de las crisis, sino todo lo contrario.

—¿Te molestan?

Fufi se acercó con un palo en la boca, que Matías recogió y arrojó al otro lado de la vía. Las señales de bajada del puente se encendieron, como un fondo luminoso de la escena. Matías contó:

—Me quitan el almuerzo. Y el dinero, si lo tengo. Me dan golpes. Ya sabes, como en las películas. Creo que aprenden a hacerlo ahí. Una vez me metieron en el inodoro. Fue horrible.

El perro corrió hacia el palo. Lo trajo de regreso y lo posó a los pies de Óscar. Óscar lo arrojó de nuevo y preguntó:

—¿Se lo has dicho a tu profesora?

Matías se encogió de hombros:

—Si se enteran de que soy un soplón, será peor. He visto lo que les hacen a otros chicos.

El puente levadizo terminó de bajar, descubriendo a los edificios del otro lado. Fufi se acercó al palo, que se había clavado en una de las rendijas del puente. Lo tomó entre los dientes y empezó a jalar con todo su empeño. Óscar le dio un abrazo a su hijo. Trató de pensar una manera de hacerlo sentir mejor:

—¿Sabes qué? Quiero... que la vida sea más alegre a nuestro alrededor. Te diré lo que voy a hacer. Cuando venga Beatriz, la invitaré a salir. No me importa si está muy enamorada de ese americano. Se la quitaré. Pero sin ser malo. Con flores y esas cosas.

Matías no levantó la mirada, pero sonrió con los ojos:

—¿Ves? Te dije que esa mujer te gustaba.

Padre e hijo sonrieron. Era como si se viesen por primera vez. El chico volvió a pellizcarse las tetillas de la camiseta en son de burla. Óscar le dio un cariñoso puñetazo en el hombro y él se lo devolvió.

—¿Qué? ¿Eso es todo lo que puedes hacer, debilucho?

Empezaron a jugar a darse puñetazos. Parecía un juego apropiado para un padre y un hijo, pero no sabían bien cómo jugarlo. Óscar no quería golpear demasiado fuerte, y Matías sí quería pero nunca lo había hecho. Necesitarían aprender muchas cosas, ésa entre ellas. Y tenían muchas ganas de hacerlo.

Tan absortos estaban en su juego que no se fijaron en Fufi. El perro seguía tratando de arrancar el palo de la rendija. Ni en el camión que llegaba desde el otro lado del puente, haciéndose más y más grande a cada metro.

Durante una fracción de segundo, Óscar llegó a comprender que algo ocurría, que su atención, al menos en ese instante, debía estar dirigida a otro lugar. Pero antes de poder recordar dónde, escuchó el frenazo insuficiente del vehículo, el chirrido de sus llantas contra el asfalto y el aullido brevísimo, casi imperceptible, con que Fufi se despidió de este mundo.

—Gustavo Adolfo, tengo que darte una noticia terrible.

Caracterizada como Cayetana, Fabiola Tuzard adquiría un aplomo especial. Sus cejas y sus verrugas no eran bonitas, sin duda. Su vestuario de vieja arpía no estaba precisamente a la moda. Pero por fea que estuviese, sabía brillar. Y cuando entraba en foco, el espectador sólo tenía ojos para ella. Claro que había visto tiempos mejores, en la época en que todo su cuerpo estaba construido con material orgánico. Pero su mayor atracción irradiaba desde su interior. Y aun ahora, era imponente.

—¿Qué ha ocurrido, Cayetana? Últimamente, en nuestra vida, las malas noticias no tienen fin.

En cambio, Flavio de Costa era resuelto, fanático e irremediablemente guapo. Su sonrisa hacía palidecer la luz de los focos. Sus ojos azules, separados por un mechón colgante rubio, bastaban para mantener enganchada a la audiencia. Solventaba todas las situaciones dramáticas con un limitado repertorio de cuatro caras (triste/alegre/soñador/apasionado), pero su atractivo físico estaba blindado: ni el maquillaje más malintencionado habría conseguido afearlo.

La escena continuó, con una Cayetana temblorosa de furia:

—Gustavo Adolfo, han desaparecido dos mil dólares que guardaba en mi cajón para mi tratamiento. El dinero que guardaba para ponerme bien, para volver a caminar y ser tuya como antes, para recuperar nuestra felicidad. Y la única que ha entrado en esta habitación es María de la Piedad...

Con el mentón alzado, las manos desplegadas histriónicamente en el aire, la cabellera compacta, ajustada como un casco sobre su cabeza, Fabiola trató de buscar el efecto perfecto para la situación. Era una escena de fin de capítulo, y ella quería que su rostro quedase grabado a sangre y fuego en la retina del espectador hasta el día siguiente. Pero no estaba satisfecha con su performance. Antes de terminar su parlamento, arrugó la cara, como si estrujase un pañuelo, y un instante después, la malvada Cayetana de Mejía Salvatierra volvía a ser simplemente la malvada Fabiola:

—Oh, mierda, no lo he dicho bien. ¡Corten! Repetiremos la escena.

Flavio puso los ojos en blanco. Con voz de cansino sonsonete, protestó:

—Pero Fabiola, lo has dicho perfectamente.

—¿Y tú qué sabes, subnormal? Yo ya triunfaba en veinte países cuando tú salías por la tele en calzoncillos.

Nadie defendió a Flavio. Desde que Marco Aurelio Pesantes ya no asistía a las grabaciones, Fabiola había asumido el poder. Su autoridad combinada de vieja gloria de la telenovela, única actriz con experiencia, productora consorte y dueña de la casa desafiaba a cualquier rival. Ahora, no sólo tenía más diálogos que los protagonistas, sino que controlaba cada escena en la sala de edición y mandaba repetir tomas cuando no quedaba satisfecha. Si alguien la contradecía, quizá no podía despedirlo, pero sí echarlo de su propiedad.

Flavio de Costa, sin embargo, no entendía de autoridades. Reservaba la mitad de sus neuronas para las fiestas, y por eso procuraba que la otra mitad no se agotase. La escena que grababan en ese momento era la última del plan de rodaje de ese día, su dosis de atención había expirado, y él sólo pensaba en largarse del estudio de una maldita vez:

—Es la octava toma que hacemos, Fabiola. ¿No podemos dejarla como está?

Ella lo incendió con la mirada. Ni siquiera lo consideraba digno de una discusión. Tan sólo le ofreció un rotundo:

—¡No!

—Por lo menos preguntémosle a alguien más —insistió un imprudente Flavio—. ¿Qué te pareció la toma, Óscar?

Y todo el equipo se volvió hacia el guionista.

Aunque el cuerpo de Óscar estaba presente en la grabación, su mente planeaba mucho más lejos, entre las ruedas del camión del puente levadizo, junto a la lámina peluda que había quedado estampada en el suelo, en el mismo punto donde antes Fufi jaloneaba un palo entre los dientes. Era imposible que se tratase de una casualidad. Las casualidades no existen. La muerte del perro había sido una señal. Óscar se repetía una y otra vez que la tragedia debía tener un sentido. Si algo en la vida tenía un sentido, era ese pegote de sangre y huesos. Pero interpelado por Flavio, se vio obligado a volver en sí y fingir que sabía de qué estaba hablando:

—Eeeehh... bueno... hagamos lo que diga Fabiola.

Flavio montó en cólera:

—¿¿¿Qué??? ¡Pero coño! ¿No había un director en esta telenovela?

La voz del director, que a menudo intervenía desde la cabina de control, no se escuchó. Hasta Dios tiene sus límites, sobre todo con Fabiola delante.

—¿Y dónde está el productor? —insistió Flavio—. Quiero hablar con el productor.

—Yo también —le respondió sarcástica Fabiola, mirándose las uñas—. Si lo encuentras, tráemelo. A lo mejor él nos explica dónde están nuestros pagos, porque aquí, el último mes, no ha cobrado nadie.

Un murmullo de aprobación se difundió por el set. Fabiola sabía pulsar las fibras sensibles de la gente. Y ese tema era especialmente sensible. Mediaba ya el mes y nadie tenía una explicación sobre sus pagos atrasados. Pesantes aparecía por su casa a hurtadillas y si se veía acorralado, daba largas a la cuestión asegurando que todo estaba a punto de resolverse, sin precisar cuándo. El malestar se extendía por la productora, sobre todo entre los técnicos, que eran los que más trabajaban y menos cobraban. Pero nadie se atrevía a suspender las grabaciones, porque eso suspendería también la esperanza de cobrar. Así que la producción continuaba a la deriva, o más bien, bajo la autoridad de Fabiola, autoridad que, sin pago de por medio, Flavio no estaba dispuesto a seguir tolerando.

—¡Métanse su telenovela por el culo! —cerró la discusión el galán, y abandonó el set, dejando tras de sí un silencio gélido. Automáticamente, todos los ojos se dirigieron hacia Fabiola, en espera de la inevitable sentencia contra el pecador. Y la sentencia salió de sus labios y resonó en los cielos, poderosa como una trompeta celestial:

—Óscar, mátalo.

El aludido exhaló un espeso suspiro. Se caló los lentes oscuros. Rumió una maldición. Finalmente, declaró:

—OK, vamos a tranquilizarnos. Voy a buscar a Flavio y arreglaremos esto. ¿Les parece bien?

—Tráelo, Óscar —dijo Fabiola, con las mandíbulas apretadas, pero fue acelerando conforme perdía los estribos—. Dile que haga el favor de comportarse como un profesional —y aquí sí, comenzó a gritar desaforada—, ¡y que me da igual si él no me llega a los talones como actor, tiene que poner su culo en este set ahora mismo, porque yo estoy haciendo *mi* escena de fin de capítulo!

Más para alejarse de ella que para obedecerla, Óscar emprendió una pesada marcha hacia el camerino de Flavio de Costa. Mientras abandonaba el set, cruzaba la isla de edición, atravesaba el salón, subía las escaleras y se internaba en el ala este, sus pensamientos seguían fijos en el accidente del día anterior. De momento, ni siquiera había concluido el control de daños. La muerte de Fufi arruinaría cualquier intento de acercamiento a la vecina Beatriz, pero sobre todo, había arruinado algo peor: su posibilidad de ser bueno.

Lo había intentado. Pero ya estaba bien. Ahora humillaría a Pesantes sin piedad. Le daría a probar una sopa de su propio y amargo chocolate. Se sentía tan eufórico mientras lo decidía, que sus golpes contra la puerta del camerino sonaron excesivos, como los de la Gestapo viniendo a hacer una visita de cortesía.

—¡Fuera! —se oyó el grito de Flavio de Costa allá adentro, seguido por un ruido de cosas cayéndose y rompiéndose.

La sangre que le hervía en el cerebro a Óscar descendió en cascada hasta sus pies. Sus testículos se encogieron y retreparon hacia el interior de su vientre. Pero cobró valor:

—Flavio, soy Óscar... Vengo... a conversar contigo.

Algo de vidrio, probablemente un vaso o un plato, se estrelló contra la puerta, igual que la respuesta de Flavio:

—¡Lárgate! ¡Eres un traidor! ¡Todos lo son! ¡Los odio! ¡Me odian y los odio!

En el camerino sonó algo como un sollozo, o una risa nerviosa, o un último suspiro.

—Flavio, ¿estás bien?

—¿Cómo voy a estar bien? ¿Cómo voy a estar bien? ¡A ti no te importa cómo estoy, a nadie le importa!

—Flavio, voy a entrar, ¿OK? Voy a hacerlo muy tranquilamente. No quiero que te alteres.

A oídos de Óscar llegó un murmullo enrevesado de mocos y gorgoritos. Asumió que eso era un sí. Movió un poco la manija de la puerta, pero antes de continuar, añadió:

—Y si tienes cualquier cosa en la mano, por favor, suéltala.

Se oyó un golpe seco, el de una maleta o un yunque. Óscar dejó correr unos segundos para enfriar el ambiente, se repitió mentalmente «no voy a morir hoy, no voy a morir hoy», decidió irse, dio dos pasos, decidió volver, y finalmente, abrió la puerta.

Frente a él se extendía un escenario de desastre. El armario del camerino estaba tumbado en el suelo, con las puertas abiertas, y su contenido regado entre los escombros de una lámpara y un frigobar. Las botellas del frigobar, una por una, habían sido escrupulosamente reventadas contra la pared, y sus esquirlas se mezclaban con las del espejo. Óscar tuvo que peinar el terreno con la vista hasta descubrir a Flavio repantigado en un rincón y abrazado a una botella de Moët & Chandon, como únicos supervivientes del cataclismo. Óscar intentó abordar diplomáticamente la cuestión que lo llevaba ahí:

—Eeehhh... Fabiola quiere que salgas.

—Fabiola quiere. El público quiere. La productora quiere. A nadie le importa lo que yo quiera, ¿verdad?

Y para asegurarse de que se hacía entender, repitió:

—¿Verdad?

—Te noto un poco... sensible. Verás... el mundo es una mierda, estoy de acuerdo, pero... quizá deberías considerar...

Flavio dio un largo trago de champán, y luego se acercó a la silla del tocador, el único mueble en pie de la habitación. Sobre el asiento se extendían largas líneas de un polvo blanco y los cascos vacíos de algunas cápsulas. Sacó de su bolsillo un billete de cien dólares, lo enrolló, aspiró una de las líneas y se puso de pie, siempre armado con su botella.

—¿Quieres una raya? —ofreció.

El guionista rechazó la propuesta con un gesto y trató de volver al tema:

—... Todo el dinero que se puede perder si no terminamos de grabar ese capítulo hoy, aparte de la frustración de tus fans que...

—¿Tú me aprecias? —interrumpió el galán. Un poco de polvo se le había quedado pegado en las aletas nasales.

«Oh, Dios», pensó Óscar.

—Mucho, Flavio. Yo siempre he admirado tu... talento. Y tu... calidad humana.

—Necesito que alguien me aprecie —lloriqueó Flavio—. Todo en esta industria es mentira.

Y antes de que Óscar pudiese reaccionar, o huir, se le acercó y lo abrazó. Óscar soportó estoicamente la situación, le dejó apretar la mejilla contra su cuello durante un rato interminable, e incluso toleró que la mano del galán, esa mano tan deseada por las televidentes del mundo hispano, descendiese por su espalda, acaso demasiado. Sólo cuando la mano comenzó a recorrer regiones inexploradas de su anatomía posterior, decidió recuperar la senda del diálogo:

—Aquí. Hay. Mucha. Gente. Que te quiere. Flavio.

—¿Quién? ¡Dime quién!

El galán se apartó de Óscar y arrojó el Moët & Chandon contra la pared. La botella se hizo añicos, y la bebida cayó sobre un enchufe múltiple. Pero al menos, el galán se apartó de Óscar, que aprovechó la ocasión para retomar su plan maestro:

—Grace. Grace Lamorna te aprecia. Mucho. Me consta.

El rostro de Flavio no floreció de regocijo. Al contrario, se fundió en una mueca de desagrado, como si hubiese mordido un limón:

—¿Grace? Esa golfa.

—Bueno, lo de golfa no es necesariamente malo —trató de animarlo Óscar—. Depende de tus aspiraciones.

—Es vulgar. Es repugnante. Tiene una risa desagradable, y menos talento que un erizo. Además, se pasa el día manoseándome. ¿De dónde la sacaron?

—Es una larga historia.

—Dios, yo estaba deprimido. ¡Pero ahora estoy hundido! ¿La única que me aprecia es Grace? Es lo peor que podías decirme. ¿Será que no merezco más? ¡Soy basura, soy bazofia, soy un fracaso como persona!

Ante la sorpresa de Óscar, Flavio comenzó a patear el cadáver de la lámpara que yacía en el suelo. Y luego el armario. Y luego un poco de todo. Óscar no tuvo más remedio que decirle las palabras que Flavio deseaba escuchar, que coincidían con las únicas que él no quería pronunciar:

—¡Yo!... yo te aprecio... Flavio.

Ya que no podía sentarse en ningún lugar, el actor se había apoyado en una pared para gemir y lamentarse. Pero al escuchar las palabras de Óscar, quedó paralizado. Era difícil dilucidar si el brillo de sus pupilas se debía a la gratitud, el odio o la acumulación de sustancias químicas. En cualquier caso, estaba en shock. Tardó en moverse de nuevo, y cuando lo hizo, se acercó a Óscar haciendo sonar cristales bajo sus suelas:

—¡Gracias, Óscar! ¿Sabes qué? Tú eres inteligente. No eres como los demás. Necesito un amigo como tú, Óscar. Te necesito. Te necesito. Te necesito. Te necesito. Te necesito. Te necesito...

Esta vez, Óscar consiguió contenerlo antes de que le babease el cuello. Pero tampoco era cuestión de mantenerlo muy apartado. Flavio era una pieza clave en el ajedrez de su desprecio. Lo necesitaría si quería vengarse de Pesantes.

—Gracias... eeeh... ¿Quieres ir al set y hacer la escena que falta? Será rápido...

—Haré lo que digas. Lo que tú digas. De verdad.

—Genial. Vamos al set.

Flavio comenzó a caminar tembloroso, agarrándose del brazo de Óscar, como si tuviese noventa años. Su voz, en cambio, sonaba ansiosa y acelerada, como si tuviese quince:

—¿Sabes que mañana daré una fiesta en mi casa? Quiero que vengas.

—¿Puedo llevar a Grace?

—Grace no. De ninguna manera. Es sólo para gente especial. Tú eres especial. ¿Te han dicho que eres especial?

—Alguna vez.

—Todos serán especiales. Todos. Todos. Todos.

—Ya.

—¿Puedo darte un beso?

—Ahora mismo, preferiría ir a grabar la escena.

—¿Pero vendrás a la fiesta?

No era un secreto para nadie que Óscar odiaba las fiestas. Bastaba mirarlo para saberlo. Por eso, hizo falta una profunda vocación de venganza para que los astros se moviesen de sus órbitas, las estrellas se apagasen, los cielos se abriesen y Óscar, en un gesto nunca antes visto, dijese:

—Por supuesto que iré. Me encantan las fiestas. Me encantas tú.

Los lamentos de José José destrozaban todos los límites de volumen permitidos. Óscar ya había escuchado *Mientes, Llora corazón* y *No valió la pena,* y ahora se refocilaba en aquella canción sobre la chica que le dice a su familia que trabaja de secretaria mientras su juventud se consume en la prostitución. Un dechado de alegría.

Cuando sonó el timbre, estuvo a punto de negarse a abrir. Pero al final se levantó y abrió, sólo para encontrar a Beatriz, dolorosamente rubia, a su regreso de Chicago:

—¿Cómo está, vecino?

Óscar quiso responder muchas cosas. Habría podido dictar un testamento ahí mismo. Pero balbuceó un saludo sin despegar la vista del suelo. En cambio, nada más verlo, la vecina se echó a llorar y completó su frase:

—... ¡Porque yo estoy muy mal!

Para perplejidad de Óscar, Beatriz se arrojó en sus brazos. Al parecer, la alegre vecina del pachulí y las paredes rosadas había mutado en su opuesta perfecta.

—¡Lo siento, Óscar! Espero no molestarlo entrando así.

—Al contrario. Es la mejor entrada en esta casa que haya hecho nadie. ¿Puede volverlo a hacer?

Ella amenazó con sonreír, pero no lo logró. Óscar la invitó a pasar. Con los ojos hinchados como dos pimientos rellenos, ella entró. Sólo mientras cerraba la puerta, Óscar cobró consciencia del paisaje de su casa: los restos de hamburguesa, los rastros de animalidad, los olores... Como casi todo en su vida, ya era demasiado tarde para arreglarlo.

—Vaya —se disculpó Beatriz—. Veo que Fufi ha hecho de las suyas. Lo siento...

—No hablemos de eso ahora —respondió Óscar, y luego pasó revista mentalmente a su despensa para ofrecerle algo—. ¿Quiere un... bueno, un... una lata de atún? ¿Una de espárragos?

Beatriz se sentó en un sillón, el mismo donde Fabiola había encontrado algo mojado días antes. Puso una cara rara, pero no cambió de lugar.

—Usted debe pensar que estoy loca —dijo, recuperando un poco la compostura—. Vengo un día como una descocada, lo dejo todo por amor, y luego llego así... Supongo que parezco una perturbada.

—La cordura está sobrevalorada —la tranquilizó.

—Es usted demasiado bueno. Y yo sí estoy loca. Soy experta en relacionarme con hombres que no me convienen. Es una maldición.

Óscar pensó que eso era una señal prometedora para él. Sin duda, él era un hombre que no le convenía a nadie.

—No sea demasiado dura consigo misma. Todos tenemos malos ratos. Y usted al menos se ha dado un paseo por Chicago. Algo habrá estado bien.

—Oh, fue maravilloso —se iluminó ella por un instante—. Al principio. Nos quedamos en un hotel divino, y Arthur era tan cariñoso. Y parecía que eso nunca iba a terminar...

—Ya se sabe. Las cosas buenas nunca duran. Excepto en las telenovelas.

—... Ese miserable me dijo tantas cosas bonitas. Me prometió tanto. En adelante, no volveré a creer en las mentiras bonitas. Desconfiaré de cualquier lindeza que escuche.

Al oír eso, Óscar sintió que Beatriz y él estaban hechos el uno para el otro. Él era capaz de decir cosas desagradables, de pronunciar horrores inimaginables, y eso era exactamente lo que ella buscaba en un hombre. De todos modos, contuvo la celebración. Tampoco era momento de exponer todo su repertorio de frases crueles. Mostrar interés. Eso era importante. Mostrar interés:

—¿Pero qué ocurrió exactamente? ¿Qué le hizo ese tipo?

Los ojos hinchados de la vecina delataron un gran esfuerzo por responder a esa pregunta sin perder los papeles. Pero en cuanto empezó a hablar, se echó a sollozar de nuevo:

—¡Era casado! ¡Arthur era casado! ¿Cómo es que no lo supe desde el principio?

Anegada entre sus fluidos, Beatriz se irguió para ir a buscar una servilleta o un poco de papel higiénico. Óscar recordó el estado de su cuarto de baño.

—¡No se levante! —la interrumpió—. Iré yo.

En el baño no quedaba papel higiénico. Óscar trató de arrancar trozos de la cortina de la ducha, pero era más resistente de lo que parecía. Afortunadamente, el sillón de Beatriz daba la espalda al pasillo, y consiguió trasladarse a la cocina sin ser visto. Ahí, abrió cajones, investigó alacenas y esculcó armarios, sin hallar en ellos más que latas y cubiertos. Llegó a plantearse ofrecerle a Beatriz un trapo de suelos para secarse las lágrimas, pero al fin encontró unas servilletas arrinconadas en un cajón, y volvió a la sala para dárselas. Si estaban usadas, no lo parecían.

—Debí saberlo —estaba diciendo precisamente Beatriz—. Esas cosas se saben. Pero supongo que no quería verlo. Siempre me he negado a ver los problemas hasta que he tenido el agua al cuello.

A cada palabra de ella, Óscar se sentía más identificado, y se enamoraba sin remedio. Eran almas gemelas. Había tardado demasiado en comprenderlo. Suavemente, para no asustarla, acercó su mano a la de ella, y la posó encima. Al ver que ella no reaccionaba en contra, hizo un poco de presión con los dedos. Pero retrocedió al tomar en cuenta que Beatriz llevaba en la mano esa servilleta inundada en gérmenes y mucosas. Sus fobias eran más fuertes que él. De todos modos, intentó consolarla:

—¿Quiere escuchar a José José? Se sentirá mejor.

De hecho, ya había concebido todo un repertorio exclusivo para ella, que incluía grandes éxitos como *El amor acaba, Me vas a echar de menos* o *Cobarde*. Sin embargo, Beatriz parecía poco receptiva a la canción romántica:

—Mi terapeuta dice que me atraen los desastres. Que no soy capaz de enamorarme de alguien que me haga bien. Y he hecho de todo. He tratado de ver la vida con más alegría. Me he enchufado a todas las comedias románticas de la cartelera. He encendido inciensos, he asistido a sesiones espirituales. ¡He comprado todos esos libros de mierda llenos de recetas para ser feliz! ¡Y sigo siendo la misma estúpida!

—No se torture. Si le sirve de consuelo, yo he arruinado todas mis relaciones de pareja. Algunas de ellas... bueno, no lo creería. Soy un experto en hacer las cosas mal. Soy un campeón olímpico.

—¡Lo dice para que me sienta mejor!

—Hablo totalmente en serio. Tengo pruebas. Hay incluso videos.

La vecina pareció calmarse un poco ante esas palabras. Y en un rincón de sus labios, parpadeó un asomo de sonrisa. Volvió a sonarse la nariz, y Óscar se maravilló de que esa nariz pudiese verse bella incluso cuando parecía la del reno Rudolph.

—Estuve casada dos años con un adicto a la cocaína —confesó ella—. ¿Puede creer que no me di cuenta? Sólo me lo confesó cuando tuvo que entrar en una clínica de rehabilitación. Se drogaba en el desayuno. En el almuerzo. En el trabajo. ¡Hasta para ir al cine!

—¿Es broma? Yo he vivido seis años con una dentista. Ella tortura gente. Y además, me acaba de poner los cuernos con mi mejor amigo.

Ella aspiró entrecortadamente. Replicó:

—Salí tres años con un tipo que me maltrataba. Y yo pensaba que era culpa mía.

Óscar rió. Se sentía realmente como un profesional ante una aficionada:

—Yo ignoré a mi hijo durante doce años. Y sí era culpa mía. Dos a cero. Échese otra.

Con las manos ya llenas de servilletas usadas, Beatriz detuvo sus sollozos un momento y le dirigió a Óscar una mirada curiosa:

—No tengo claro a qué estamos jugando.

—Lo siento —se le borró a él su expresión de superioridad—. Lo siento, de verdad. Lo que quiero decir es que siempre nos parecen terribles nuestras experiencias, pero todo el mundo vive cosas terribles, incluso peores, de un modo u otro. O eso espero. Espero que mucha gente allá afuera la haya pasado peor que yo.

—Usted es buena persona... pero un poco raro, ¿no?

—«Raro» es la manera amable de decirlo.

—Ya —certificó ella, pero tampoco pareció darle mucha importancia a eso. Sólo reflexionó un momento y dijo—: Una vez vi en una telenovela que la protagonista se enamoraba de un ludópata. No era un mal tipo, pero era adicto a los juegos de azar. Jugaba a escondidas, y apostaba todo su dinero, incluso el de ella. Ahogado en deudas, hasta la apostó a ella contra un mafioso. Y la perdió. El mafioso se llevó a su esposa y la trató como a una esclava. Pero el apostador se arrepintió. Y a partir de entonces, cambió. Dedicó años a preparar el rescate de su amada, y al final...

—La salvó —interrumpió Óscar, incapaz de contenerse. Él había escrito esa historia—. La rescató heroicamente del villano, le pidió perdón y huyeron juntos. Pero recibió una herida de bala durante la huida. Mientras agonizaba, su esposa le preguntó por qué, si antes había sido un cobarde, ahora había vuelto a buscarla y había arriesgado la vida. Él le respondió: «Tú eres mi mejor apuesta».

—Y al final, no muere. Se casan y se convierte en un marido ejemplar.

—*La ruleta de la pasión* —recitó Óscar—. Diez puntos de *rating,* doce de *share.* No fue exactamente un éxito, pero se vendió en quince países y cubrió costos.

—En las telenovelas las personas pueden cambiar. Pero en la realidad, todos repetimos los mismos errores, una y otra vez. Y los finales no son felices.

—Sí. Las telenovelas son mejores que nosotros.

De repente, Beatriz se veía aliviada, como si hubiese descargado sus penas por la nariz. En tono de conclusión, afirmó:

—Qué bueno contar con gente como usted, dispuesta a escucharla a una. No tenía por qué hacerlo. Se lo agradezco.

—No hay nada que agradecer. ¿Seguro que no quiere una lata de melocotones en almíbar?

—También es una suerte tener a Fufi. En última instancia, él siempre está a mi lado, acompañándome. Y cuando no, lo extraño mucho. Por cierto, ¿dónde está?

Una rápida sucesión de imágenes atravesó la mente de Óscar: Fufi jugueteando con Matías en el dormitorio. Fufi correteando, lleno de vida por la autopista. Fufi en dos dimensiones, pegado al asfalto como una hoja de papel peludo.

—Ésa es una excelente pregunta. Una pregunta muy interesante. ¿Podemos cenar antes de que le responda?

Dicen que la esperanza es lo último que se pierde.

Un policía le coloca las esposas en las muñecas a María de la Piedad. Ella apenas puede contener el llanto. Desde la puerta de la casa, Gustavo Adolfo intenta no mirarla, incapaz de comprender lo que está ocurriendo. Pero antes de subir al patrullero, María de la Piedad se vuelve hacia Cayetana de Mejía Salvatierra, y se le enfrenta:

«Seguro que esto tiene que ver con usted.»

«Claro que sí», responde Cayetana. Aunque va sentada en su silla, sus ojos parecen mirar a María de la Piedad desde una altura superior. «El dinero que robaste es mío. ¿Lo has olvidado?»

Óscar tecleaba rabiosamente, fuera de sí, como un poseso del melodrama. Cayetana destilaba toda la maldad que él necesitaba, y al escribirla, su energía negativa cobraba fuerza. Sus planes para el mundo real estaban a la altura de su personaje, y quizá eran aún más perversos. Pero aún le faltaba solucionar un problema: ¿cómo hacer que Flavio se enredase con Grace, si la odiaba?

«Usted sabe que no robé ningún dinero, Cayetana», se indigna María de la Piedad. «Esto es uno más de sus ardides para hacerme daño. Debí desconfiar desde el primer momento en que me permitió permanecer en esta casa.»

«Por favor, María de la Piedad», interrumpe un dolido Gustavo Adolfo. «No mientas más. No destruyas el poco respeto que aún te tengo. Yo mismo encontré ese dinero entre tus cajones. Lo que has hecho es imperdonable, y no debes buscar más culpables que tú misma.»

Horrorizada, María de la Piedad trata de explicarle a él que es inocente. Pero el policía la interrumpe:

«Es hora de irse, señorita. Ya tendrá tiempo de hablar con el juez.»

Ante la desesperación de María de la Piedad, el guardia le baja la cabeza y la mete en el patrullero. Cuando cierra la puerta y se aparta, Cayetana le dirige a la prisionera una mirada burlona y una sonrisa sarcástica.

—¡Sí! —gritó Óscar descontrolado—. ¡Sí!

La reacción de Beatriz ante el accidente de Fufi, en particular su ataque de histeria, lo habían hecho sentir culpable. Cuando ella pateó el equipo de música y rayó su vinilo de *Mujeriego,* cuando lo amenazó de muerte a gritos, él había admitido que era, de modo intrínseco, un sicario de las relaciones humanas. Pero al fin había entendido que no podía cambiar su naturaleza de estrangulador de los afectos. Sólo necesitaba encontrar una solución a los inconvenientes técnicos, como habría hecho Cayetana de Mejía Salvatierra.

El patrullero se pone en marcha, con María de la Piedad golpeando sus manos esposadas contra las ventanas. Cayetana la contempla partir con un gesto burlón. A sus espaldas, un sufrido Gustavo Adolfo deja caer una lágrima y entra en la casa. Sola en medio del jardín, Cayetana de Mejía Salvatierra goza de su victoria en voz baja:

«Quizá no me robaste el dinero, María de la Piedad. Pero trataste de robarme a Gustavo Adolfo, y eso es mucho peor. Ahora sufrirás las consecuencias de tu insolencia.»

Óscar llegó a este momento presa del frenesí. Puso el punto final, escribió FIN DE CAPÍTULO y envió el documento a la productora. En el instante en que apretó el botón *send*, como un regalo del diablo, su plan terminó de cobrar forma.

Igual que Cayetana había falsificado el robo de María de la Piedad, él podía falsificar el amor. Al fin y al cabo, la magia de la televisión es precisamente ésa: las cosas no tienen que ser reales para ser creíbles. Los libros de las repisas no son libros sino lomos de cartón. Las camas no son camas sino tablas con sábanas. Los actores sobreactúan para verse naturales en la pantalla.

Con el espíritu de Cayetana corriendo por sus venas, Óscar abrió uno de sus cajones y recogió una libreta que llevaba años sin revisar, pero que había guardado ahí como un arma secreta. Revisó las páginas hasta encontrar el apartado «Prensa del corazón». Ansiosamente, marcó el primer número y esperó hasta oír una voz del otro lado. Luego dijo:

—Violeta, ¿cómo estás?... Sí, soy Colifatto... Ya sé, hace mucho que no hablamos, pero te echo de menos, y he querido darte un regalito... Por los viejos tiempos... Oh, te encantará... Se trata de algo que tus lectoras esperan con pasión: un nuevo amor secreto en la vida de Flavio de Costa... Y no te puedes imaginar quién.

Le dio a la periodista unas coordenadas y llamó a todos los demás de la lista. Al hacerlo, sintió que una sombra penetraba en su estudio lentamente y se le acercaba, hasta tocarle el hombro y acariciarle la nuca. Era Cayetana de Mejía Salvatierra, que desde su silla de ruedas, seguía sonriendo.

Mientras se pasaba el hilo dental frenéticamente hasta hacer salpicar la sangre de sus encías, mientras se frotaba detrás de las orejas con colonia sin alcohol, mientras se pulía la calva con linimento, mientras espolvoreaba talco entre los dedos de sus pies, mientras se aseguraba de que su traje negro no llevase manchas aún más negras y sus lentes no se empañasen, Óscar trató de convencerse a sí mismo de que todo estaba bajo control.

En cualquier caso, el plan iba sobre ruedas. Después de convocar a suficientes reporteros para cubrir un conflicto armado, había llamado a un Flavio atiborrado de antidepresivos para asegurarle que iría a su fiesta. Y luego a Grace Lamorna, esa carnada telefónica delicadamente enredada en el anzuelo de su rencor:

—Grace, cariño, he estado pensando mucho en ti. ¿Cómo estás?

—*Horrible!* Muy triste. ¿Sabes que Marco Aurelio me ha restringido la tarjeta de crédito? *I mean,* ¿quién se cree que es? ¿Cómo puede hacerme esto? ¿En qué he fallado? Creo que es por la *pool party* que organicé. Y está *OK:* veinte mil *bucks* es caro para una fiesta. Pero si no organizo mi propia fiesta, ¿dónde más voy a lucir mis pezones? *In the beach?* En la playa es ilegal. Así que le he dicho que...

—Oh, querida. Marco Aurelio, ya se sabe... No le digas que yo te dije esto, pero el amor nunca le dura más de diez o veinte mil dólares. Es una estadística fiable.

—Estoy tan *disappointed.* ¡Creí que me valoraba!

—No le des demasiada importancia. Tengo algo que te va a animar. ¿Te acuerdas de nuestra conversación acerca de Flavio?

—¿La del *blowjob*?

—Tienes buena memoria. ¿Sabes que hoy da una fiesta?

—No estoy para fiestas. Estoy *down*.

—Por eso mismo. Necesitas alegría. Y el tío Marco Aurelio tiene una poca para ti.

—Iré ahí y Flavio me despreciará. Ya lo conozco. A lo mejor sólo quiere burlarse de mí. A lo mejor, Marco Aurelio le ha dicho...

—Por Dios, basta de Marco Aurelio. Lo que Flavio quiere es verte. Créeme: él y yo somos como uña y carne.

—No entiendo. ¿Han puesto una carnicería o algo así?

A Óscar le había costado grandes esfuerzos atravesar la coraza del déficit de atención de Grace Lamorna, reanimarla y estimularla a aparecer en la fiesta, pero finalmente logró convencerla de que Flavio planeaba dispensarle una atención especial. Puso mucho énfasis en que llegase a las doce en punto, sí, como una Cenicienta, y le prometió una sorpresa si se quedaba quietecita en la puerta, pero bien quietecita. Las drogas y los periodistas, pensó, pero eso no lo dijo, se encargarían del resto.

Así que esa noche, justo antes de ir a una fiesta por primera vez en más de una década, Óscar se miró en el espejo y rugió como un tigre, o como lo que él creía que era un tigre, un sonido similar a lo que había hecho Fufi entre las llantas del camión.

Ya en el taxi, entre las luces de colores que adornaban la noche tropical a un lado y otro de la bahía, repasó los detalles de su plan. Al llegar al edificio de Alton Road, se cercioró de que hubiese sitio para francotiradores fotográficos. Le alegró constatar que la puerta daba directamente a la calle, y que del otro lado se encontraban una gasolinera y una cafetería, dos lugares perfectos para esconder y alimentar a una manada de paparazzi. Óscar sólo tendría que asegurarse de que los actores llegasen al escenario, para que esos moscardones escribiesen el guión: Flavio de Costa subiendo a su casa a solas con Grace Lamorna a medianoche.

Sin duda, lo que Óscar tenía planeado para esa noche era una obra maestra de la ficción. Pero al día siguiente, cuando viese los periódicos, Pesantes sentiría la humillación como una puñalada verdadera atravesándole la piel.

Apenas podía controlar su excitación mientras ascendía al penthouse. En el ascensor con vista al mar y a la piscina iluminada, ensayó su actuación:

—«Flavio, tengo una sorpresa para ti.» No, mejor: «Flavio, hay alguien que te espera abajo». No: «Flavio, quiero que conozcas a alguien». No puedo fallar. No voy a fallar. Soy un monstruo. Soy malo. Soy un malo muy bueno.

Se abrieron las puertas del ascensor frente a él y un mundo nuevo se materializó ante sus ojos. El penthouse de Flavio de Costa ocupaba por entero la planta superior del edificio, y cada centímetro cuadrado de la fiesta estaba ocupado por una variedad de invitados que formaban un Arca de Noé voladora. Un grupo de tipos delgados con pelos largos y pantalones de cuero fumaban en una esquina. Otro grupo, éste de ejecutivos con corbata, bebía Coca-Cola y conversaba animadamente, quizá sobre el precio por metro cuadrado en esa propiedad. La creadora de *Sex and the city* reía exageradamente ante un modelo de revista que le llenaba la copa de champán. Juanes discutía de política cerca de la puerta del baño. Un negro —o quizá negra— muy alto corría en patines por el salón. Un DJ con sombrero marcaba las atmósferas desde una cabina con forma de nave espacial. Y eso era sólo en el primero de los salones.

Como un renacuajo en una piscina llena de antiácidos, Óscar trató de abrirse paso entre esa masa humana efervescente. Algunas personas le hablaron, pero el volumen de la música le impedía saber si lo estaban saludando o él los estaba pisando. Además, a la mayoría de esas personas, especialmente a una mujer ebria con un penacho rojo y un escote como un dique de contención, él no tenía ganas de hablarles. Él sólo estaba buscando a uno.

—¡Óscar! ¡Has venido!

Y ahí estaba.

Para que Flavio de Costa no tuviese que tomar el sol rodeado de una chusma que apenas pagaba alquileres de cinco mil dólares, la terraza de su penthouse contaba con piscina propia. Óscar había llegado hasta ahí en busca de oxígeno, y en este momento se preguntaba si el cocodrilo que flotaba en medio de la piscina era real o de plástico. Pero la voz de Flavio disipó cualquier pregunta, cualquier duda o distracción.

—¿Cómo estás, campeón? —saludó Óscar, creyendo de verdad que *campeón* era una palabra informal de moda. Era una suerte que no escribiese series para adolescentes, porque su argot ya empezaba a sonar como de la tercera edad.

—¡Te estaba esperando! Tienes que probar esto.

Incluso a esa hora temprana, la mirada de Flavio lucía vidriosa, y sus andares, aunque entusiastas, se percibían un tanto torpes. No estaba borracho, sin embargo. Más bien se le veía notablemente cariñoso. Abrazó a Óscar y elevó ante él su índice derecho. Llevaba la yema espolvoreada con algo similar al azúcar en polvo.

—Flavio, ¿me estás pidiendo que te chupe el dedo?

—No te arrepentirás. Lo he estado guardando para ti.

Óscar trató de olvidar que las manos son el mayor recipiente de bacterias del cuerpo. Cerró los ojos e introdujo ese dedo en su boca del modo más rápido y expeditivo posible. Luego abrió los ojos. El galán lo miraba con expectación:

—¿Qué tal?

—Bien. Bueno, tiene un sabor raro. ¿Es azúcar en polvo? ¿O sal para tequila?

Flavio soltó una carcajada rígida, con un comienzo y un final claramente determinados. Y le dio a Óscar una palmada en la espalda:

—¡Ja ja! Bienvenido al mundo del MDMA.

—Oh —reaccionó Óscar, y al no recibir más explicaciones, se animó a preguntar—: ¿Es una especie de sacarina?

—¿Sabes qué, Óscar? —dijo Flavio, con voz intensa y el rostro exageradamente cerca del guionista—. Eres el mejor.

—Me alegra que pienses eso, porque te he traído una sorpresa esta noche.

—Me encantan las sorpresas.

—Genial. Genial. Vendrá a las doce y bajaremos a buscarla.

—¡Uuuuuuuaaaauuuuuu! ¡Me encantan las sorpresaaaaas! —chilló Flavio, para luego ponerse serio y preguntar—: ¿Quieres cantar?

—No realmente.

—Pronto querrás.

Y cuando Óscar iba a continuar una conversación civilizada, Flavio reconoció a alguien más, alguien que también era «el mejor» según gritó, y se perdió entre los coloridos asistentes de su fiesta.

Eran las once de la noche, así que Óscar aún tenía un margen para recuperar al galán. Decidió matar el tiempo contemplando la Decadencia de Occidente, que se daba cita en el salón. Todas esas plumas y esos trajes y esos cuerpos quirúrgicamente perfectos, balanceándose al son de la música, pegándose unos a otros, brillando empapados en su propio sudor. En algún momento, Óscar trató de encontrar el baño, pero no consiguió atravesar la muralla de cuerpos en movimiento que lo golpeaban de uno y otro lado. O bien orinaba en la piscina, en la boca del cocodrilo, o su vejiga tendría que esperar. Malditas sean las fiestas. Maldita sea la alegría.

Cuando Óscar estaba a punto de cruzar el límite del agobio y tirarse en picado desde la terraza, lo invadió una extraña sensación, algo que no recordaba haber vivido hasta entonces, una oleada de sentimientos novedosos e inéditos. Fue una sacudida repentina, un chaparrón de emociones. Trató de asociar aquellas impresiones a alguna palabra de su repertorio, y la única que se le ocurrió fue *placer*.

De hecho, la misma música que minutos antes atribuía a una cultura caníbal, de súbito tenía un ritmo contagioso, que vibraba por sus venas y lo llenaba de alegría. Aunque siempre había temido que el baile le causara una osteoporosis, no pudo evitar mover las caderas de un lado a otro, dominado por ese ritmo como un aborigen. Si bien momentos antes los invitados lo intimidaban con su éxito, su extroversión y su aire mundano, ahora todos se le hacían amables, dulces, encantadores. Óscar empezó a sentir que el mundo lo quería. Más aún, que quería hacerle el amor, acunarlo hasta que se durmiese entre sus brazos.

Y de repente, Óscar era un pez.

Nadaba entre las buenas vibraciones de ese gentío que sonreía y bailaba.

Se dejaba llevar por esa corriente de amigos generosos, nobles, estupendos.

Cantaba a todo volumen *YMCA* y otros clásicos de la música de baile.

¿Cómo había podido pasar tanto tiempo ignorando todas esas maravillas? ¿Cómo había dejado la vida pasar sin saberlo? Y a estas alturas, ¿qué importaba?

—¿Qué te parece el MDMA? —gritó Flavio, que había vuelto a su lado, pero Óscar no escuchó un grito, sino una suave melodía de tonos rosados, acompañada por el rumor del viento en su frente.

—Flavio —canturreó Óscar—, estoy tan contento de verte. En este momento, estoy tan contento de existir.

—Qué bueno, Óscar, porque tú eres especial. Ya te lo dije. Me siento muy orgulloso de trabajar contigo.

Y el galán movió su cuerpo a tono con su ritmo interior.

—Qué bueno eres, Flavio... —quiso decir Óscar, arrebatado de ternura, pero antes de terminar la frase, una nota disonante se coló en la sinfonía de sus pensamientos. Había algo que tenía que hacer por alguien, o algo así. Aunque probablemente sólo era bailar.

—Flavio —recordó al fin, aunque más que recordar, reformuló todas sus ideas anteriores a tono con su nueva actitud—. ¿Sabes qué creo? Que deberías querer a Grace Lamorna.

—Por supuesto que la quiero —aseguró Flavio, abriendo los brazos como para acoger a la humanidad—. Yo quiero a todo el mundo.

—¿En serio? —Óscar sintió una genuina placidez, una armonía cósmica—. Porque está abajo en este momento. ¿Por qué no vamos y le damos un abrazo? Quiero que nos tomemos todos de las manos y subamos así, juntos, a bañarnos en la piscina.

—¿No te digo? Tú eres el mejor. De verdad, eres una persona como nunca he visto.

Atravesaron el océano de música electrónica y se dejaron contagiar por el ritmo a su alrededor. Aunque apenas iban a estar fuera un par de minutos, se despidieron con fuertes abrazos de las personas con que se cruzaron. Óscar no conocía de nada a ninguna de ellas, pero ya albergaba hondos sentimientos de cercanía por todas. Quería escuchar sus confesiones y cobijarlos en su regazo.

Bajaron por el ascensor ingrávidamente, riéndose porque la piscina del primer piso subía hacia ellos, deseosa de alcanzarlos con su luz azul.

En el recibidor del edificio, Óscar recordó vagamente su plan: pretextar un olvido y rezagarse para no salir en la foto. Pero ahora las cosas habían cambiado. Mientras se acercaban a la puerta, lo embargaba la seguridad de que ya nada importaba, de que sus odios y sus venganzas carecían de razón de ser, de que era el momento de sacudirse las malas vibraciones y ser una persona nueva, prístina, diáfana.

Salieron a la calle y no había nadie.

—Oooohhh —se lamentó Óscar—, juraría que Grace estaba aquí.

—Es tan triste —lo secundó Flavio en su pesar. Pero ningún pesar les duraba más de tres segundos. Disfrutaron de la brisa marina que llenaba sus pulmones, y de la noche tropical. Y en ese ataque de bondad general, Óscar se sintió obligado a compartir lo que llevaba dentro:

—¿Sabes qué, Flavio? No puedo mentirte más. Quiero ser una persona clara, limpia y honesta. En realidad, te he traído aquí abajo con segundas intenciones. Lo tenía todo planeado.

—¿En serio? —rió Flavio—. Óscar, eres un pillo.

—Lo siento. Pensé que si te decía la verdad, no querrías bajar.

—¿Cómo puedes pensar eso? —gritó Flavio, irradiando buena onda para todo el planeta—. Tú eres maravilloso.

—Ahora creo que sí... pero hasta hace poco, no estaba tan seguro.

—Nunca lo dudes, Óscar —afirmó con seguridad Flavio. Y acto seguido, como movido por un imparable resorte amoroso, se adelantó hacia Óscar y lo besó profundamente en los labios.

A pesar de que la boca es, después de las manos, el mayor reservorio corporal de microorganismos, Óscar no pensó en el daño para su salud que ese acto podía representar. Y aunque era más o menos homófobo, tampoco le repugnó que lo besase un hombre. Por el contrario, una cálida paz recorrió su piel, propinándole una dosis de dicha sin igual.

Apenas acusó una ligera molestia segundos después, cuando llegó a sus oídos un rumor de risas. Fue apenas un instante, rápidamente seguido de la ráfaga de flashes a su alrededor. Cuando Óscar abrió los ojos, las cámaras ametrallaban su beso con la banda sonora de risas, gritos de ánimo y aplausos. Antes de poder reaccionar, Óscar y Flavio quedaron cegados por la masa de luz ardiente que invadió el lugar, escucharon los clics y las preguntas amontonadas de los periodistas, y posaron involuntariamente para las revistas del corazón de la mitad del mundo hispano.

Mientras Óscar tomaba consciencia de lo que estaba ocurriendo, y en su corazón toda la buena onda se veía desplazada por hectolitros de su habitual mala sangre, la única frase que llegó claramente a sus oídos fue:

—¿Podrían sonreír, por favor?

## Regla 6

### Los buenos tienen final feliz
### y los malos se pudren en el infierno

Óscar abrió la revista *Corazón de Melón*. El artículo sobre él ocupaba media página interior, y estaba teñido de simpatía:

### FLAVIO Y COLIFATTO SALEN DEL ARMARIO
#### ¡Y TE LO CONTAMOS TODO!

En un acto de amor sin precedentes en la industria televisiva, el galán Flavio de Costa y el guionista Óscar Colifatto organizaron una fiesta y convocaron a la prensa para que el mundo supiese de su amor.

No hubo palabras ni comunicados ni discursos: bastó un beso genuinamente de enamorados frente a los objetivos de los fotógrafos, a los que Colifatto había llamado personalmente para asegurarse de que nadie se quedaría sin su exclusiva.

Sobre todo para Flavio de Costa, ésta es una decisión arriesgada, que podría afectar a su carrera como galán. Pero parece que después de que Ricky Martin admitiese públicamente su opción sexual, ya no hay tabúes que resistan. ¡Felicidades, tortolitos!

Lo peor de todo era que lo llamasen «tortolito». Pero no podía quejarse. Mucho más lacerantes eran las especulaciones en el editorial de *Teleguía Internacional:*

### UN DEPRAVADO EN EL MUNDO DEL CORAZÓN

Si hace doce años Óscar Colifatto ya mostró su patético exhibicionismo en un yate con Fabiola

Tuzard, lo que ha hecho ahora transgrede todos los límites: esta vez ha llamado personalmente a la prensa para cubrir su *affaire* con Flavio de Costa, que se ha negado a dar declaraciones al respecto, así que con toda probabilidad, no estaba enterado de los planes del guionista.

¿Por qué Colifatto hunde con tanta saña la prometedora carrera como galán de Flavio de Costa? La primera posibilidad es que se trate de una venganza pasional.

Pero hay una segunda posibilidad, más terrible aún: Colifatto necesita la publicidad. La sintonía de su telenovela *Apasionado amanecer* lleva estancada desde el inicio de la producción, y ya nada puede hacerla despegar. Desesperado tras una larga temporada de fracasos, el guionista necesita volver a llamar la atención, para lo cual, primero protagonizó desmanes en el hotel Delano, y ahora, insatisfecho con la poca repercusión de su borrachera, no ha vacilado en destrozar el trabajo de un actor talentoso.

O eso o simplemente Óscar Colifatto es un depravado, un adicto al sexo y a la imagen pública. Si así fuera, su execrable comportamiento al menos tendría la excusa de una enfermedad. En cierto modo, sería un alivio.

Llevaba cuatro días yendo al quiosco cada mañana. Sus ritos y manías a la hora de salir a la calle se habían exacerbado: abría las cerraduras, las volvía a cerrar y las volvía a abrir, o bajaba a ciegas dos pisos en vez de uno. Salía de casa de incógnito, es decir, aparte de su ropa y lentes negros, se ponía una gorra también negra que lo hacía más excéntrico, pero que en su opinión, le permitía pasar desapercibido. Y compraba la totalidad de ejemplares impresos que hablasen de él, para evitar que al menos sus vecinos conociesen su supuesta salida del armario.

La utilidad de esa técnica era muy dudosa: con toda probabilidad, sus vecinos poseían televisores. Pero así le daba un poco el aire. Fuera de esos paseos de incógnito, apenas se movía de su estudio, donde podía atrincherarse tras sus personajes de ficción, alimentarse de conservas y olvidarse del mundo.

Tal era la magnitud de la tragedia que ni siquiera escuchaba a José José. Por primera vez, había encontrado una desgracia masculina sin canción, un apocalipsis viril que el príncipe de la canción romántica no tenía previsto en sus evangelios. Pero tenía algo mejor, algo que cortaba las venas tanto o más que la mejor balada: la grabación que su ex esposa Melissa le había dejado en el contestador dos noches después de su momento estelar. La ponía cada veinte minutos, y ya se la sabía de memoria:

—Óscar, eres un mentiroso y un hijo de puta —comenzaba la grabación, inspirada por la sabiduría de una mujer cualificada para diagnosticar sus trastornos—. Después de tu numerito en la televisión, le he hecho confesar a Matías los detalles de sus visitas a tu casa. No te voy a recitar la lista de mentiras que me has dicho, ni siquiera la lista de mentiras que has obligado a mi propio hijo a decirme. Aunque hacerle pasar la noche con Fabiola Tuzard en persona fue algo francamente siniestro...

En este momento, Melissa cubría el auricular del teléfono, acaso para escupir bilis, pero luego se reponía y volvía al ataque:

—Si sólo fuera por eso, ni siquiera te llamaría. ¿Pero para qué buscar a tu hijo, fingir que estás casado y luego hacer lo que has hecho en público? No me molesta tu opción sexual, eso me da igual. Pero me asusta que seas tan retorcido. Me espanta no ser capaz de entender qué buscas y por qué medios piensas conseguirlo. En cualquier caso, olvídate de ver a Matías. Olvídate para siempre. Ya que estás en eso, olvídame también a mí. Y si quieres un consejo antes de olvidarme, por favor, busca ayuda profesional. Antes creía que eras sólo un egoísta, una mala persona. Ahora pienso que estás perturbado. Espero que no te dé por hacer cosas violentas o algo así. Bueno, en realidad, sólo espero que te pudras en el infierno. Y que ese infierno esté muy lejos de mí y de mi hijo. Muérete, Óscar.

Luego venía el pitido del teléfono.

Después de una de esas sesiones de autocompasión, Óscar supuso que tenía que hablar con alguien que lo valorase, que viese algo decente en él. La única posibilidad era conseguir a alguien dispuesto a hacerlo por dinero. Marcó el teléfono y esperó que una voz chillona contestase del otro lado:

—Hola, Nereida.

—¡Papi, te veo todos los días en la tele! Eres el bujarrón de moda. Si ya sabía yo que un hombre de verdad no se resistiría a una jeva como yo. Pero ahora me lo explico todo.

—¿Puedes venir? Necesito verte. Necesito ver a alguien.

—Mucho tú pides, mi amol. Si no sólo eres mariquita. También eres un comemielda.

—¿Un...? —algo hizo cortocircuito. Al parecer, Óscar cometía desastres incluso sin saberlo—. ¿Pero se puede saber qué te he hecho a ti?

—¿Que qué me has hecho? ¿Tú sabes cuánto yo duré en tu telenovela? Una escena. Te di lo mejor de mí, papito. Te ayudé a reformar tu vida. Y tú me diste tres minutos en la tele y te deshiciste de mí. Ni siquiera volviste a llamar. Ahora estás triste y me llamas de nuevo. Ven acá, si quieres ser mi amigo, te tienes que preocupar por mí. Y si quieres ser mi cliente, mejor llama a otra puta. Seguro que hay por ahí alguna con servicio de maternidad.

—Lo siento. No tuviste más escenas porque Marco Aurelio no quería...

—Otro comemielda. Con todas las veces que ese gordo se ha corrido en mis...

—... Y no te volví a llamar porque estaba planeando una maléfica venganza que debía hacerlo retorcerse de dolor.

Óscar pensó que eso alegraría a Nereida, pero después de digerir lo que él había dicho, ella pareció enojarse más. Tampoco tanto. Se enojó como una hermana mayor cuando su hermanito se hace pis en los pantalones.

—Qué bonito. ¿Y para eso te he enseñado yo a querer a la gente?

Querer. De todo el vocabulario de Óscar, ésa era la palabra que más usaba, y la que tenía un sentido más oscuro.

—Algo salió mal... Supongo.

—¿Algo salió mal? Ahora te saldrá mal a ti. ¿Sabes qué tú haces? Tú usas a la gente y luego la tiras. Y eso es muy feo, mi amol.

—Te pagaré. ¿Quieres venir? Te pagaré por horas. Sólo para hablar. Y te invitaré a almorzar. ¿Te gustan los mariscos en conserva?

—Papi, el amol no es como el cartero. No llama dos veces. Y si tú lo envenenas, se muere. ¿Tú no has escuchado boleros nunca?

—Claro —se arrastró Óscar, perdido ya el último asomo de dignidad—. Tienes razón. Siempre tienes razón. ¿Vendrás?

—Chau, papi.

Lo siguiente que Óscar escuchó fue la señal de la línea telefónica, de nuevo, mofándose de él.

Cuando se sumía definitivamente en la depresión, escuchó el ulular de una sirena. Salió a su ventana, pensando que a lo mejor la ambulancia venía para hacer la autopsia de sus relaciones personales. La sirena gritaba como si la despellejasen. Al principio, su aullido sonaba lejano, pero rápidamente aumentó de volumen, hasta que el vehículo apareció luciendo sus luces de colores por la esquina de la Séptima Avenida. Después de apartar todos los automóviles de la calle, se detuvo precisamente en la puerta del edificio de Óscar.

Las puertas del vehículo se abrieron de un porrazo, y dejaron paso a un equipo de paramédicos con chalecos reflectantes. Al oírlos subir por las escaleras, Óscar temió que estuviesen viniendo a buscarlo a él, que lo diesen por muerto, e incluso que tuviesen razón. Al escuchar los golpes en la puerta, se preguntó qué debía hacer. Si un muerto puede abrirles la puerta a los que vienen a certificar su deceso, e incluso invitarles a un café.

Sólo tras unos segundos de desconcierto, comprendió que no era su puerta la que estaban golpeando, y rajando, y tirando abajo sin contemplaciones. Ni siquiera se habían parado a mirar en dirección a Óscar. Fuese lo que fuese que estaba ocurriendo, estaba ocurriendo en el 4-B, entre paredes rosas y tacitas floreadas.

Escuchó a los paramédicos entrar a gritos al apartamento de enfrente. Oyó los golpes y las sacudidas. Los sintió salir de nuevo y regresar a la ambulancia, llevando una camilla de la que brotaban algunos rizos rubios.

Y tuvo que admitir, casi con envidia, que ahí mismo, en su edificio, alguien la pasaba peor que él.

Al abrir los ojos, Beatriz recibió la luz como un puñetazo. El color blanco de las paredes y las sábanas lastimaba su mirada. En medio de ese paisaje frío e impersonal, se recortó una silueta oscura de aspecto miasmático, como si a la pared le hubiese crecido un tumor maligno. Con curiosidad, Beatriz enfocó bien la vista hasta percibirla con nitidez:

—Vecino... —dijo débilmente.

—Llámeme Óscar. Y no se agite, por favor.

Lentamente, ella giró la cabeza. A su derecha, una botella de suero goteaba hacia su brazo. Del otro lado, otra paciente ocupaba la cama gemela. En la pared de enfrente, sobre la reluciente calva de Óscar, colgaba un televisor. Estaban pasando un *reality show* con el volumen demasiado alto.

—¿Cuánto llevo aquí? —preguntó Beatriz.

—Un par de días.

—¿Y usted?

—Un... par de días.

Óscar apenas se había movido de esa habitación, como delataba su barba a medio crecer, sus legañas y sus manchas de sudor en las axilas. Había estado escribiendo la telenovela ahí mismo, ignorando la cantidad de virus que aletean por los hospitales, feliz de disfrutar a tiempo completo del verdadero rostro de su María de la Piedad.

—Siento lo de su perro. Yo...

—Olvídelo. Han pasado cosas más graves desde entonces.

—Sí, pero por mi culpa.

—Venir ha sido muy amable de su parte. Gracias.

Sonrieron.

La mujer de la cama de al lado, una cincuentona con cara de malas pulgas, intervino en la conversación:

—No se deje seducir por este tipo —le advirtió a Beatriz—. Es maricón perdido. Y tiene novio.

Dado que discutir ese tema era demasiado peligroso, Óscar fingió que nadie había hablado:

—No quería dejarla sola. Los médicos no han podido localizar a su familia, ni amigos.

Beatriz suspiró:

—Es mejor que no encuentren a mi familia. No sé qué harían.

—¿No se llevan bien?

—No es eso. Es que... ésta no es la primera vez que intento... bueno, dejarlo todo atrás.

—¡Oh, Dios! —chilló la vecina de cama—. Un homosexual y una suicida. ¡Me han puesto en el pabellón psiquiátrico!

Avergonzada, Beatriz bajó la mirada. Óscar trató de echarle una mano:

—Bueno, todo el mundo se siente agotado alguna vez, ¿verdad? O dos.

—Yo lo he intentado ocho veces —replicó ella con un hilo de voz.

En ese momento se habría hecho un silencio solemne en el cuarto, pero en la pantalla, una mujer contaba cómo había engañado a su marido con su cuñado, y la vecina de cama miraba a Óscar y Beatriz con una mezcla de miedo y asco. Óscar trató de animar la situación:

—Y se ha librado de morir todas las veces. ¡Qué buena suerte!

Beatriz tosió un poco. Óscar quiso creer que eso era un intento de risa.

—Bueno —respondió ella al fin—, esta vez he llamado yo misma al hospital, antes de que las pastillas surtiesen efecto.

—¡Pastillas! —celebró Óscar—. Siempre he pensado que las pastillas son la forma más elegante de suicidarse. Yo lo haría con pastillas. O en una bañera, con una navaja en las muñecas. Escénicamente resulta muy impactante, con el agua teñida de rojo y eso...

Temió que su comentario fuese absolutamente inoportuno y se detuvo. Afortunadamente, estaba hablando con una profesional del tema. Sin alterarse, Beatriz contó:

—Yo intenté eso una vez. Pero hay que saber bien en qué dirección circula la sangre. No es tan fácil. Uno diría que hace falta cortar en horizontal, pero es al revés. Hay que hacer un corte vertical. Así que fallé. Me encontró en el baño mi esposo, que por una vez no estaba especialmente drogado, y me llevó al hospital.

La vecina de cama los miraba ahora alternadamente a los dos. Se veía asustada de verdad. Sin reparar en ella, Beatriz afirmó:

—Mi terapeuta dice que lo hago a propósito. Que es una manera compulsiva de llamar la atención.

—Bueno, ha llamado mi atención —confirmó Óscar.

Ella desvió la mirada hacia la botella de suero. Luego dijo:

—¿No lo asusto? La gente siempre se asusta cuando le cuento esto. Tengo que ponerme maquillaje en las cicatrices de las muñecas, para evitar preguntas incómodas.

—¡Para nada! De hecho, ésta es la mejor conversación que he tenido esta semana. Bueno, la única. Hice una llamada telefónica, pero eso no fue una conversación. Fue más bien una paliza.

—¿En serio? —se sorprendió Beatriz—. Yo tengo una historia ridícula también. Una vez me arrojé desde un cuarto piso, pero caí sobre un toldo, reboté y di en el techo de un Chevrolet. Apenas me produje lesiones menores.

Una carcajada sacudió a Óscar, pero volvió a considerar que era inapropiada, y la reprimió. Simplemente dijo:

—Me alegro de que haya fallado. Me alegro ocho veces, una por cada fallo.

Un leve temblor se manifestó en los labios de Beatriz. Al principio tenía aspecto de tic nervioso pero, después de cierta vacilación, sus comisuras se curvaron hacia arriba en una vislumbre de sonrisa.

—Y yo me alegro de que haya venido —respondió.

—Y yo quiero llamar a la policía, ¡psicópatas! —interrumpió la señora de al lado—. ¿Usted también trabaja en televisión? Seguro que sí. Son todos unos degenerados, eso está claro. No tengo nada contra la televisión, pero siempre le he dicho a mi marido que esta gente es rara. ¿Qué puedes esperar de personas que viven de besarse en público? Eso no es un trabajo normal. No es una vida normal. Y déjeme decirle que yo he visto cosas anormales...

Sin aspavientos, con la misma apacible actitud que le producía la cercanía de Beatriz, Óscar se acercó a la señora. Ni siquiera se cercioró de que tuviese un pulmón artificial o algún otro aparato enchufado a alguna toma eléctrica. Sin inmutarse, soltó los frenos de sus ruedas y empujó la cama en dirección a la puerta:

—¿Qué está haciendo? —se enfadó la mujer—. Le advierto que si cree que puede mezclarme en alguno de sus escándalos, está muy equivocado. Suélteme inmediatamente. ¡Es una orden! ¿Es que no escucha que...?

Pero Óscar se limitó a depositarla en el pasillo del hospital, regresar a la habitación y cerrar la puerta. Los gritos de la mujer aún se escuchaban ahí afuera, pero quedaban amortiguados por la puerta y por la paz interior de Óscar. Se colocó a los pies de la cama de Beatriz. La miró fijamente a los ojos, algo que estaba completamente fuera de sus hábitos, y hasta ese día, incluso de sus posibilidades. Y dijo:

—La última vez que la vi, la invité a cenar. Y al final, no me respondió. Quiero decirle que mi invitación sigue en pie, para cuando salga de aquí.

La tímida sonrisa de Beatriz se abrió, sus ojos se animaron y hasta la traslúcida piel de sus mejillas adquirió el tono luminoso del rubor.

—Creo que deberíamos tutearnos —sugirió.

Tenía una cita.

No el tipo de cita que te da el urólogo, ni el de los trámites para la *green card*. No una cita con un asistente social o tu padrino de alcohólicos anónimos.

Una de verdad. De las que se disfrutan.

Tan obcecado estaba con la idea, que apenas notó la atmósfera de combate que se respiraba en Star Island. Los sonidistas habían instalado un campamento en el jardín con carteles que decían PESANTES LADRÓN PÁGANOS DE UNA VEZ. Pero Óscar pasó frente a ellos sin verlos, ocupado en decidir qué lentes negros iba a ponerse para su encuentro con Beatriz. Los técnicos eléctricos golpeaban cacerolas bajo la ventana del despacho del productor, y en algún lugar se escuchaban órdenes, o quizá consignas, de Fabiola Tuzard. Pero Óscar se preguntaba si sería apropiado llevar a su vecina a Dolphin Mall. Sólo recuperó la consciencia cuando Grace Lamorna lo recibió en la puerta de la mansión y empezó a guiarlo hacia los sótanos:

—*Hi!* Marco Aurelio me ha pedido que te lleve con él. *Be careful, OK?* Está muy sensible.

Las caderas de Grace se balanceaban frente a Óscar enfundadas en un jean azul, no rosa, y tenía las uñas pintadas de rojo, no morado, todo lo cual en ella era señal de preocupación. De hecho, se veía sumida en sus cavilaciones. Y desde luego, había olvidado por completo la fiesta en casa de Flavio.

—Grace —preguntó Óscar, sin ganas de matarla. Al contrario, trataba de practicar ser amable con las mujeres, incluso con Grace—. ¿Por qué no apareciste en la fiesta de Flavio?

—¡Oh, *baby*! —ella se encogió de hombros, como si no hubiese arruinado la vida de Óscar, como si apenas estuviesen hablando de un desperfecto en el baño de la casa—. ¿Recuerdas todo ese *shopping* que hicimos tú y yo ese día? Bueno, no sirvió de nada. La noche de la fiesta, me empecé a probar toda la ropa y fue como... no sé... como que todo estaba mal. En la tienda no, ¿recuerdas? Todo me quedaba bien. Por la luz, *maybe*. Pero en casa, *my God*, deberías haberlo visto. Parecía una vaca con todo. Y me dio mucha rabia y no fui a ninguna parte.

—Vaya.

—No me lo agradezcas. Veo que tú te la pasaste muy bien, ¿eh?

—¿Tú crees?

—¿Quieres que te diga la verdad? Yo lo sabía. *I always knew*. Lo de tu orientación. Y me alegra mucho que hayas superado tu miedo y lo hayas enfrentado.

—Claro.

—Cuando quieras te doy unos consejitos para el tema *blowjob, OK?* Si sabes hacerlo bien, Flavio no se vendrá demasiado pronto.

—¿En serio?

—Para eso están las amigas, *honey*. Y ya sabes. No enojes a Marco Aurelio.

Antes de que Óscar pudiese decir nada, Grace lo había dejado en la habitación erótica de Pesantes y había desaparecido por el pasillo dejándole colorete en las mejillas, tufo a perfume barato y una colosal incertidumbre.

Óscar atravesó la puerta. Reconoció la jaula en forma de sarcófago que colgaba del techo de la habitación. Y frente a ella, la silueta de Marco Aurelio Pesantes armado con un enorme palo de béisbol en la mano.

—¿Cómo van las cosas? —saludó Pesantes distraídamente—. Así que te gusta más con los chicos que con las chicas. Bueno, a lo mejor hasta te envidio. Tratas con hombres. Son más racionales.

Óscar dio un paso adelante. Sin querer, pateó una bola china, que rebotó contra otras, como en un billar.

—¿Es un bate eso que llevas en la mano? —preguntó.

Marco Aurelio Pesantes alzó el palo con las dos manos y soltó un golpe feroz en el aire. Óscar vio pasar la punta peligrosamente cerca de su nariz.

—Es un arma de defensa —explicó el productor—. Y este lugar es mi cuartel. Cualquiera de los comunistas que trabajan en esta productora podría atentar contra mi vida en cualquier momento. Hasta ahora, los he convencido de que les pagaré con canjes publicitarios: ya sabes, computadoras, pasajes aéreos. Pero no todos se conforman con eso, ¿sabes?

La vista de Óscar se paseó por las cadenas, esposas y vibradores anales que cubrían el suelo y las paredes.

—Bueno, al menos has vuelto a casa.

—Si es una broma, es muy pesada.

—Sólo quería ser amable.

Pesantes alzó el bate a la altura de la cabeza de su guionista. Con el cuerpo tenso, al menos tan tenso como se lo permitía su consistencia, le informó a Óscar:

—Estoy bajo arresto domiciliario, Óscar. ¿Es que no lees los periódicos?

—No en estos días.

La mandíbula de Pesantes se relajó. Tras unos instantes de duda, bajó la guardia, y el bate. La grasa de su cuello tembló. Eso significaba que se estaba riendo.

—¡Es verdad! Tienes tus propios problemas. Supongo que cuando Flavio de Costa te encuentre, necesitarás dos bates como éste.

En un rincón de su cuarto de juguetes, Pesantes había instalado un pequeño escritorio y buena parte de su tecnología de trabajo: una laptop y una tableta, rodeados por una colección de teléfonos de ex esposas y de los otros. Se sentó sobre una butaca plegable que desapareció en algún lugar bajo su pantalón, e invitó a Óscar a ocupar la otra.

—No era mi intención molestar a Flavio —farfulló Óscar.

—¿Ah, no? Pues algo te salió muy mal. ¿Sabías que estaba por firmar un contrato para una película de acción en México? Tenía que hacer de macho mafioso. Pues ya no. Llamarán a Christian Meier. Hasta hacía una semana, parecía demasiado femenino para el papel, pero mira lo que son las cosas.

—¿En serio? Mierda.

—Los asesores de Flavio le han recomendado que te lleve a un tribunal y te quite hasta los calzoncillos... Bueno, en tu caso, calzones, je, je. Al parecer, sacar a alguien del armario a patadas es delito. Por suerte para ti, Flavio es de la vieja escuela. Creo que se contentará con rajarte la cara.

—¿Crees que si me disculpo...?

A Pesantes no le hizo falta responder. El sonido gutural de su risa mal contenida habló con suficiente elocuencia.

—De cualquier manera —continuó el productor—, no tendrás que verlo mucho.

—Ah. ¿Vamos a matarlo? Es decir, ¿vamos a matar a Gustavo Adolfo?

El productor sonrió melancólicamente, acariciando su bate de béisbol como si fuese una mujer:

—Ojalá la vida fuera como los guiones, ¿verdad? Si alguien no te gusta lo matas. Si te gusta, lo resucitas... Dios es un...

—Guionista mediocre. La frase es mía.

—Bueno, da igual. El caso es que Dios cierra la tienda. Fue bonito mientras duró. Pero se acabó.

—Creo que no te entiendo.

—Hay que terminar la telenovela —aclaró Pesantes—. Hay que terminarla ya. Final feliz y créditos. Que parezca una historia corta. Es mejor eso a que se interrumpa sin más.

—¿Que se interrumpa? —algo no entraba en las coordenadas mentales de Óscar—. ¿Por qué se interrumpiría sin más?

Las pupilas de Pesantes rodaron hacia arriba. Con los ojos en blanco, gritó:

—¡Porque no puedo pagar a nadie! Ni siquiera a ti.

—...

El silencio le hizo comprender a Pesantes que, si no pagaba, ya no podía dar órdenes. Bajó el tono de voz y explicó:

—Verás... hemos estado viviendo un poco... ¿cómo decirlo?, por encima de nuestras posibilidades.

—¿«Hemos»? ¿Quiénes «hemos»?

—Sobre todo yo. Y por lo tanto... tú. Por decirlo en rápido, en los últimos años... como diez años... he montado un pequeño... fraude piramidal.

—¿Como las pirámides de los egipcios?

—He estado pagando cada producción con los inversionistas de la siguiente. Hasta que las deudas se acumulan... y las ex mujeres también... Y un día te das cuenta de que todo se ha ido a la mierda.

Óscar recordó que sus últimos encuentros con Pesantes habían gozado de una inhabitual falta de interrupciones. Y se debía, ahora lo comprendía, a que el productor había anulado el volumen a todos los teléfonos.

—Claro que un éxito habría ayudado —estaba diciendo el productor—. Si hubieses escrito algo bueno en los últimos cinco años... bueno, las cosas podrían ser diferentes.

—¿Ahora resulta que yo tengo la culpa de tus fraudes fiscales?

—Si las telenovelas hubieran salido bien, no habría habido fraudes —regañó Pesantes, y continuó, con tono más solemne—: Yo creía en ti, Óscar.

La perplejidad se adueñó de Óscar. Y luego el estupor. Y luego la furia. Ni siquiera podía armar una frase:

—¿Que tú...? ¿Que tú...?

—Te dije que las cosas saldrían bien si te enamorabas, y tú te pusiste a hacer experimentos con tu identidad sexual. ¡Coño, Óscar, a tu edad ya no se llaman experimentos, se llaman disfunciones! Te jugaste mi última carta en un polvo gay.

El bate en la mano de Pesantes desaconsejaba una reacción virulenta. Y sin embargo, esto era más de lo que Óscar podía soportar:

—¡No hubo ningún polvo gay! ¡Ni ningún experimento! Estaba tratando de joderte. ¿Me oyes?

La boca de Pesantes expelió un sonido:

—¿Eh?

—Te vi con Natalia —le dijo—. Entrando en un hotel del brazo. Eres un sinvergüenza —midió el alcance de su insulto y le pareció corto. Apuntó mejor y disparó de nuevo—: Y un hijo de la gran puta. ¿Dices que creías en mí? Yo sí creía en ti, miserable. Y tú te reíste de mí. Me diste donde más dolía.

Pesantes mantenía la boca abierta, como si hubiese tragado algo desagradable. Miró desconcertado a todas partes y replicó:

—Espera. ¿Te refieres al Delano? ¿Tú estabas ahí? ¿Me estabas espiando?

—Me llevó Fabiola.

—Claro. Debí suponerlo —masculló el productor, con cara de entenderlo todo de repente.

—¡Da igual quién me llevó! —Óscar golpeó la mesa y empujó al suelo los teléfonos, el único gesto agresivo que podía generar sin exponerse al arma contundente del productor—. ¡Todavía estaba tratando de recuperar a Natalia! ¡Y tú eras mi amigo!

—¡Pues entonces agradécemelo, imbécil! —bramó Pesantes, reventando de improviso—. La telenovela iba de mal en peor y tú le diste un papel a Nereida. ¡Por favor, Óscar! Grace será lo que quieras, pero Nereida es mucho peor y lo sabes. La historia iba a la deriva. Tu calidad estaba en su punto más bajo, lo que ya es muy bajo. El *rating* caía en picado. Mi presupuesto se iba por el váter. Mis ex esposas presionaban...

—¿Y eso qué tiene que ver con...?

—¡Me reuní con Natalia para convencerla de volver contigo!

—¿Eh? —dijo ahora Óscar.

Ahora era su boca la que parecía una madriguera. En cambio, Pesantes había tomado carrera y seguía hablando, como una locomotora fuera de control:

—Y no lo hice por amistad. Lo hice para salvar la producción. Quería que escribieses un nuevo éxito. Incluso le ofrecí dinero.

—¿Natalia no quiso volver conmigo... ni siquiera por dinero?

—¿Sabes lo que me dijo? —preguntó el productor. Óscar apenas atinó a levantar el mentón un segundo—. Que ella no era la mujer que tú necesitabas. Que te quería demasiado para continuar así, sintiendo que no era lo suficientemente buena para ti.

—¿Eso dijo?

—Yo tampoco lo puedo creer.

—¡Es mentira! —gimió Óscar—. ¿Por qué entonces la llevaste al Delano?

—¿Y en qué otro sitio podíamos estar seguros de que no estarías tú?

—Entré detrás de ustedes. Crucé hasta la piscina. No estaban abajo.

—Estábamos en el Sushi Bar, idiota. Es más íntimo. Lo habrías sabido si alguna vez en tu vida hubieras ido al Delano. Lo habrías sabido si tuvieras una vida.

—No te creo.

Pesantes recogió el único teléfono que quedaba en la mesa. Era elegante y no parecía muy viejo, así que debía de ser de trabajo, o quizá para abogados. Se lo ofreció a Óscar a través de la mesa. Como no se acercaba, se lo arrojó al regazo:

—Llama. Llama a Natalia ahora mismo. Pregúntale. Confirmará cada detalle de lo que he dicho. Eso sí, coño de tu madre, si lo hace, te meteré por el culo alguno de mis juguetitos. No te preocupes, te gustará.

Le lanzó un besito desde su sitio. Óscar tomó el teléfono entre sus manos. Intentó marcar el número de Natalia. Quería escucharla confirmar la versión de Pesantes, y si así era, quería pensar que mentía, que ella y Pesantes y toda la gente que conocía conspiraban contra él, que la realidad, como siempre, se complacía en lastimarlo.

Pero sólo consiguió devolver el teléfono a la mesa, delicadamente, en silencio.

Pesantes saboreó claramente su victoria, pero para sorpresa de Óscar, no hizo sangre con ella. En actitud meditabunda, se limitó a respirar hondo y reflexionar, con la vista fija en el sarcófago:

—¿Sabes quién tiene la culpa de todo? Las mujeres.

Óscar se encogió de hombros. Pesantes, por su parte, se levantó de la silla, bate en mano. El guionista temió durante un segundo que fuese a abrirle el cráneo, pero Pesantes se dirigió hacia el centro de la habitación, con la mirada perdida, pensando en voz alta:

—Hacemos historias de amor para ellas, hacemos milagros para ellas. Les entregamos nuestro sueldo y nuestra sangre. Construimos para ellas salas de juguetería erótica y compramos vibradores forrados en genuina piel de cerdo. Tratamos por todos los medios de satisfacer sus deseos...

En realidad, Óscar necesitaba a las mujeres. Al menos necesitaba a una. Quizá a dos. E incluso a un hombre. Tenía que empezar a pensar cómo recuperarlos. Pero Pesantes hablaba consigo mismo:

—... Les damos tarjetas de crédito, les damos instrumentos de sadomasoquismo. Todos los caprichos que puedan desear. ¿Y qué recibimos a cambio? *Golpes.*

Al decir eso, Marco Aurelio Pesantes descargó con todas sus fuerzas un batazo contra la jaula en forma de sarcófago. Al principio, ésta sólo se balanceó. Pero le sacudió otro golpe, y luego otro, moviéndose como una ballena en un saque de tenis, hasta que la jaula cayó al suelo con un estrépito metálico. Siguió diciendo:

—¡No nos merecen! ¡No merecen que vayamos a sus locales de trabajo y les deslicemos billetes en los elásticos de la ropa interior! ¡No merecen que paguemos sus cirugías plásticas! ¡Ni sus peluquerías, sus gimnasios y sus brasieres de fantasía! ¡No merecen que pongamos cuidado en ser infieles con discreción! ¡Ni que les regalemos telenovelas con ciento veinte capítulos de virginidad! ¡No merecen nuestro amor!

Ahora, Pesantes se ensañó con las estanterías llenas de artilugios metálicos y velas negras, contra el televisor de plasma en que ponía películas porno y, de manera especial, contra los dos alargadores de pene.

—¡Acabaremos con todas, Óscar! ¡Con todas! Son indignas de nuestros esfuerzos. ¡Basta de ser hombres ideales! ¡Basta de ser buenos!

Pero los pensamientos de Óscar navegaban exactamente en dirección contraria. No quería quedarse ahí. No quería terminar como Marco Aurelio Pesantes. Ni siquiera quería empezar como Marco Aurelio Pesantes.

Al ponerse el sol, la secretaria de Natalia se marchaba, y ella hacía cuentas, revisaba las citas de la jornada siguiente, guardaba el instrumental y apagaba las luces. Era un momento solitario y silencioso. Por eso, al encontrar una inesperada silueta en la oscuridad de la sala de espera, dio un salto.

—¡Óscar! Por Dios, qué susto me has dado.

—Hola.

Natalia volvió a encender la luz. Los neones parpadearon, como dudando si hacer desaparecer o no a su visitante.

—Esta noche no, Óscar. Estoy demasiado cansada para echarte de nuevo.

—Hoy me iré sin que me eches.

Incluso para los parámetros de Óscar, ofrecía una imagen triste, sentado en un rincón, con la calva cabizbaja y el ánimo más oscuro que su atuendo. Natalia sabía que se arrepentiría de mantener una conversación con él, pero de todos modos lo hizo:

—Es por lo de Flavio, ¿verdad?

—No sabía que veías esos programas.

—Mi secretaria me lo comentó.

—Al menos debe haberse entretenido.

—Piensa que estás desesperado. Dice que lo próximo que harás será intentarlo con algún animal doméstico.

Óscar recordó los tiernos momentos que había pasado con Fufi junto a su almohada. Suspiró tristemente.

—A lo mejor tiene razón.

Segura de que se arrepentiría aún más, Natalia se sentó a su lado y dejó el bolso en el suelo.

—En el fondo, eres un sentimental.

—De eso vivo. De darle a la gente algo para llorar.

—No. Vives de darle a la gente algo con que soñar.

Él hizo un gesto de desdén con la mano. Ella se la tomó en el aire.

—¿Te acuerdas de *El lugar del corazón*? —preguntó ella—. ¿Cuando Mario inunda de rosas la casa de Jimena para decirle cuánto la quiere?

—Claro que me acuerdo. Asistí al rodaje de esa escena. La alergia al polen me duró dos semanas.

—¿Y de *Mi nombre es Amor*? ¿Cuando Martín prefiere quedarse ciego antes de pedirle a Lucrecia que le devuelva el dinero que ahorró para que ella pudiese estudiar?

—Sí. Me especializo en hombres idiotas.

—No son idiotas. Sólo son irreales. La gente no es así. No se persigue durante ciento veinte capítulos. Ni se ama con locura, hasta el límite del sacrificio. La gente sólo vive. Pero necesita creer que otra gente es mejor, y que está dispuesta a todo por sus sentimientos. Eso no les cambia la vida, pero les anima una hora al día. Necesitan tus fantasías, Óscar. Y tú necesitas un poco de realidad.

—Tú eres real —dijo Óscar, pero no sonó como un intento de recuperar a Natalia. Sólo estaba estableciendo un hecho.

—No para ti. Tú no estabas enamorado de mí, sino de una ficción que habías inventado. No vas a ser feliz hasta que no aprendas a reconocer a la gente por lo que es de verdad.

Óscar meditó las palabras de Natalia. Tenía miles de respuestas posibles, miles de detalles que discutir. Pero por primera vez, el silencio parecía la mejor opción. Al fin, dijo:

—Supongo que es hora de que mi personaje tenga un final.

—Óscar, no estarás hablando de...

—Un final feliz, digo.

Natalia sonrió aliviada. Óscar de repente frunció el ceño:

—¿No me insinuaste que estabas saliendo con alguien?

—Bah. Lo dije para que te largases. Tú no eres el único hombre descerebrado. Es una enfermedad común.

—Ya.

Óscar no sintió alivio. Comprendió que, a fin de cuentas, no le molestaba que Natalia saliese con alguien más. Se sorprendió de sí mismo. A lo mejor, en verdad, el Óscar que había conocido toda su vida estaba llegando a un final. Preguntó:

—¿Te acuerdas del final de *Dueño del mundo*?

—Después de toda la historia fingiendo que era bueno, resulta que él nunca dejó de ser un hijo de puta.

—Sí —rió Óscar—. Un clásico de los finales.

—¿Y el de *Rosa entre las espinas*? ¿Cuando Vicente se vuelve bueno inesperadamente y salva la vida de su hermano de los mafiosos que lo tienen secuestrado en aquel yate?

—Ya no me gustan los yates. Hace doce años que no me gustan.

—Lo que quiero decir es que el personaje tiene que pasar por un cambio para poder terminar.

—Eso sí. Si no hay transformación, no hay historia.

—¿Y el final de *Malvada*?

—Es un pésimo final.

—¡No es pésimo! Es bonito.

—Nadie se creería que esa mala pécora...

—Más respeto con Trinidad...

—Una zorra...

Y de repente, inesperadamente, los dos estaban riendo.

Lo hacían de un modo tan natural que Óscar sintió que reía por primera vez. Y quiso repetirlo.

Mientras Gustavo Adolfo revisa facturas y papeles de trabajo, Llereida irrumpe en el estudio, bañada en lágrimas, con su amplio escote transido por la aflicción y los labios rojo chillón fruncidos por el arrepentimiento. Pero sobre todo, con mucha prisa:

«¡Señor Gustavo Adolfo, tengo algo que decirle!»

Gustavo Adolfo sólo ha hablado con ella una vez en su vida, pero al verla la recuerda perfectamente: es la mujer que arruinó su vida, la que le trajo las noticias más negras, la mensajera de la soledad:

«¿Qué hace usted acá? ¿Cómo ha entrado?»

Detrás de ella rechina la silla de ruedas de Cayetana de Mejía Salvatierra, que aparece en la puerta, furiosa:

«Gustavo Adolfo, lo siento. Traté de impedirle la entrada, pero estaba enloquecida. Creo que es peligrosa.»

«Usted sabe mejor que nadie lo peligrosa que soy, Cayetana», replica Llereida.

«¿Cómo?», se sorprende Gustavo Adolfo. «¿Se conocen?»

Cayetana palidece y se apresura a responder:

«Jamás he visto a esta mujer en mi vida.»

«No mienta, vieja arpía», contraataca Llereida.

«Ya basta», tercia Gustavo Adolfo. «No le permito que trate a mi esposa así en su propia casa. Váyase de aquí o llamaré a la policía.»

Con aplomo, sin rastro de arrepentimiento, Llereida le contesta:

«Primero escuche lo que vengo a decirle. Después, le aseguro que querrá llamar a la policía. Para que se lleven a su esposa.»

«No la escuches, Gustavo Adolfo», se defiende Cayetana. «Está loca.»

«Pensé que no la conocías», responde Gustavo Adolfo con perspicacia.

Un incómodo silencio cae como una losa sobre el estudio. Cayetana observa a Llereida con maldad. Pero ella le devuelve una mirada de seguridad y venganza, y dice:

«La señora Cayetana me conoce demasiado bien... Porque fue ella la que me pagó para mentir. Sólo que yo no puedo mentir más. Prefiero devolver ese dinero sucio antes de callar y cargar en mi conciencia con las fechorías de esta mujer. Y he venido a decir al fin toda la verdad. Usted y la señorita María de la Piedad *no son hermanos*. Cayetana me pagó para inventar eso. Yo sí trabajé aquí, hace muchos años, y por eso puedo atestiguar que su padre y la madre de María de la Piedad jamás faltaron al decoro ni a sus obligaciones sociales.»

Atónito, Gustavo Adolfo se vuelve hacia su mujer:

«¿Es eso verdad, Cayetana?»

«¿Vas a creerle a esa furcia, mi amor? ¿A esa descocada?»

«No», responde pensativo Gustavo Adolfo, «pero esas cosas se pueden probar. Puedo hacerme las pruebas».

Llereida ahora lleva el triunfo en la mirada. Y con gran decisión, añade:

«Hágaselas y verá que no miento. También puedo enseñarle fotos de Cayetana el día de su supuesto suicidio. Me contrató para ayudarla a fingirlo. Yo he sido su cómplice todo este tiempo.»

Cayetana echa a llorar de rabia, de impotencia y de traición:

«Gustavo Adolfo», suplica, «ella es una chantajista. Me ha pedido dinero para ocultarlo, y cuando no he querido pagar más, ha venido a decírtelo».

«Sin duda lo es, ¿pero tiene razón?», pregunta Gustavo Adolfo, que tras decenas de capítulos en la inopia, parece haberse inyectado una importante dosis de lucidez. «Porque si la tuviese, tú serías una víctima de tu propia maldad.»

«Es que es mucha maldad, señor Gustavo Adolfo.» Mete leña al fuego Llereida. «Y mucha mentira para tan poca mujer. También fui yo quien se robó el dinero del cajón para que Cayetana pudiese culpar a María de la Piedad. Y estoy dispuesta a declararlo en comisaría... Pero lo peor...»

«¡No digas más, miserable!», trata de silenciarla Cayetana. La silla de ruedas tiembla de ira, pero nada de eso basta para sellar los labios de su antigua cómplice. Segura de que Gustavo Adolfo escucha cada una de sus palabras, Llereida dispara el tiro de gracia de su delación:

«... Lo peor es que ni siquiera es paralítica. ¡Cayetana ha fingido durante años para ocultar su esterilidad! Así podía justificar que no llegase un nuevo Mejía Salvatierra a esta familia. Lo ha tenido engañado, Gustavo Adolfo, y esa silla ha sido el trono de la reina de las mentiras.»

Presa del estupor, Gustavo Adolfo se vuelve hacia Cayetana. Está tan confundido que ni siquiera consigue gritarle. Sin más que ocultar, expuesta en toda su bajeza, la llorosa Cayetana se levanta de la silla y da unos pasos adelante, sólo para volver a caer arrodillada a los pies de su marido.

«Lo siento, Gustavo Adolfo. Lo hice porque te amaba... y no quería perderte.»

Gustavo Adolfo se aparta. No quiere que ella lo toque. Llereida, aliviada del peso de la culpa, se deja caer en una silla. Cayetana queda sola con su llanto en medio de la habitación, arrastrándose por un mundo que ya no le pertenece.

Como centro comercial, Dolphin Mall cumplía con todos los requerimientos del género: una terraza con sombrillas sobre las mesas. Y escaleras mecánicas. Y un cine con películas infantiles y comedias románticas. Incluso una tienda de hamburguesas donde los camareros bailaban como los Bee Gees. Más o menos, podía considerarse un resumen de todo lo que Óscar odiaba de Miami.

Pero ése era el antiguo Óscar.

El nuevo Óscar, reencauchado espiritualmente, era una persona muy distinta. Estaba dispuesto a comer sin revisar las condiciones de salubridad del local, y a reír o llorar con las aventuras de la película, incluso a pesar de la lamentable ausencia de hijos perdidos o protagonistas vírgenes. Lo de los Bee Gees seguía siendo demasiado para él, pero al resto de cosas se integró con facilidad. Y se sentía bien.

Beatriz le ponía las cosas fáciles. Cuando estaban a punto de cruzarse con algún ser humano que Óscar no pudiese soportar, como una chica con *piercings* en la nariz, o el caballero aquel con músculos más marcados que un robot de los Transformers, ella percibía su incomodidad y lo conducía mansamente hacia otro pasillo. Y en ningún momento preguntó por qué Óscar vestía siempre de negro.

A cambio, Óscar accedía a detenerse en las tiendas que ella quería ver, por ridículas que fuesen. E incluso le compró un perro de peluche de tamaño similar al occiso Fufi. Después de una hora paseando de su mano y recorriendo ese paraíso del consumo, Óscar se sintió refrescantemente normal.

Estaba tan cómodo que accedió a tomar una copa en Ocean Drive, lugar que para él representaba todo el desenfreno de la ciudad. Y al llegar, ni siquiera pretextó una inflamación de ganglios para escapar. Simplemente, disfrutó de la brisa marina, de las luces de la calle y de la compañía.

Se acomodaron en una terraza con vista a la playa y ordenaron bebidas de colores: Beatriz pidió una roja. Óscar pidió una azul. Los tragos llevaban una carga de siete alcoholes diferentes, y la segunda copa era gratis, de modo que al final de la noche Óscar estaba borracho por primera vez desde el episodio del condón. Antes de abandonar el local, comprobó que mantenía las señales vitales intactas, y le alegró constatar que no sufría ningún ataque depresivo.

—Los médicos son unos incapaces —decía Óscar en un momento animado de la conversación—. Siempre he padecido síntomas clarísimos de infecciones urinarias y pleuresía. Pero cada vez que corro a un hospital, me dicen que no tengo nada. Cuando me muera se arrepentirán de su error.

—A mí me han salvado la vida muchas veces —discutía Beatriz—. Son útiles sobre todo cuando comes veneno para ratas o cosas así. Tienen aparatos para hacerte lavados intestinales.

En fin, esos dos conectaban.

El único momento complicado llegó al final de la noche, cuando se encontraron en el ascensor, los dos de cara a la puerta, mirando los números de los pisos sucederse en las lucecitas, sin saber cómo continuar la cita y con sólo cuatro pisos para decidirlo. En ese instante crucial, Óscar recordó sus últimos desempeños amatorios. Era como recordar el bombardeo de Hiroshima.

Las encías de Óscar comenzaron a rechinar. No obstante, mientras él urdía un complejo plan de acción para escapar, Beatriz resolvió la situación con una frase nerviosa pero firme:

—¿Quieres... pasar a mi casa... a tomar un café?

Piso dos.

—Eeeehhh... no bebo café. A estas horas, puede desvelarme. Y los trastornos de sueño son muy difíciles de...

—¿Una copa?

—Contra lo que todo el mundo cree, beber tampoco es bueno para el sueño. Produce sueño, pero de mala calidad. Lo que ocurre es que las endorfinas...

—¡Óscar!

Piso tres. Los dos seguían mirando hacia el dintel de la puerta.

—¿Sí?

—En realidad, no vamos a tomar nada.

Piso 4. Puerta abierta.

—Ah.

Se desplazaron rígidos y sin cambiar de posición, uno al lado del otro y sin mirarse, hasta llegar a la altura del sofá. Pero precisamente entonces, cuando ya parecían haber sorteado todas las trampas de la noche, una nueva sombra se cernió sobre ellos. Al menos sobre Óscar. Nada más sentarse, él cobró consciencia del riesgo de pernoctar fuera de casa, rodeado por una nueva y desconocida fauna de microorganismos, residuos orgánicos y, lo peor de todo, sin su cepillo de dientes. Y un escalofrío recorrió su piel.

Sin percatarse de su dificultad, Beatriz se le acercó un poco. Le tomó la mano tímidamente. De inmediato, como si lo hubiera pinchado con una aguja, él se levantó:

—¿Te importa si voy al baño? Es... será un segundo.

—Claro.

Quizá con demasiada prisa, Óscar se precipitó hacia el lavabo. Cerró la puerta. Se lavó la cara. Apretó los dientes. Se repitió, una y otra vez, «todo está muy bien, todo está muy bien...». Lo que más quería en el mundo era simplemente dejarse llevar, olvidarse de sí mismo y disfrutar del momento. Pero desde la toalla de manos, desde el inodoro, desde el agujero de la ducha y los rincones poste-

riores del lavabo, miríadas de peligros invisibles amenazaban con saltar sobre él.

Después de diez minutos luchando contra sí mismo, perdió.

Salió del baño y se dirigió directamente hacia la
puerta. Al pasar junto al sofá, dejó caer su despedida:

—Tengo que irme. He recordado que tengo... bueno... una cita importante.

—Claro —comprendió Beatriz.

—Gracias por el café. Y por la película —dijo Óscar abriendo la puerta.

—No te preocupes —respondió inexpresivamente
ella.

La puerta se abrió por completo, y Óscar se quedó
en el umbral, con la vista clavada en su propia puerta. A través de ella, como si tuviese rayos X, vio de repente su cocina chamuscada, sus muebles húmedos, sus fallos de higiene, sus despertares solitarios y sus acostares sin vida, sus
cepillos dentales clasificados por orden alfabético, el plato
aún lleno de comida de Fufi y, sobre todo, como un interminable océano de tristeza, sus veinte mil hectáreas de cama
vacía.

Recordó las palabras de Natalia: «Tú necesitas un
poco de realidad».

Cerró la puerta. Con él adentro.

Regresó al sofá. Beatriz no había movido el cuello
desde que habían salido del ascensor. Óscar se sentó, otra
vez, también mirando hacia el frente. Tras una eternidad
elaborando un discurso estructurado y enredando nerviosamente los dedos, empezó a decir:

—Yo... tengo algunos problemas. Nada grave. Más
bien podrían llamarse «peculiaridades». Tengo cierta... admiración por el orden, aunque no sé guardarlo correcta-
mente. Y bueno... a veces... exagero mis dolencias. Aunque
sí padezco de trastornos de sueño, en particular insomnios
esporádicos y apneas, que...

No consiguió decir más. Algo se le metió en la boca. Unos labios. Y tras ellos, un beso entero.

Algo se pegó en su cara. Eran dos manos. Y tras ellas, Beatriz.

Durante unos segundos, temió que el siguiente intercambio de fluidos acarrease algún tipo de virus.

Y después, no temió más.

—Óscar, eres un necio. Un idiota. Te diría que eres un hijo de puta, pero me temo que, sobre todo, eres un estúpido.

—Yo también te quiero, Fabiola.

Óscar puso los ojos en blanco y cambió de mano el teléfono. Fabiola no paró de hablar:

—Te lo digo desde un punto de vista dramático. Es evidente que no conoces al personaje de Cayetana. ¿Fingir su parálisis para ocultar su esterilidad? Ella jamás haría eso. Es una mujer llena de dignidad. Ni terminaría humillándose frente al papanatas de Gustavo Adolfo. ¡Me niego a decir este diálogo!

—Tendrás que hablar de eso con el productor. A mí me tiene sin cuidado.

—¡Además, has destruido el obstáculo para el amor! Tienes que arreglar eso, pero no te preocupes, tengo una idea: Gustavo Adolfo tiene un accidente de tránsito que le produce un ataque de amnesia. Entonces olvida lo que ha ocurrido y vuelve a su relación con Cayetana. Estoy convencida de que esos dos pueden ser felices si les damos una oportunidad.

—La telenovela se acaba, Fabiola. La mala pierde. Tienes que asumirlo.

—¡Ésta es *mi* telenovela, retrasado! ¡Aquí se hace lo que yo diga!

Del otro lado de la línea, Óscar recibió una salva de improperios y descalificaciones. Apartó el teléfono de su oído un rato. Cuando volvió a ponérselo, Fabiola continuaba vociferando:

—¡... con la cerda de Nereida! ¡Por favor, ni siquiera tienes la seriedad suficiente para llamar a una actriz de verdad!

—Precisamente, Nereida está conmigo. Te manda saludos.

Desde su lugar en el sofá, Nereida mandó un besito volado. Pero no era para Fabiola. Era para Óscar. Se veía radiante esa mañana, a tono con su sombra de ojos color verde semáforo. Y Óscar tenía ganas de hablar con ella, no con Cruella de Vil.

—Escucha, Fabiola. Voy a colgarte.

—Esto no se va a quedar así, Óscar. Voy a vengarme, ¿me oyes? Y tú sabes de qué calibre pueden ser mis venganzas. Te has aliado otra vez con el traidor de mi marido, y pagarás las consecuencias de...

—Bueno, que te diviertas. Un beso.

Colgó y dio una larga calada de aire fresco. En un alarde de rabiosa felicidad, Óscar incluso había abierto las ventanas, y ahora, mientras descansaban, la luz del sol los bañaba a ambos.

—¿Vamos?

—Vamos.

Se levantaron. Con un gesto galante, él la invitó a ir primero:

—Después de usted —dijo.

Ella todavía llevaba los guantes de hule con que había limpiado el baño. Después de quitarse el primero, recordó algo. Dijo:

—Espera, papi.

Se desvió hacia el baño. Volvió segundos después, con el paquetito fosilizado del condón. En los últimos días se había desteñido, y ahora ostentaba un color blancuzco, como un lazo de novia.

—¿Qué hago con esto? —preguntó Nereida.

Óscar lo tomó entre sus dedos y lo miró casi con afecto.

—Llevémoslo —dijo—. Lo tiraré en el río.

Al salir, por vez primera, Óscar encontró que el aire de Miami era vivificante, no un pantano gaseoso y putrefacto. El coche de Nereida tenía rota la manivela de la ventana del copiloto, así que la corriente le daba de lleno en la cara y elevaba al viento las pelusas ralas de su nuca. Era lo más cercano a una rubia de Hollywood que Óscar se había sentido jamás.

Se detuvieron en el puente levadizo y arrojó el condón al agua, no tuvo ninguna consciencia de que su gesto fuese absolutamente antiecológico. Al contrario. Mientras el coche dejaba atrás el puente, sintió que abandonaba tras de sí una nube de contaminación.

—Me encanta la escena que me has escrito, mi amol —dijo Nereida—. Yo siempre supe que podía confiar en ti.

Sonriente y con sus lentes oscuros, se veía bonita. Y ésa es una palabra que Óscar jamás habría asociado a ella, pero que tenía ganas de usar con más frecuencia.

—A mí me encanta que regreses tú. Es un papel pequeñito, pero es ahí donde se resuelve toda la acción.

—¿Porque crees en mi talento?

—Porque sólo nos queda un capítulo más.

Llegaron a su destino y detuvieron el coche. Faltaban cinco minutos para el momento que esperaban, y Nereida los empleó para ensayar:

—«¡Esa silla ha sido el trono de la reina de las mentiras!» —dijo con voz engolada—. ¿Qué te parece?

—Bueno, no hace falta que hables como la bruja de Blancanieves.

—OK, OK. ¿Qué tal entonces esto? —bajó la voz, casi cerró los ojos por completo y puso lo que ella consideraba cara de amenaza—. «Esa silla ha sido el trono de la reina de las mentiras.» ¿Mejor así?

Óscar estuvo a punto de decir la verdad, pero finalmente cortó por lo sano:

—Estás perfecta.

—¿Tú crees que ahora sí me haré famosa?

—No me cabe duda. ¿Tú crees que yo me haré famoso?

—Tú ya eres famoso, papi. Eres un icono gay.

Al fin, llegó el momento de concentrarse: la puerta del edificio frente a ellos comenzó a escupir niños. Óscar era incapaz de distinguir a uno de cinco años de uno de quince, pero en todo caso, había muchos de la talla de Matías, así que debían estar en el lugar correcto. En efecto, después de diez minutos, el cuerpo regordete de su hijo asomó entre los demás, tocado con un gorro de Spiderman.

Como por arte de magia, magia negra, Óscar se vació de todo el bienestar que había gozado durante el día. Se puso pálido. Tembló:

—No quiero bajar...

—Óscar, papi, ya hemos hablado de eso.

—Él me odia. Su madre me odia.

—Nadie te odia.

—Al menos puedo dudarlo. Si bajo ahora, corro el riesgo de confirmarlo.

Inconsciente de ser vigilado, Matías caminó hacia una esquina alejada de la puerta y se metió el dedo en la nariz. Luego abrió un chocolate, lamió el envoltorio y se lo guardó en el bolsillo.

—¿Qué tú dices? —preguntó Nereida—. ¿Te parece que ese gordito puede odiar a alguien?

—Si soy su padre tendré que inculcarle hábitos de higiene. Entonces me odiará.

Nereida bufó. Óscar trató de convencerla:

—No creas que es tan inocente. ¿Sabes que cuando estaba en casa... —y aquí hizo una pausa para crear suspenso— atoró el inodoro con un rollo de papel higiénico? Es un psicópata.

—Mi amol, si no vamos a quedarnos, yo tengo que regresar a Star Island —aclaró Nereida con tono de ejecutiva en acción—. Entro a maquillaje dentro de dos horas. Mi carrera no puede esperar.

Óscar volvió a mirar a su hijo. Otros chicos se le habían acercado, y bromeaban quitándole el gorro y dándole empujoncitos. Ése era el mundo de Matías, y por mucho que lo intentase, era un mundo a años luz del suyo. Desviar la órbita sólo conseguiría producir una colisión.

—Vámonos, Nereida —susurró Óscar, tragándose las lágrimas.

Ella encendió el motor y Óscar les dirigió un último vistazo al niño y a sus amigos. No debían ser tan amigos, porque Matías estaba reclamando su gorra a otro que no se la daba. Otro chico estaba revolviendo su mochila. Y un tercero lo tenía atrapado por la espalda.

—¡Espera, Nereida!

—Papi, tu indecisión está interfiriendo con mi camino al estrellato. Yo...

Pero entonces ella también vio al niño. A los niños. Y cambió de tono:

—¡Coño de su madre! ¿No vas a hacer nada, Óscar?

—Bueno, Nereida, tú sabes que los niños de ahora van armados, y a lo mejor provocarlos es peor...

El chico que tenía la mochila de Matías terminó de rebuscar en ella y la tiró al suelo. Al parecer, no había encontrado lo que quería, porque tomó a Matías por las solapas y le dijo algo, con el rostro muy cerca del suyo.

—¡Óscar!

Óscar recordó sus propias palabras: «Si no hay transformación, no hay historia».

Súbitamente decidido, se quitó el cinturón de seguridad. Se le trabó la hebilla tres veces, pero lo logró. Abrió la puerta y se acercó con pasos lentos pero seguros hacia donde estaba Matías. Sintió alivio al escuchar que Nereida bajaba tras él, con sus tacones golpeteando contra el asfalto.

—¿Qué está pasando aquí?

Trató de decirlo con voz viril, pero sus cuerdas vocales lo traicionaron en un gallo. Al menos, calculó que era más alto que los agresores, y tenía las piernas más largas, por si había que correr.

—¡Papá! —se alegró Matías.

—¿Y tú quién eres, viejo? —volteó uno de los atacantes—. ¡Fuera de acá!

Óscar comprendió que su sola presencia física no bastaría para ahuyentarlos. Decidió emplear otros recursos, como su pinta de anormal y su capacidad de mentir. Se escudó tras sus lentes oscuros y dijo, tratando de imitar la cadencia lenta de Terminator:

—¿Sabes lo que soy? Soy tu peor pesadilla. Les arranco los intestinos a los niños. Y me los como.

Todos se quedaron paralizados, tratando de digerir sus palabras. Durante un instante, Óscar pensó que habían surtido efecto. Pero luego, los tres vándalos rompieron a reír. Evidentemente, sólo había conseguido asustar a Matías.

—¡Cómete ésta, viejo! —le dijo uno de los chicos, con el dedo medio alzado.

—¡Sí! ¡Bésame el culo! —dijo otro.

Si corro y me persiguen, pensó Óscar, por lo menos podré alejarlos de Matías. Empezaba a localizar su ruta de escape cuando un alarido llegó desde atrás, una especie de grito samurái mezclado con graznido de urraca salsera:

—¡Aaaaaaaahhhhhh!

Con un tacón en cada mano, Nereida irrumpió en la escena. Se abalanzó sobre dos de los chicos, que apenas consiguieron esquivar esas armas punzo-cortantes talla siete. Aprovechando el pánico, Óscar se tiró encima de uno de ellos, el más gordo, y consiguió tumbarlo, aunque una vez en el suelo, ya no sabía qué hacer con él. Y para equilibrar las fuerzas, Matías se sumó al ataque con una artillería de gruesos libros, que arrojó contra cada uno de sus rivales:

—¡Si he derrotado a tantos maníacos sexuales, no me va a ganar un trío de niños sin pelos en el pubis! —gritaba Nereida repartiendo taconazos a un lado y otro.

—¡Si te metes conmigo te metes con mis amigos, bastardo! —le decía Matías a otro.

—¡OK, ríndanse! ¡O por lo menos, váyanse! —añadía un envalentonado Óscar.

Al parecer, ningún golpe de los recién llegados dio en el blanco, pero hacían suficiente ruido como para atraer a alguna autoridad escolar, y los vándalos rápidamente abandonaron el campo de batalla.

Nereida, Matías y Óscar los azuzaron entre gritos mientras corrían, y al hallarse vencedores, se abrazaron fuertemente, al menos hasta que Óscar se apartó porque ella le estaba clavando un tacón en la espalda. Matías no se quedó abrazando a Nereida. Se quedó apretado a él:

—Qué bueno que hayas venido —dijo—. Te extrañé.

Óscar le devolvió el abrazo. Seguían abrazados cuando llegó Melissa a recoger a Matías:

—¡Óscar, si vuelvo a verte con mi hijo pediré una orden de alejamiento! ¿Qué estás haciendo acá?

Él no soltó a su hijo. Ni siquiera abrió los ojos. Sólo respondió:

—Estoy escribiendo mi final.

Mientras regresaba a casa en el ascensor, Óscar reparó en sus heridas. Llevaba la camisa rota, el ojo morado y varios arañazos en los alrededores de la cara. Y aunque la mayoría de sus lesiones se habían producido por fuego amigo, él las consideraba pruebas de sus hazañas.

Al llegar al cuarto piso, su alma se sentía orgullosa a rabiar, pero su cuerpo le pedía tregua. Tenía dolores hasta en músculos de su cuerpo que antes no sabía que existían.

Ya estaba en su puerta cuando sintió abrirse la del 4-B a sus espaldas. No podía tratarse de un momento más adecuado. Se volvería a enseñarle a Beatriz las cicatrices de su lucha. Ella le diría «oh, ¿qué te has hecho?», y él entonces comenzaría la narración de sus apasionantes aventuras, pero como si fuesen algo normal. La impresionaría.

Así que se dio vuelta, alzando la cara para destacar los rasguños de su cuello, y encontró frente a él a... Fabiola Tuzard. Ahora, él estaba impresionado.

—¿A qué has venido?

Con la puerta aún abierta, sabiendo que alguien ahí adentro escuchaba sus palabras, Fabiola respondió:

—¿No te gustan las escenas en que se revela la verdad? Acabo de tener una ahí dentro. Pero no hacía falta tu presencia. No te iba a gustar.

Desde el pasado remoto de Óscar, volvió una de las recomendaciones de su vieja vida: nunca menosprecies a Fabiola cuando quiere hundirte.

—¿Por qué no me dejas en paz, Fabiola? ¿Por qué no te buscas una vida?

—Tenía una que me encantaba. Pero tú la mataste, ¿recuerdas? Ahora que hemos ajustado cuentas, me buscaré otra. Lejos de ti.

—Y yo te lo agradeceré.

Felinamente, haciendo sonar sus joyas y sus lentejuelas y toda la batería de percusión que llevaba puesta, Fabiola se acercó al oído de Óscar, y antes de irse, le susurró:

—En el fondo sabes que me echarás de menos.

A Óscar no le habría importado tomarla del pescuezo y tirarla por el hueco de la escalera, pero simplemente, no tenía energía. Se limitó a verla alejarse y esperar el ascensor, y a encajar desabridamente el beso volado que ella le envió antes de desaparecer entre las puertas corredizas.

Cuando estuvo seguro de tenerla lejos, se adelantó hacia el 4-B. Fabiola había tenido el detalle de dejarla abierta al irse.

Beatriz estaba sentada en su sofá, junto al estante de los libros de autoayuda, pero a diferencia de su último encuentro, no reía ni gozaba ni se impregnaba de sus colores rosados. Ni siquiera miraba al frente inexpresivamente. En realidad, ni siquiera miraba. Hundía el rostro entre las manos, y apenas soltaba unos gemiditos de vez en cuando, unos sollozos apagados y casi inaudibles.

—Hola —dijo Óscar en voz baja y cauta. Sobre todo cauta.

—Vete, Óscar. Por favor.

La voz de Beatriz no sonó como una orden, cargada de furia, sino como un pedido, casi una súplica. Óscar no sabía si eso era mejor o peor.

—¿Quieres hablar? —preguntó.

—No.

—Yo sí quiero hablar... Quiero saber qué te pasa.

Al levantar el rostro, Beatriz dejó ver unos ojos lluviosos, una larga línea de maquillaje corrido bajo sus párpados y una boca amarga, como un vino en mal estado.

—¿Es verdad que sigues enamorado de Natalia?

—¡Oh, eso! —Óscar sintió alivio—. ¡No, por supuesto que no!

—Pero querías hacerle daño a tu productor. Querías vengarte de él porque salía con ella.

—¡No! Bueno, sí. Pero eso fue hace mucho tiempo. Eso no lo hice yo, sino el antiguo Óscar.

—¿Y cuándo ocurrió?

—Bueno, hace una semana.

—El antiguo Óscar no es tan antiguo.

Los dedos de Óscar se sacudieron como anguilas eléctricas. Era demasiado estúpido. Era demasiado equivocado. Debía ser fácil de arreglar.

—Créeme. He cambiado. Te lo quiero demostrar.

—¿Es verdad que has protagonizado dos escándalos sexuales?

—En el segundo no hubo sexo en realidad... Sólo un beso, y fue debido a las drogas...

—¿Usas drogas?

—¡No! Bueno, una vez. Pero yo pensaba que era azúcar en polvo.

Para ser una persona que trabajaba haciendo reales las historias más inverosímiles, a Óscar le resultaba terriblemente complejo parecer creíble. Y Beatriz quería más explicaciones:

—¿Es verdad que le mentiste a la madre de tu hijo para recuperar a tu ex? ¿Y que eres el proxeneta de una prostituta a la que has metido en las telenovelas?

—Trabajadora del amor. A Nereida no le gusta que le digan prostituta... Y bueno, te caerá bien. El caso es que... todo puede explicarse. Lo juro.

La cara de Beatriz reflejaba cada vez más angustia. Realmente estaba buscando algo que sonase plausible en la historia de Óscar. Ansiaba con todas sus fuerzas escuchar algo convincente. Pero hasta ahora, lo más noble que sabía de ese hombre era que sufría de apneas.

—No deberías escuchar a esa mujer —dijo Óscar.

—¿Por qué? ¿Porque fue tu amante?

—No fue mi amante. ¡Eso duró cinco minutos!

—Entiendo. ¿Así hablas de las mujeres después de abandonarlas?

Óscar se hizo un ovillo. A lo mejor, Beatriz tenía razón. A lo mejor, el Óscar que ella describía era él en realidad, y nunca podría cambiarlo. Se sentía tan alicaído que pensó en sentarse en el sillón, pero luego supuso que no tendría permiso para hacerlo. A sus espaldas, la puerta seguía abierta.

—Siempre había soñado con conocer a alguien famoso, como Fabiola Tuzard —estaba diciendo Beatriz—. Y fíjate. Cuando al fin ocurre, es para advertirme contra ti.

—No deberías conocer a tus ídolos —dijo Óscar—. Siempre te decepcionan. Pero créeme: Fabiola no es... una persona confiable.

—¿Lo eres tú?

Esta vez, Beatriz se volvió hacia él con tono de rabia. Se sentía engañada. Pero Óscar tampoco estaba seguro de poder cambiar las cosas sin mentir.

—Puedo serlo —respondió—. Déjame intentarlo.

Beatriz negó con la cabeza:

—No puedo, Óscar. La he pasado muy mal muchas veces. Muchos hombres me han mentido, y ya no puedo correr riesgos. No sé qué seas ni qué quieras de mí. Pero si tú me haces daño... bueno, no quiero ni pensar.

—No voy a hacerte daño.

—¡Sólo hemos salido una vez y ya me has dicho más mentiras que verdades! ¿Cómo quieres que confíe en ti?

Óscar no tenía una respuesta para esa pregunta. Ni siquiera tenía respuesta para las que él mismo se hacía.

—Por favor, Óscar. Déjame sola. No hagas esto más difícil.

Sin más que decir, Óscar regresó a su casa. Puso *Desesperado* de José José y se tumbó en el sofá boca abajo.

Dejó correr las horas. Quiso que el resto de su vida pasase ahí acostado, a oscuras.

Ya había anochecido cuando sonó el teléfono. Óscar contestó, animado por la remota posibilidad de que fuese Beatriz. Pero la voz en la línea no sonaba como la de Beatriz:

—¡Coño, Óscar! ¿Qué estás haciendo?

—Hola, Marco Aurelio. De momento, estoy tratando de morir.

—OK. ¿Te importaría hacerlo mañana? Estamos esperando el final del último capítulo. Vamos a grabar casi al mismo tiempo de la emisión. Y no tendremos mucho margen antes de que estos comemierdas me cuelguen de un gancho de carne.

—Mira, como a Mussolini.

—Morir como un prócer no me hace sentir mejor. Óscar, ¡manda esa escena, pero mándala ya!

La comunicación se cortó con un golpe.

Pero Óscar, lejos de deprimirse más, tuvo una idea.

A lo mejor, no todo estaba perdido. Quizá le quedaba un hilo de esperanza.

Con todo el orgullo que le quedaba, regresó a su lugar en el estudio, se caló los lentes, bebió un sorbo de café frío de su taza GENIO TRABAJANDO y posó las manos sobre el teclado de la computadora. Respiró hondo, como un pianista presto para pulsar las notas más profundas del alma humana, y escribió, escribió, escribió, como si librase en ese procesador de textos la batalla final, la única y verdadera de su vida.

La última vez que entró en la casa de Star Island, Óscar apenas pudo reconocer la propiedad. La puerta eléctrica estaba rota y abierta. El césped del inmenso jardín amarilleaba bajo el sol. Las palmeras importadas de Sudáfrica se inclinaban como torres de Pisa sobre los vestigios del imperio de Marco Aurelio Pesantes.

No estaba abandonada, sin embargo. Por el contrario, reinaba en ella una viva efervescencia. Un denso tráfico de personas entraba y salía, y los piquetes de los trabajadores se habían convertido en campamentos familiares, donde niños de todos los colores jugaban entre los árboles.

Óscar le preguntó a uno de ellos:

—¿Dónde está Marco Aurelio Pesantes?

Y el niño señaló un lugar en el interior de la mansión, que ahora, llena de grafitis y cristales rotos, tenía todo el aspecto de una casa embrujada.

Conforme Óscar se acercaba, fue descubriendo que los muebles del jardín ya no estaban. Los asientos blancos de hierro forjado habían sido arrancados de su sitio, y un par de señores, a los que Óscar reconoció como sonidistas, trabajaban con herramientas pesadas para separar del suelo unos columpios.

Antes de entrar rodeó la casa. Grace Lamorna estaba sentada en el borde de la piscina, mojando en el agua sus pies de uñas multicolores. Desde el mar, los barcos de turistas hacían fotos, pensando quizá que el movimiento de la casa se debía a alguna fiesta de famosos.

—¡*Hi*, Óscar! —saludó Grace con una actitud laxa, ajena a lo que ocurría a su alrededor.

Él se sentó al lado de ella:

—¿Dónde está Marco Aurelio?

—*Anywhere* ahí dentro —señaló ella sin mirar hacia la casa. Ruidos de golpes y destrozos llegaban desde dentro. Y desde una de las ventanas del segundo piso, una cómoda y una ducha cayeron al suelo—. Se ha declarado en quiebra, así que el personal ha decidido cobrarse los sueldos como puedan. Como todos trabajan aquí, Marco Aurelio no los puede denunciar por allanamiento de morada.

—Ya.

Grace señaló hacia el yate, el *Cuba Libre*, que descansaba en el embarcadero:

—Puedes llevártelo si quieres. *Take it*. Lo han dejado ahí porque nadie sabe conducirlo.

Óscar tomó la propuesta en serio. Como los demás, no sabía conducirlo, pero tampoco sabía conducirse a sí mismo, y seguía vivo. Además, a Matías le gustaría.

—¿Y tú qué vas a hacer? —preguntó.

—*Back to my old life*. Este mundo no es para mí. Demasiada frivolidad.

—Es verdad. Recuerdo la primera vez que te vi. Te veías bien peleando en el ring.

—Sigo siendo la mejor. Pero ha sido divertido variar, por un rato.

—¿Verás a Marco Aurelio antes de irte?

—*Yeah*... —afirmó perezosamente Grace—. Si queda algo de él.

—Dile que lo echaré de menos.

—Le gustará saberlo.

Óscar buscó algo con la mirada. Peinó la zona exterior y, al no encontrarlo, preguntó:

—¿Sabes dónde hay un televisor?

—*Of course*. Si no han acabado ya con él, hay uno grande en el ala oeste, en esa ventana.

—Gracias. Buena suerte.

Óscar emprendió el camino hacia el televisor, pero después de unos pasos, se volvió hacia Grace:

—¿Me puedes prestar un teléfono? Supongo que el de adentro no está operativo.

Ella le arrojó un terminal rosado.

—¡Quédatelo! —dijo.

—¿De verdad?

—Me gustaba el color, pero es de una ex esposa de Marco Aurelio. Creo que la segunda. Y ya sabes. *Bad vibes*.

El guionista continuó su camino e ingresó en la casa: un reguero de macetas rotas, muebles destrozados y jarrones quebrados lo guió hasta la sala del televisor. Los huelguistas no sólo habían respetado la pantalla, que era de sesenta pulgadas, sino que dos de ellos comían *pop corn* mientras veían el último capítulo de *Apasionado amanecer* con los pies sobre la mesa.

—¿Es la última escena? —preguntó Óscar. Afuera, el ruido de demolición se intensificaba por momentos.

—Faltan cinco minutos —confirmó uno de sus anfitriones, que comía ruidosamente.

La última oportunidad de Óscar estaba a punto de llegar. Se sentó junto a los dos espectadores, en una silla que estaba más o menos entera. Apretó el teléfono como si fuese una mano amiga. Y marcó el número de Beatriz:

—¿Hola?

—Beatriz, no cuelgues. Por favor, dame un minuto.

—¿Qué quieres, Óscar?

—Quiero que enciendas el televisor.

—Óscar...

—Por favor, es lo último que te pido. Pon *Apasionado amanecer*.

Del otro lado se escuchó un resoplido de disgusto, pero Beatriz obedeció. Un leve pitido en el auricular le anunció a Óscar que ella había sintonizado lo mismo que él veía.

Al llegar la última escena, Beatriz, los dos tipos con las *pop corn,* un cuatro por ciento del *share* y un público equivalente a tres magros puntos de *rating*, por un momento sintonizaron lo que Óscar quería decir, y que no sabía expresar personalmente, aunque llevaba toda una vida, toda una larga existencia atribulada de pesares, tratando de dejarlo salir:

Gustavo Adolfo y María de la Piedad miran al horizonte, mientras el sol se pone. Están tomados de la mano. A su lado, una ola marina acaba de llevarse sus nombres dibujados en la arena. Se miran con ojos llenos de amor y comienzan a hablar:

«Beatriz, sé que soy un tipo imperfecto. Sé que soy un desastre. Pero te quiero precisamente porque soy diferente cuando estoy cerca de ti. Tú me haces mejor persona.»

—Qué raro hablan, ¿no? —dijo uno de los técnicos.

—¿Y quién coño es Beatriz? ¿Ésa no se llamaba María de la Piedad?

«¿No me vas a mentir, Óscar?»

«Nunca te he mentido. Me he mentido a mí mismo, que es peor. Sólo contigo puedo ser una persona de verdad. Es lo único que quiero ser.»

—Qué mierda tan cursi —dijo desde su casa un adolescente aburrido frente a un plato de frijoles con arroz.

—Por eso es buena —replicó su madre, con los ojos brillosos de la emoción—. Y ahora cállate y come.

«Tengo miedo, Óscar.»

—¿Quién? —dijo una empleada doméstica frente a un televisor a quince mil kilómetros de distancia.

—Ssshhht —dijo su jefa.

«Yo también. Si no tuviéramos miedo, esto no tendría sentido, ¿verdad?»

Ella no contesta.

La cámara se aleja mientras ellos caminan por la playa. Siguen tomados de las manos mientras el sol se acuesta, y la imagen se oscurece, hasta desaparecer.

Óscar había vocalizado cada línea, cada sílaba de sus personajes. Pero no había cortado la llamada. Se llevó el teléfono al oído. Beatriz seguía ahí:

—¿Verdad, Beatriz?

—Oh, Dios, Óscar —rompió ella a llorar. Y aunque trató de decir algo, sus palabras se disolvieron en pucheros.

—Qué mierda de final —dijo uno de los trabajadores.

—Bueno, lo de siempre. Mucha miel —dijo el otro, haciendo mofas de besitos volados.

Óscar salió al pasillo para escuchar mejor la llamada. Pero nada más poner un pie fuera del cuarto, oyó su nombre en un grito largo y lastimero:

—¡Óscaaaaaaaaar!

No necesitaba voltear para reconocer al autor del grito. Amplificado, deformado, metamorfoseado por la cólera, Flavio de Costa se acercaba a él desde un extremo del pasillo:

—¡Óscaaaaaaaaar!

—Hola, Flavio —trató de sonreír—. Qué gusto verte. Supongo que... haremos una fiesta para celebrar el fin de la telenovela, ¿verdad? Todos esos momentos agradables vividos con el equipo, todas esas vivencias...

Flavio llevaba la camisa empapada en sudor, y un taburete de metal cromado en la mano. Sus ojos inyectados en sangre cayeron sobre Óscar como dos lanzas:

—He tomado metanfetamina, Óscar. Nada de lo que me hagas me puede doler.

Sin soltar el taburete, echó a correr hacia Óscar. El guionista se sabía capaz de vencer a vándalos de quince años, pero aun así, esto quedaba fuera de sus posibilidades. Echó a correr a su vez, escuchando que Flavio se abría paso a sus espaldas con golpes de taburete.

Pero no cortó la llamada. Cuando salió al jardín, sin dejar de correr, se llevó el teléfono al oído una vez más:

—Óscar —dijo Beatriz—. ¿Qué está pasando ahí?

—¿Verdad, Beatriz? —jadeó él—. Tienes que seguir el diálogo. ¿Verdad que seguirás conmigo?

Ella hizo algún ruido con la boca. Dadas las circunstancias, era difícil establecer cuál, pero Óscar tuvo la certeza de que no era una mala señal.

—¡Ven acá, comemierdaaaaaaaa! —escuchó tras de sí, y aceleró el paso entre los saqueadores que abandonaban la casa cargados con lámparas, con llantas de coche, con sets de maquillaje, con cámaras, con inodoros. Quizá por la prisa, o por la falta de cobertura, el teléfono hizo un sonido extraño. A pesar de todo lo que ocurría en Star Island, eso fue lo único que lo preocupó:

—Beatriz —dijo, casi sin aire—. ¿Estás ahí, Beatriz? ¿Sigues ahí?

—Claro que sí, Óscar —escuchó del otro lado—. Yo siempre estaré aquí.

© Daniel Mordzinski

# Sobre el autor

**Santiago Roncagliolo** (Lima, 1975). Con más de 150.000 ejemplares vendidos y traducciones a veinte idiomas, es uno de los escritores más reconocidos de su generación en lengua española.

Su novela *Abril Rojo* recibió el Premio Alfaguara y el Independent Prize of Foreign Fiction británico. Su novela *Pudor* fue llevada al cine. Sus irreverentes crónicas sobre personajes latinoamericanos, como *La Cuarta Espada* o *El Amante Uruguayo,* han levantado intensas polémicas por todo el mundo hispano. La revista norteamericana *Granta* lo seleccionó entre los mejores narradores actuales en su idioma.

Escribe regularmente para el diario *El País* de España y las revistas *Vanity Fair* y *Marie Claire.* Reside en Barcelona.

# Alfaguara es un sello editorial del Grupo Santillana

## www.alfaguara.com

**Argentina**
www.alfaguara.com/ar
Av. Leandro N. Alem, 720
C 1001 AAP Buenos Aires
Tel. (54 11) 41 19 50 00
Fax (54 11) 41 19 50 21

**Bolivia**
www.alfaguara.com/bo
Calacoto, calle 13 n° 8078
La Paz
Tel. (591 2) 279 22 78
Fax (591 2) 277 10 56

**Chile**
www.alfaguara.com/cl
Dr. Aníbal Ariztía, 1444
Providencia
Santiago de Chile
Tel. (56 2) 384 30 00
Fax (56 2) 384 30 60

**Colombia**
www.alfaguara.com/co
Carrera 11A, n° 98-50, oficina 501
Bogotá DC
Tel. (571) 705 77 77

**Costa Rica**
www.alfaguara.com/cas
La Uruca
Del Edificio de Aviación Civil 200 metros
   Oeste
San José de Costa Rica
Tel. (506) 22 20 42 42 y 25 20 05 05
Fax (506) 22 20 13 20

**Ecuador**
www.alfaguara.com/ec
Avda. Eloy Alfaro, N 33-347 y Avda. 6 de
   Diciembre
Quito
Tel. (593 2) 244 66 56
Fax (593 2) 244 87 91

**El Salvador**
www.alfaguara.com/can
Siemens, 51
Zona Industrial Santa Elena
Antiguo Cuscatlán - La Libertad
Tel. (503) 2 505 89 y 2 289 89 20
Fax (503) 2 278 60 66

**España**
www.alfaguara.com/es
Avenida de los Artesanos, 6
28760 Tres Cantos, Madrid
Tel. (34 91) 744 90 60
Fax (34 91) 744 92 24

**Estados Unidos**
www.alfaguara.com/us
2023 N.W. 84th Avenue
Miami, FL 33122
Tel. (1 305) 591 95 22 y 591 22 32
Fax (1 305) 591 91 45

**Guatemala**
www.alfaguara.com/can
26 avenida 2-20
Zona n° 14
Guatemala CA
Tel. (502) 24 29 43 00
Fax (502) 24 29 43 03

**Honduras**
www.alfaguara.com/can
Colonia Tepeyac Contigua a Banco Cuscatlán
Frente Iglesia Adventista del Séptimo Día,
   Casa 1626
Boulevard Juan Pablo Segundo
Tegucigalpa, M. D. C.
Tel. (504) 239 98 84

**México**
www.alfaguara.com/mx
Avda. Río Mixcoac, 274
Colonia Acacias, C.P. 03240
Benito Juárez, México D.F.
Tel. (52 5) 554 20 75 30
Fax (52 5) 556 01 10 67

**Panamá**
www.alfaguara.com/cas
Vía Transísmica, Urb. Industrial Orillac,
Calle segunda, local 9
Ciudad de Panamá
Tel. (507) 261 29 95

**Paraguay**
www.alfaguara.com/py
Avda. Venezuela, 276,
entre Mariscal López y España
Asunción
Tel./fax (595 21) 213 294 y 214 983

**Perú**
www.alfaguara.com/pe
Avda. Primavera 2160
Santiago de Surco
Lima 33
Tel. (51 1) 313 40 00
Fax (51 1) 313 40 01

**Puerto Rico**
www.alfaguara.com/mx
Avda. Roosevelt, 1506
Guaynabo 00968
Tel. (1 787) 781 98 00
Fax (1 787) 783 12 62

**República Dominicana**
www.alfaguara.com/do
Juan Sánchez Ramírez, 9
Gazcue
Santo Domingo R.D.
Tel. (1809) 682 13 82
Fax (1809) 689 10 22

**Uruguay**
www.alfaguara.com/uy
Juan Manuel Blanes 1132
11200 Montevideo
Tel. (598 2) 410 73 42
Fax (598 2) 410 86 83

**Venezuela**
www.alfaguara.com/ve
Avda. Rómulo Gallegos
Edificio Zulia, 1°
Boleita Norte
Caracas
Tel. (58 212) 235 30 33
Fax (58 212) 239 10 51